LES DÉRAISONNABLES

Un ouvrage sous la direction de
Manon Buselli

Olivier Auroy

LES DÉRAISONNABLES

Éditions Anne Carrière

Du même auteur

Romans

Les Meilleures Intentions du monde (sous le pseudonyme de Gabriel Malika), Intervalles, 2011
Qatarina (sous le pseudonyme de Gabriel Malika), Intervalles, 2014
Au nom d'Alexandre, Intervalles, 2016
L'Amour propre, Intervalles, 2018

Documents

L'Aventure automobile, Gallimard, 1995
Le Dicorona, Intervalles, 2020

ISBN : 978-2-3808-21352

www.anne-carriere.fr

Déconfiture

Madeleine s'impatiente dans une salle de réunion surchauffée. Les constructions des années quatre-vingt ne tiennent pas compte des brusques variations de température, et encore moins du dérèglement climatique. La chaudière centrale se déclenche dès que le thermomètre descend sous les dix degrés.

La vue dégagée sur l'autoroute A86 est déprimante. La nuit prend ses quartiers. Si l'entretien n'excède pas une heure, elle devrait pouvoir attraper le RER de 18 h 08.

Pascal, le DRH, est un ami de longue date. Ils ont été recrutés la même année par la multinationale Arrogate et, ensemble, ils ont gravi les échelons d'une entreprise réputée pour sa tendance à promouvoir les besogneux et les marathoniens. Depuis trois mois, Pascal montre des signes de nervosité. Il économise ses sourires, raréfie ses attentions, ne s'attarde plus à la machine à café. Il en avait pourtant fait une philosophie de management : « Il faut aller à la rencontre des gens, sans motif apparent. C'est la gratuité du geste qui lui donne sa valeur. » Pascal ne propose même plus à Madeleine de la raccompagner chez elle alors qu'ils habitent le même coin. Il a justifié son changement d'attitude par les heures supplémentaires que la Direction lui impose. « Le rachat les rend tous dingues », lui a-t-il dit.

Il y a trois mois, Arrogate a été cédée à un fonds de pension américain. Depuis, les spéculations vont bon train. Les salariés qui bénéficient de la plus grande ancienneté se croient immunisés parce qu'ils sont chers à virer. Madeleine ne s'inquiète pas. Quoi qu'il arrive, Pascal plaidera sa cause. Ils ont juré de se soutenir en toutes circonstances, comme le jour où Madeleine a témoigné en sa faveur, après les accusations de harcèlement d'une collaboratrice ambitieuse. Madeleine est d'autant plus sereine qu'elle a cru lire la mention « VA » sur le dos d'un rapport la concernant que Pascal avait oublié sur son bureau. « VA » comme « Valeur ajoutée ». C'est du moins ce qu'elle en a déduit.

Pascal a du retard. Ça ne lui ressemble pas, lui qui met un point d'honneur à rester ponctuel. Une marque de politesse qu'il revendique, en des temps où le respect du prochain est devenu optionnel. Il accuse réception des e-mails, remercie chaleureusement, s'excuse avec élégance, utilise des formules surannées que ses collègues trouvent aussi ringardes que son nœud papillon et les bretelles de son pantalon. Pascal n'est pas susceptible, il est DRH. Il a été dressé à prendre des coups des deux côtés de la barrière patronale. « Ça fait de moi un masochiste et un schizophrène, mais je me soigne. » Madeleine a oublié de lui demander comment il se soignait.

Pascal arrive enfin. Il est blanc comme le linge de l'enrouleur automatique des toilettes de l'étage. Son nœud papillon a vrillé. Il a des auréoles de sueur sous les aisselles. Il s'est assis sans la regarder. Madeleine prend les devants.

— Pascal ? Tu vas bien ?

— Madeleine, ça fait combien de temps qu'on se connaît, toi et moi ?

— Quinze ans la semaine prochaine. Nous avons un anniversaire à fêter.

— Est-ce que tu me fais confiance ? poursuit Pascal, ignorant son allusion.

Madeleine a un mauvais pressentiment. Elle trouve Pascal trop solennel. Il avait la même voix triste et résignée quand il est venu lui annoncer le décès de son mari.

— Qu'est-ce qui se passe ?

Les images se bousculent dans son cerveau en alerte. « Est-ce que tu me fais confiance ? » On pose cette question dans des situations extrêmes. Quand il faut sauter d'une falaise ou partager un parachute, quand l'imminence du danger proscrit les palabres et pousse à l'action.

— Je ne suis pas responsable de ce que je vais t'annoncer.

— M'annoncer quoi, Pascal ?

— Tu vas devoir nous quitter, Madeleine. Le fonds de pension qui nous a rachetés réduit les coûts fixes pour augmenter la rentabilité de l'entreprise. Tu fais partie du plan social que j'ai la lourde tâche de mettre à exécution.

— Pascal, j'ai soixante-deux ans, je suis proche de la retraite ! Tu avais promis que tu me protégerais…

— Je n'ai rien pu faire. J'ai les mains liées. Je suis les instructions de la Direction.

— Tu peux leur parler, bon sang ! J'ai d'excellents résultats, et une très bonne évaluation par-dessus le marché, ça n'a pas de sens !

— La Direction est impuissante. Les ordres viennent du fonds de pension.

Madeleine a deux possibilités. Soit elle éclate, si violemment que d'ici quelques minutes tout le monde se souviendra des accusations de harcèlement dont Pascal a été la cible. Soit elle se mure dans son silence. Pascal n'est pas responsable, la Direction n'est pas responsable et, si elle interrogeait les dirigeants du fonds de pension, ils répondraient qu'eux non plus ne sont pas responsables, qu'ils se contentent de servir les intérêts de leurs actionnaires. Elle se demande si le patron de Microsoft ou le président des États-Unis se réfèrent à Dieu quand ils prennent une grave décision.

— Alors, tu ne t'es pas battu pour moi ? lui demande-t-elle calmement.

— Ce sont les analystes financiers qui ont mis ton nom sur la liste, Madeleine. Tu touches un gros salaire, c'était une raison suffisante pour te désigner. Tu ne partiras pas sans rien, je te le promets. Je suivrai ton dossier personnellement. Il y a les indemnités, les congés payés, les primes à la reconversion... Ça te donnera le temps de réfléchir à ce que tu feras par la suite... Je sais que tu ne t'y attendais pas...

Madeleine ne dit plus rien. Elle se laisse hypnotiser par le va-et-vient des voitures sur l'autoroute A86.

— Pense à ta nouvelle vie. Tu te plains de ne pas avoir assez de temps pour lire, qu'il y a trop peu d'arrêts entre Rueil et Saint-Germain, que tu rêves de passer un week-end entier à bouquiner...

Madeleine est sonnée. Pascal se rend-il compte de l'indécence de son argumentation ? Elle aurait préféré qu'il garde une posture officielle, qu'il feigne de ne pas la connaître et qu'il écourte ce pénible entretien. Elle ne lit pas le week-end parce qu'elle boucle les dossiers que ses collègues lui refilent le vendredi soir. Naïve, elle a toujours cru que l'effort et l'esprit de sacrifice constituaient les piliers du mérite. Elle s'est mis en tête qu'il existe une sorte de paradis des salariés, un endroit où les plus bosseurs et les plus dévoués sont enfin récompensés. Voilà où ça vous mène une éducation judéo-chrétienne, à se convaincre qu'une force supérieure rétablira un jour la justice et que, par conséquent, il n'y a aucune raison de se révolter contre le traitement inégalitaire qu'on vous inflige ici-bas. C'est avec ce genre de pensée toxique qu'on s'interdit de demander une augmentation de salaire, parce qu'on ne s'en croit pas digne.

— Si tu savais ce qu'ils exigent de moi ! Je n'en dors pas la nuit. On peut s'attendre au pire avec ces types, ils n'ont aucun scrupule, aucune considération pour le personnel. Ils ne parlent que de chiffres. Il est probable que je fasse partie de la prochaine charrette.

Et voilà qu'il s'apitoie sur son sort ! Qu'attend-il ? Qu'elle le console ? Qu'elle le rassure ? C'est le monde à l'envers. Elle le laisse vider son sac.

— Je ne pensais pas que ce serait si difficile. J'ai déjà licencié des gens. Ça fait partie de mon boulot. Mais à cette échelle… je n'y étais pas préparé ! Il n'y a pas que toi, Madeleine, il y a tous les autres, tous ces braves gens que je croise le matin… Je ne peux plus les regarder en face, j'ai l'impression de les trahir. Je t'ai dit que je prenais des somnifères ? Trop de café, trop de soucis, c'est ce que le médecin du travail a diagnostiqué. Il m'a dit aussi que pratiquer en même temps la méditation et le tir à la carabine, c'est contradictoire et que je devrais en parler à mon psy. Je n'ai pas de psy. Madeleine, tu m'écoutes ?

Madeleine est prostrée. Le flux des voitures s'est densifié sur l'A86. Sa vue se brouille et se dilue dans deux fleuves de lumière floue, l'un rouge, l'autre blanc. La voix de Pascal la tire de sa contemplation.

— Madeleine ? Tu ne dis rien ?

— Hein ? Ah oui, pardon... Avec un peu de chance, j'aurai le RER de 17 h 43.

Madeleine quitte la salle de réunion sans un mot. Tel un automate, elle longe un couloir lugubre, appelle l'ascenseur, appuie sur le bouton du troisième étage, rejoint son bureau, ramasse ses affaires à la hâte, retourne à l'ascenseur, descend au rez-de-chaussée, badge la borne automatique du portillon, sort du bâtiment, se place dans la file des banlieusards qui s'étire jusqu'à la gare, fait biper son passe Navigo, rejoint le quai, se positionne au premier tiers du convoi, regarde sa montre alors que le train s'engouffre dans la gare. Il est 17 h 42. Madeleine soupire et sourit. Elle n'en revient pas. C'est la première fois en quinze ans qu'elle sera chez elle aussi tôt. Elle en éprouve une joie intense. Une joie amnésique.

Elle ne réfléchit plus. Elle est cet animal conditionné par la mise en éveil de ses sens, la sonnerie traînante du départ, les effluves mazoutés des rails, le visage fermé des passagers. Elle accrédite les thèses de Pavlov. Madeleine n'a qu'une angoisse, ne pas trouver la quiétude nécessaire à sa lecture quotidienne. Les ennemis du lecteur sont légion, les collègues de bureau qui jacassent, l'insidieuse sourdine d'un casque audio, l'homme d'affaires qui confond wagon public et salon privé, les enfants capricieux qui hurlent, la jeune fille qui chantonne ou le mendiant qui fait l'aumône. Dans ces conditions, lire tient de l'exploit. Mais ce soir, les dieux des lettres ont signé un pacte de non-agression avec ceux des transports en commun. Ses voisins sont silencieux, proches du recueillement, l'un perdu dans ses mots fléchés, l'une plongée dans un roman à l'eau de rose ou l'autre encore se gavant de friandises sur *Candy Crush*.

Madeleine pioche dans sa sacoche le roman policier qui la tient en haleine depuis des semaines. Il lui reste dix pages avant le dénouement. Les quatre stations qui la séparent de Saint-Germain-en-Laye y suffiront-elles ? Pascal a raison, le trajet n'est pas assez long. Il lui faudrait traverser des continents. L'évocation de son ami aurait dû la ramener à la triste réalité mais son esprit entretient le déni. Le suspense est à son comble, dans quelques paragraphes l'identité de l'assassin sera révélée. Dans quelques gares, elle arrivera à destination.

Le RER passe au-dessus de la Seine, Madeleine en admire les méandres sages et ordonnés. Elle accélère le rythme de sa lecture. L'auteur du thriller s'est joué de son intuition. Qui aurait pu imaginer que le meurtrier était le meilleur ami de l'héroïne assassinée ? Cette dernière n'a rien vu. Madeleine non plus. Certaines personnes sont prêtes aux pires extrémités quand leur confort et leur réputation en dépendent.

Madeleine relève la tête. Terminus Saint-Germain-en-Laye. En français, en anglais et en allemand, la voix du haut-parleur demande aux passagers de ne rien oublier dans le train. Pourquoi l'allemand, et pas l'italien ou l'espagnol ? Le mot *vergessen* associé à la foule qui piétine l'indispose, à cause de son grand-père prisonnier durant la Seconde Guerre mondiale et de tous les ouvrages sur le IIIe Reich qu'elle a ingurgités sur ses conseils et avec une curiosité scolastique devenue obsessionnelle, sinon malsaine.

Elle n'a pas envie de jouer des coudes. Elle attend que le gros de la foule se disperse. Un spleen familier l'envahit : elle a fini son livre, elle est à nouveau orpheline. Elle est vexée de ne pas avoir deviné l'identité du meurtrier, aveuglée par la tendresse qu'il lui inspirait. Elle fouille les éléments de l'intrigue, à la recherche d'un indice caché, d'un détail qui lui aurait échappé. En vain. En vieillissant, elle perd son sixième sens.

Elle est parmi les derniers voyageurs à sortir de la gare. Au pied de l'escalator, deux clochards avachis lui souhaitent une bonne soirée. Ils font la manche sans conviction, le geste las, la diction compromise par l'alcool. À leur gauche, un type hirsute massacre un standard des Pink Floyd. Une odeur de vomi et de café mélangés la prend à la gorge. Elle enfouit son visage dans son écharpe. À mesure que l'escalier mécanique s'élève, un courant d'air frais la soulage. Les façades rénovées du château apparaissent. Un spectacle anachronique dont elle apprécie l'arrogante beauté.

Elle marche le long des grilles du parc jusqu'à la gare routière où trépigne le bus R5, moteur et tous phares allumés. Il est plein comme un œuf. Il faudra trois arrêts pour qu'il se vide et redevienne une coquille apaisante et protectrice. À mi-parcours, Madeleine remarque une adolescente recroquevillée à l'arrière. Elle se contorsionne sur son siège, se ronge compulsivement les ongles, s'énerve chaque fois qu'elle consulte son smartphone. Comme toutes les filles de son âge, elle porte un jean fuseau qui lui affine les jambes, des baskets blanches à la mode, une veste courte dite « mouton » et une casquette qui masque le haut de son visage. Le chauffeur du bus pile devant un piéton imprudent qu'il injurie avec d'autant plus de fureur qu'il a failli l'écraser. Projetée violemment vers l'avant, la jeune fille se redresse. Des larmes souillées de mascara ont laissé dans leur sillage des traînées grisâtres qui lui donnent un air de clown triste.

Le bus a repris sa vitesse de croisière. La jeune fille s'est repliée sur elle-même, tel un mollusque inquiété par des vibrations inconnues. Madeleine ne peut détacher son regard de cette petite créature sauvage et craintive. Son attitude horripilante cache mal sa détresse. Madeleine en est certaine, c'est la première fois qu'elle la rencontre sur cette ligne.

Ils ne sont plus que trois dans le bus. À l'approche du terminus, la jeune fille se lève péniblement, accompagne les secousses du véhicule pour accentuer sa démarche nonchalante et chaloupée. Elles attendent côte à côte sur le marchepied. Le chauffeur les salue respectueusement. Seule Madeleine lui renvoie la politesse. Elle laisse la gamine prendre de l'avance, avec l'intention de la filer discrètement. Hors de question de l'abandonner dans cet état.

La jeune fille suit une trajectoire confuse, s'arrête pour examiner son smartphone et reprend sa course en maugréant. Elle se désintéresse des passants qu'elle bouscule, du roquet qui frôle ses mollets, du motard disgracieux qui l'apostrophe. Elle se réfugie au fond de l'abribus construit sur un ancien lavoir, tout près de la boulangerie qui vient de changer de propriétaire. Madeleine s'en approche, titillée par la curiosité.

— Est-ce que ça va, mademoiselle ?

La jeune fille marque un léger mouvement de recul.

— Qu'est-ce que ça peut vous faire ?

L'insolence de la jeune fille doit plus à l'embarras d'avoir été débusquée dans son repaire qu'à la volonté d'offenser Madeleine.

— Je vous ai vue pleurer, dans le bus. Je suis inquiète pour vous.

— Et alors, c'est la première fois que vous voyez quelqu'un chialer ?

— Non, mais… Peu importe. Je m'appelle Madeleine.

La jeune fille l'observe, tendue, concentrée, frémissante comme une chatte qui s'apprête à bondir sur sa proie. Madeleine sait qu'en sortant indemne de ce silence, elle conserve une chance de prolonger la conversation.

— Madeleine, comme dans la chanson de Brel ?

— Vous connaissez Jacques Brel ?

— Ça vous surprend ?

— Ce n'est pas trop votre génération, je pensais que les jeunes de votre âge…

— Ne vous fatiguez pas, j'vais tuer le suspense… C'est mon daron qui écoute du Brel quand il bosse au fournil, moi, je suis pas trop fan. Ses chansons ne parlent que de *lose*, de femmes qui sont trop bien pour lui…

— C'était un grand romantique.

— C'est juste un boloss… Moi, c'est Camille.

Elle tend une main toute molle, comme si elle s'attendait à ce que Madeleine s'incline pour l'embrasser. Elle a quand même le don d'agacer son prochain, cette gamine, mais Madeleine lui serre la main sans hésiter, satisfaite d'avoir passé l'épreuve des présentations.

— Vous avez mentionné un fournil. Votre père est boulanger ?

— On est arrivés y a trois mois, vous n'avez pas remarqué ? C'est nous, la nouvelle boulangerie. Je traverse la rue et j'suis chez moi.

Madeleine a bien vu que la boulangerie avait changé de propriétaire mais son emploi du temps ne lui a pas encore permis d'y passer. Elle achète son pain à la va-vite, dans la petite boulangerie qui jouxte la gare de Rueil-Malmaison. Elle se tait un instant, consciente qu'elle commettrait une erreur en posant d'autres questions à Camille, que ça la rendrait méfiante.

— Bon, Camille, je vous laisse. Peut-être qu'on se verra dans le bus ou… à la boulangerie.

— Ouais… Eh, Madeleine !

— Oui.

— C'était sympa de me demander pourquoi j'pleurais.

Madeleine lui sourit avec moins d'entrain qu'elle l'aurait voulu. Elle ne s'attendait pas à cet ultime élan de reconnaissance.

Elle pousse avec difficulté la porte blindée de la petite maison en meulière achetée avec son mari. Ils ont fini d'en payer les traites avant qu'un vicieux cancer ne le terrasse. Pléonasme, le cancer est vicieux par nature, il est prédisposé à la métastase. Le salon est bondé de souvenirs de leur vie passée, des bibelots rapportés de voyages, des photos, des tableaux, des objets qu'ils ont entassés au fil du temps et dont elle ne supporte plus la morbide compagnie. Elle a bien essayé de s'en débarrasser. Elle a empilé des tas de trucs dans l'entrée et puis, au moment de les fourrer dans le sac poubelle, elle a renoncé. « J'ai eu l'impression de tuer mon mari une seconde fois », avait-elle confié à Pascal. Il avait répondu qu'il comprenait ses hésitations, qu'elle n'avait pas fini son deuil, que le temps résorbe les plus grandes douleurs. Pascal trouve toujours les mots.

Madeleine s'effondre. Son licenciement vient de heurter violemment sa mémoire à la façon d'un boomerang lancé très loin, si loin qu'on l'avait oublié. Les larmes ruissellent en abondance sur son visage. Elle a beau les essuyer du revers de la main dans l'espoir de colmater la brèche, rien n'y fait, elles s'écoulent sans discontinuer. Du chagrin pur, à l'état liquide.

Le salon surchargé lui paraît immensément vide. Dans son cadre, le portrait de son défunt mari devient le miroir de sa solitude. Hier encore, à la cafétéria, avec ses collègues, elle devisait sur une petite mémé qui avait appelé les pompiers parce qu'elle n'avait personne à qui parler. Ce soir, c'est elle la mémé. Elle balance quelques bouteilles à la mer sur Internet, à des amis compréhensifs qui, à défaut de la réconforter, auront les mots pour s'apitoyer sur son sort. Madeleine a juste besoin qu'on la plaigne. Son smartphone vibre, elle a reçu un message de Pascal. Il est désolé, sincèrement désolé. Si elle ne vient pas au bureau demain, ça n'a aucune importance, on sera vendredi, bientôt le week-end. Son message se termine par « Bon courage ». Elle estime que fracasser son smartphone contre le mur du salon n'avancerait à rien.

Madeleine avale son hachis Parmentier devant un reportage animalier à la télévision. Pendant que les gazelles échappent *in extremis* aux alligators, son smartphone vibre impatiemment. Elle préfère l'ignorer. Elle va se chercher un verre d'eau et avale des somnifères. Elle n'en avait plus pris depuis la mort de son mari.

Camille se lève tous les matins à 7 heures. Officiellement pour ne pas rater son bus, officieusement pour aider son père, Gilles, à préparer la boutique avant l'arrivée de la vendeuse. C'est son premier emploi, mais la demoiselle fait preuve d'une imagination débordante pour justifier ses retards. Le père de Camille se retient de l'engueuler parce qu'il a besoin d'un coup de main et qu'il préfère la médiocrité au néant. Pour l'instant.

Gilles a la soixantaine bien tapée. Il envoie valser tous ceux qui lui parlent de prendre sa retraite. Il n'est jamais entré dans les schémas. Devenu boulanger sur le tard, il a rencontré sa femme à plus de quarante ans ; quant à Camille, le jour du baptême, le curé de la paroisse l'avait qualifiée de « cadeau de Dieu ».

Sur des chariots à pâtisserie, Gilles apporte les viennoiseries toutes fumantes que Camille place dans la vitrine embuée, en commençant par les croissants, suivis des pains au chocolat et des pains aux raisins. Elle aligne ensuite les ficelles et les baguettes sur les étagères en bois derrière la caisse avec soin et précision, comme si elle approvisionnait une armurerie à la veille des hostilités. Son père est un maniaque de l'ordre et de la propreté. Il ne veut pas voir un croûton dépasser, une miette traîner, un présentoir flancher. Camille ne donne pas deux mois à la vendeuse. Son insouciance, si elle augure de sa paresse, lui coûtera la place. Son père ne respecte que les gens qui bossent. Il appartient à cette génération qui a indexé le bonheur sur le travail et que tous les articles sur la fin des « jobs de merde » font amèrement rigoler. Sa philosophie est très simple : bosser permet de gagner sa vie. Point barre.

Camille l'a bien compris. À défaut d'être brillante, elle ne se ménage pas, veillant à ce que ses notes se situent dans des moyennes acceptables. Elle veut que son père soit fier d'elle, mais surtout qu'il la laisse tranquille. Tant qu'elle lui donne un petit coup de main à la boulangerie et que ses résultats scolaires sont potables, elle pourra se consacrer à son unique passion : *Fortnite*. Le jour où ses notes dégringolent, il lui confisque son PC.

L'installation de la boulangerie est terminée. Les portes ouvriront à 8 heures, si la vendeuse n'a pas eu de dégâts des eaux, de panne de réveil, de soucis en rechargeant son passe Navigo ou si sa grand-mère n'est pas décédée la veille. « Il faudra lui expliquer qu'elle n'a droit qu'à deux grands-mères », avait pesté son père en prenant connaissance de son dernier mensonge.

Camille fonce dans la salle de bains, elle n'a plus que dix minutes à consacrer à sa toilette. Elle enfile à toute vitesse son jean moulant, son tee-shirt de la veille, sa veste peau de mouton et ses baskets blanches qu'elle astique tous les jours pour préserver leur éclat d'origine. Au lycée, elles ont gueulé comme des moufettes quand le ministre de l'Éducation nationale a évoqué la généralisation de l'uniforme et, pourtant, elles s'habillent toutes de manière identique.

Pour la jeune fille, entrer dans le moule était la condition nécessaire de son intégration. Non pas que le décalage soit insurmontable. Grâce à Instagram, il lui a été facile de ressembler aux autres filles. Mais, fringuée comme il faut ou pas, elles ne lui ont rien épargné. Son léger accent, le vocabulaire qu'elle ignorait, les films qu'elle avait ratés, les codes qu'elle n'avait pas. Elles ont eu tôt fait de lui tailler un costume de paria. T'as pas mis ta doudoune de clodo ?

Tu nous ramènes des gaufres de ta boulangerie ? Et dire qu'à Lille, dans son ancien collège, elle était celle qui avait le plus de swag.

Camille en veut à l'ex de son père. Elle l'a quitté parce qu'il passait trop de temps dans son fournil. Si elle voulait danser jusqu'au petit matin, elle n'avait qu'à sortir avec le patron de la boîte de nuit, pas avec le mec chargé de nourrir le centre-ville. Son père a mal vécu la séparation. Il commençait à y croire, à leur histoire.

Lille n'est pas une ville tentaculaire. Le risque d'y croiser son ex était élevé, il le supportait de moins en moins. Camille, elle, ne voulait pas quitter son lycée, ses amies, le quartier où elle avait l'habitude de se promener avec sa mère. Les relations avec son père se dégradaient à mesure que le projet de déménagement se concrétisait.

Camille a fini par céder. Gilles a quitté les Hauts-de-France sur les conseils d'un ami, Patrick, placier sur le marché de Marly-le-Roi. Patrick avait appris que le locataire de la boulangerie de la commune voisine, Fourqueux, allait prendre sa retraite et que le bailleur désespérait de lui trouver un successeur. Si, au lycée de Camille, venir de Lille était considéré comme une tare, à la mairie de Fourqueux, en revanche, on s'était félicité d'accueillir un artisan d'expérience venu d'une grande ville. Tout est une question de perspective.

Quand elle entendit le nom du patelin où ils allaient déménager, Camille crut que son père se moquait d'elle. Fourqueux n'est pas un toponyme des plus distingués. De source sûre – le salon de coiffure –, des petits malins s'étaient amusés à écrire « Garajabite » sur tous les panneaux indicateurs du village. Le maire, qui n'appréciait guère l'humour potache et encore moins les fautes d'orthographe, avait songé à équiper la voirie principale de caméras de surveillance mais, jugeant la mesure liberticide, les élus du parti adverse s'y étaient farouchement opposés. « Ça fait surtout beaucoup de pognon pour ce trou à rats », avait conclu la doyenne qui, nonobstant son amour démesuré pour le village, n'avait rien perdu de son à-propos.

Camille prend une douzaine de croissants qu'elle distribuera à ses camarades de classe. À moins qu'on les lui chaparde dans la cour. Tout finit en racket dans son lycée privé. Son père lui dépose un baiser sur le front, et ajoute des chaussons aux pommes dans le sac de viennoiseries déjà plein à ras bord. La vendeuse fait son apparition ; 8 heures pile, c'est inespéré. Les premiers clients déboulent, des habitués, des employés du CRPHM, le centre de réinsertion des personnes ayant un léger handicap mental que Camille appelle affectueusement les « neuneus ». On ne comprend que la moitié de ce qu'ils racontent mais comme ils achètent toujours la même chose, ça simplifie les transactions. Ils ont adopté Camille et la saluent en bégayant son prénom à l'infini, comme s'ils s'entraînaient à en parfaire la prononciation. Ça donne des « Ca-ca » et des « Mi-mi » qui les font hurler de rire.

Madeleine émerge vers 11 heures. Elle n'en a pas immédiatement conscience. C'est quand elle voit « vendredi » inscrit sur son smartphone qu'elle est prise d'un accès de panique. Elle n'interrompt ses préparatifs qu'au moment de boutonner son chemisier devant la glace. Elle n'aime pas ce qu'elle y voit, une femme aux cheveux blanchis et aux yeux cernés. Elle a un beau visage pourtant. Il semble que ses traits ont été atténués pour faire ressortir ses yeux très clairs et très bleus. Son mari disait que ses yeux l'effrayaient tellement ils étaient bleus. Elle a un nez fin, des joues légèrement creusées, un front large et une bouche parfaitement dessinée. « Tu as un visage de poupée en mamie », lui a dit la fille d'une amie. Une manière innocente de lui suggérer de figurer dans des publicités pour les viagers ou les retraites par capitalisation.

Des bribes du monologue de Pascal lui reviennent. Elle prend acte de son nouveau statut de chômeuse et ça ne lui plaît pas du tout. En trente-cinq ans, elle n'a jamais cessé de travailler. Qu'est-ce qui s'est passé, bon sang ? Pascal n'est pas un hypocrite ; un froussard tout au plus. Leur pacte de sang n'a pas tenu longtemps, il aurait fait un piètre chevalier. L'affection qu'elle lui porte l'empêche de le maudire, mais son sens du devoir l'incite à l'accabler. Il aurait dû s'insurger. Où est-il passé, le champion de la cause des salariés ? Un pleutre, un poltron, une lavette, un couard, un dégonflé, un froussard… C'est fou comme la langue française a enrichi le vocabulaire de la lâcheté. La messagerie de son smartphone dégouline de compassion. Elle n'a pas la force de répondre. Elle enfile son imperméable et sort.

Le soleil peine à transpercer les nuages. Madeleine en savoure la timide chaleur. La place du village de Fourqueux est déserte, encadrée par la Poste, la salle des fêtes, le bar et la boulangerie. Le carré d'as de la rurbanisation. D'où elle se trouve, Madeleine aperçoit la vendeuse de la boulangerie, immobile derrière sa caisse enregistreuse, probablement en train de regarder des vidéos de chats sur son téléphone portable. Parce qu'elle n'a aucune lettre à poster, qu'elle ne boit jamais avant 18 heures et que la salle des fêtes est fermée pour travaux, Madeleine entre dans la boulangerie. La vendeuse range son smartphone dans son tablier et ajuste sa queue-de-cheval pour se donner une contenance. La décoration est encore balbutiante. Il y a une jolie gravure du beffroi de Lille, un certificat de provenance des farines bio et la photo en noir et blanc de Fourqueux que l'ancien locataire leur a cédée parce que les clients aiment à penser que rien n'a changé depuis cent ans. Comme dans n'importe quelle boulangerie de France et de Navarre, la voix de la vendeuse est plus traînante, plus aiguë sur les syllabes finales. À croire qu'elles sont aussi recrutées sur ce critère.

— Bonjoooour… Qu'est-ce que je peux vous serviiiiiiir ?

— Une tradition.

— Il vous fallait autre chose ?

— Pourriez-vous laisser un message à Camille ?

La vendeuse marque un temps d'hésitation. Madeleine en profite pour écrire sur un bout de papier son numéro de téléphone ainsi qu'une invitation à la rejoindre, samedi en huit, à 15 heures, au salon de thé qui jouxte la bibliothèque.

En sortant de la boulangerie, Madeleine a un flash. VA ne voulait pas dire « Valeur ajoutée », mais « Variable d'ajustement ». Elle sourit de sa méprise. Elle n'est pas du genre à se laisser abattre mais elle aura besoin de quelques semaines pour s'en remettre. Ses pensées la ramènent à Pascal et à l'une de ses formules favorites : « On a toujours le choix. » Ils s'étaient engueulés à ce sujet lors d'un dîner trop arrosé entre collègues. C'est l'adverbe « toujours » que Madeleine n'avait pas supporté. Non, Pascal, nous ne sommes pas « toujours » maîtres de nos décisions. S'il se présentait devant elle, là, maintenant, elle le pourfendrait. Il avait le choix de ne pas l'inscrire sur la liste des gens à licencier, et pourtant il a obéi aux ordres, alors, sa jolie petite formule…

Madeleine ne va pas au restaurant d'entreprise aujourd'hui. Elle ouvre le réfrigérateur à la recherche d'une substance à étaler sur son bout de baguette. Elle ne trouve rien, à part les confitures qu'elle a confectionnées le week-end précédent. D'aucuns jardinent, d'autres bricolent. Madeleine, elle, cuisine, mais sa vraie passion ce sont les confitures. C'est très compatible avec la lecture, il faut patienter le temps que ça mijote. Lectures et confitures, ses deux grandes amours. Son mari la charriait tout en s'empiffrant de ses douceurs, preuve d'une absence totale d'éthique personnelle.

Il faut qu'elle franchisse le pas, qu'elle vide sa maison. Elle interroge le portrait de son mari. « Aide-moi, bon Dieu », lui dit-elle à haute voix. Deux ans avant sa mort, ils s'étaient offert un voyage en Italie, entre Assise et Pérouse. Un moine défroqué mais compétent leur avait donné une conférence sur le parcours initiatique de saint François. Au dîner, frugal comme il se doit, ils s'étaient lancés dans une grande discussion sur la notion de superflu. Une question revenait régulièrement. De quoi avons-nous vraiment besoin ? La réponse théorique tenait en quatre mots : un lit, une bibliothèque, une douche et une cuisinière. De retour chez eux, loin des collines dépouillées de l'Ombrie, la mise en pratique s'était révélée plus compliquée. Après réflexion, le divan prenait une grande valeur sentimentale, les tableaux occupaient peu d'espace et l'abonnement à la chaîne sportive tout comme le lave-vaisselle devenaient indiscutables. Le dénuement extrême attendrait. Madeleine et son mari avaient clos les débats en débouchant une bouteille d'orvieto.

Le mari de Madeleine ne s'était pas éteint dans son sommeil, proprement et glorieusement, comme Aznavour ou d'Ormesson, héros du quatrième âge déclinant. La maladie l'avait foudroyé dans sa soixantième année. Il est mort jeune, comme disent les gens de quatre-vingt-dix ans. Au moins avait-il évité une trop longue agonie. Madeleine examine l'intérieur de sa maison. Où qu'elle regarde, l'image de son mari apparaît. Tout la ramène à lui. « Il faut que ça cesse ! Avec ta permission », enjoint-elle au portrait. Madeleine allume son ordinateur et s'inscrit sur Le Bon Coin sous le pseudonyme de Bernardone, le véritable nom de saint François d'Assise. Pour la photo du profil, elle hésite, avant de jeter son dévolu sur un cliché réalisé par son mari.

Camille a fait la grasse matinée. Elle a joué à *Fortnite* toute la nuit. Elle croise son père qui part se coucher après lui avoir recommandé de surveiller la vendeuse en son absence. Elle a été bien inspirée de ne pas parler de son rendez-vous avec Madeleine. Gilles ne se mêle pas de son emploi du temps, sauf quand le sien s'en trouve perturbé. Elle donne à la vendeuse la consigne de l'appeler sur son portable en cas d'urgence. Le salon de thé est à quelques enjambées de la boulangerie, hors de question de réveiller son père. C'est quoi, une urgence, dans une boulangerie ? Une file d'attente qui s'allonge et s'impatiente. Peu probable. Le samedi, les Fourqueusiens paressent jusqu'en milieu d'après-midi. Ils ne réapparaîtront pas avant 16 h 30. Camille sera déjà rentrée.

Madeleine s'est installée au fond du salon de thé, certaine que Camille appréciera la discrétion. Sa semaine a été éprouvante. Elle a dû affronter la mine contrite de Pascal et les têtes d'enterrement de ses anciens collègues dont les paroles d'encouragement trahissaient la maladresse et l'embarras. « Tu en as vu d'autres, Madeleine » – est-ce une allusion au décès de son mari ? « Tu es une battante, tu t'en sortiras » – ah bon, le chômage est une maladie ? « Ils ne te méritaient pas » – n'est-ce pas la formule qu'on adresse à quelqu'un qui vient de se faire plaquer ? « La retraite approchait de toute manière, n'aie aucun regret » – et toi, tu n'as aucun tact ! Sans oublier cette formule pleine de poésie qu'elle n'avait pas tout de suite comprise, pensant qu'on faisait allusion à son léger embonpoint : « Tu vas rebondir. »

Toute la semaine, Madeleine s'est demandé pourquoi elle tenait tant à revoir Camille. Pour combler un manque affectif ? Elle voit rarement son fils, qui vit à l'étranger. Son mari est mort et enterré. Son entreprise vient de la virer. Inconsciemment, Madeleine se cherche de nouveaux repères. Cette explication, trop simpliste, ne la convainc pas. Et si cette Camille n'avait pas surgi dans son existence par hasard ? Mais Madeleine n'a jamais été adepte de la prédestination divine. Quelle piètre idée de l'homme se fait-on là !

Une jeune fille fait son apparition dans le salon de thé. Madeleine reconnaît son visage mutin et sa dégaine de lolita contrariée. Camille… qui badigeonne la salle de son regard noir, pour tout effacer. Toujours la méfiance. Elle fonce droit sur la table où Madeleine s'est installée.

— Comment ça va, Mad ?

— Tiens, c'est un surnom qu'on ne m'avait pas encore donné. On se tutoie si je comprends bien ?

— J'préfère, ouais.

Camille semble indisposée par le brouhaha venant des tables voisines. On y parle fort. En italien, en anglais, en allemand et dans une langue d'un pays scandinave qu'elles seraient incapables de situer sur une carte. Le salon de thé est le lieu de rendez-vous préféré des mères de famille qui ont des enfants au lycée international de Saint-Germain-en-Laye.

— Je suis désolée Camille, c'est un peu bruyant. J'ai choisi cet endroit parce qu'il n'est pas trop loin de la boulangerie. Tu es scolarisée au lycée international ?

— Euh non, mon daron est chti… On vient du Nord… Je rentrais pas dans leurs critères. Et puis, même s'il avait été américain, ça n'aurait pas suffi. Mes notes sont trop basses. Les maths, le français, tout ça, c'est pas trop mon kif…

— C'est quoi ton… kif?

— Le sport.

— Laisse-moi deviner. Tu fais de l'équitation.

— Du e-sport.

— C'est quoi ?

— Tu sais, Mad, j'ai un bon a priori sur toi mais je sens qu'il va falloir que j't'apprenne des trucs.

— Je ne demande que ça.

Madeleine est d'une nature conciliante. Ses collègues de travail en ont souvent abusé. Si l'insolence de Camille ne l'irrite pas, c'est moins en raison de ce caractère accommodant que du vent de fraîcheur qu'elle souffle dans sa vie. La semaine passée ne fut qu'hypocrisie et faux-semblants. Camille parle sans filtre, sans arrière-pensée, avec une absence de retenue qui confine à la provocation. On y perd en élégance mais on y gagne en sincérité.

— Tu t'y connais en games ? J'veux dire, en jeux vidéo ?

Madeleine n'en connaît qu'un, celui des voyageurs du RER A.

— Je sais qu'en ce moment, on joue beaucoup à *Candy Crush*.

Camille ne peut lui cacher sa déception. Elle considère Madeleine avec pitié, comme un chirurgien sur le point de lui annoncer son amputation.

— *Fortnite Battle Royale*, le jeu en réseau, ça te dit quelque chose ?

— Vaguement. Une collègue m'a raconté que son fils y passait ses nuits. Elle se faisait du souci parce qu'il ne dormait plus assez…

— Faudra que tu me donnes son pseudo, j'le connais peut-être.

— Ça consiste à quoi, ton *Fortnite* ?

— À tuer un maximum de personnes pour survivre.

— Charmant… Et tu es bonne à ce jeu ?

— La meilleure de la région. Si mon père me donnait l'autorisation, j'participerais à des compétitions. Le fils de ta collègue de bureau, il doit connaître mon pseudo, DarkAngelus.

— Je n'aurai pas l'occasion de lui communiquer.

— Pourquoi ?

— Je ne travaille plus dans cette entreprise. Le soir où je t'ai vue dans le bus, je sortais d'un entretien de licenciement.

— Tu me l'as pas trop montré.

— C'est toi qui pleurais, pas moi.

Camille préfère esquiver plutôt que de lui donner une explication. Elle n'est pas du genre à se confier dans l'espoir de tisser des liens plus rapidement. Non par pudeur, mais par fierté. Son *modus operandi*, c'est l'offensive.

— Pourquoi ils t'ont virée ? Parce que t'étais trop vieille ?

Madeleine a beau être tolérante, la remarque de Camille l'a sonnée. Elle réalise qu'elle n'a pas pris le temps de comprendre ce qui lui était arrivé, qu'elle s'est contentée de vaquer aux affaires courantes. Elle répond le premier truc qui lui passe par la tête :

— Je leur coûtais trop cher.

— C'était quoi, ton boulot ?

— Je conseillais des sociétés sur leur stratégie et leurs investissements.

— Bah dis donc, ça t'a pas trop servi, t'aurais pu commencer par toi-même !

Camille a sorti de sa poche un bout de papier sur lequel elle griffonne tout en conversant avec Madeleine. Elle est douée, elle a un bon coup de crayon, mais elle a tendance à répéter le même motif.

— Pourquoi tu ne dessines que des cœurs ? lui demande Madeleine.

— Tu préfères que j'fasse des têtes de mort, à la place ?

— Non, tu peux garder les cœurs.

— T'as une idée de c'que tu vas faire ?

— Je commence par vider la maison. Je me débarrasse de tout ce dont je n'ai plus besoin. Ça faisait un moment que j'y pensais, mais je n'étais jamais passée à l'acte. Depuis lundi, je me suis lancée, j'ai vendu plein de trucs sur Le Bon Coin. Je me suis bien amusée.

Le début de la semaine a été moins divertissant que Madeleine ne le prétend. Elle a d'abord pointé à Pôle Emploi. Dans l'interminable file d'attente, elle n'en menait pas large, coincée entre une chômeuse de longue durée et un quinquagénaire grisonnant qui lui racontait comment sa boîte l'avait sacrifié au nom de la révolution digitale. Elle a éprouvé des sentiments contradictoires, la honte de s'inscrire, le soulagement de ne pas être un cas isolé, d'appartenir à la communauté des infortunés.

Sur Le Bon Coin, le pseudonyme de Bernardone n'a pas eu l'effet escompté. Il a semé le trouble chez des acheteurs qui ne faisaient pas le lien entre le flamboyant portrait de Madeleine et ce nom bizarre que l'un d'entre eux a même orthographié à l'américaine, « Bernard1 ». Comprendre : « Le meilleur des Bernard ». À chaque visite, Madeleine s'est égarée dans des explications de texte que seuls les plus instruits ont comprises. Les autres l'ont cataloguée parmi les vieilles folles, ils ont attendu qu'elle finisse sa démonstration.

Au total, elle a reçu chez elle une douzaine d'acquéreurs dont elle a apprécié l'affabilité, à quelques excentricités près. Un jeune couple a voulu régler la chaise en tickets-restaurant. Une septuagénaire s'est assoupie, par désespoir, sur le canapé qu'elle n'avait pas réussi à fourrer dans sa voiture. Un retraité lui a fait la cour, ignorant le guéridon pour lequel il avait fait le déplacement depuis Paris. Un jeune couple d'origine africaine a marchandé sa table basse jusqu'à l'épuisement. Madeleine a fini par la céder à la moitié de son prix initial, tant pour récompenser l'originalité du bagout que pour s'assurer de la disparition de ce reliquat de sa période Ikea.

— Pourquoi tu tiens autant à vider ta maison ?

— Pour tourner la page.

— Il en pense quoi, ton mari ?

— Il en penserait du bien s'il avait l'occasion de m'en parler mais il est mort d'un cancer, il y a trois ans.

— Ça nous fait un poids en commun. Ma mère s'est fait bouffer par le crabe quand j'étais petite. Celui du pancréas. Le plus salaud, il paraît.

Madeleine se demande si Camille a déformé l'expression « point en commun » par ignorance, par inadvertance ou pour faire de l'esprit.

— Je suis désolée, Camille.

— Oh, c'était il y a longtemps. Mais toi… Ça veut dire que t'es revenue dans le game ! Tu n'as plus qu'à te trouver un match !

— Je ne comprends pas ce que tu me racontes.

— Tu es célibataire, Mad. Il faut que tu te trouves quelqu'un.

Cette gamine a l'art de remuer le couteau dans la plaie avec tant d'ingénuité qu'il est impossible de la soupçonner de perversité. Elle a raison. Madeleine pourrait retrouver quelqu'un si elle le voulait. Elle s'y est toujours refusée, entourée qu'elle était des souvenirs de son défunt mari, qu'elle brade aujourd'hui. Le moment est-il venu ? Peut-être. Elle n'a pas été insensible au numéro de séduction du retraité, ses manières désuètes lui ont arraché quelques éclats de rire. Pour être tout à fait sincère, elle n'a eu aucune envie de le renvoyer chez lui. Ni de le garder, d'ailleurs. Mais elle s'est sentie rajeunir au contact d'un homme qui s'intéressait à elle.

— C'est compliqué de rencontrer la bonne personne.

— J'suis d'accord.

Madeleine attrape la perche que lui tend Camille.

— Tu as un petit ami ?

— Tu rigoles ? Les mecs d'ici me calculent pas. J'existe pas pour eux…

— Et quand tu joues à *Fortnite*, il n'y a pas un garçon avec qui tu t'entends bien ?

— Il y a KillerBoy. J'aime bien comment il me parle.

— Tu l'as rencontré ?

— T'es tarée ?

— Pourquoi, il habite loin ?

— Non, non, il vit à Paris. C'est pas le problème.

— C'est quoi le « problème », Camille ?

— Il n'a jamais vu ma face, tu comprends. On a juste fait des chats. On est en mode incognito.

— Tu n'as pas mis ta photo ?

— Jamais de la vie. Je ne suis pas prête à le voir IRL. Dans la vraie vie, j'veux dire. J'ai trop peur qu'il soit déçu. C'est pour ça que je ne serai jamais streamer. Tu vois de qui je veux parler, les gens qui commentent leur jeu en direct. Je ne veux pas qu'on voie mon visage.

— Dommage… Il faut que tu les fasses, ces compétitions, si tu es si douée.

— C'est ce que n'arrête pas de répéter KillerBoy. J'pourrais me faire un max de blé. Tu sais combien gagne le vainqueur de la Coupe du monde ? Trois millions de dollars !

— Qu'est-ce que tu attends ?

— J'suis pas prête.

— C'est à cause de KillerBoy que tu pleurais, l'autre soir ?

Camille hausse les épaules et se remet à gribouiller fiévreusement. Des têtes de mort, cette fois-ci. Madeleine sait qu'elle a mordu la ligne blanche de ses émotions et qu'elle ne l'acceptera pas. Ou alors, si elle encaisse, elle ripostera. Camille rature le crâne qu'elle a dessiné. Elle lève la tête et fixe Madeleine d'un regard plus sombre.

— Et toi, alors, qu'est-ce que tu vas faire de ta vie ?

— Je ne sais pas encore, Camille.

— Tu vas continuer à conseiller des entreprises ?

— Je n'en ai plus très envie.

— Lance-toi, crée ton business, ils ne parlent que de ça en ce moment. « Nous sommes tous des entrepreneurs dans l'âme », c'est c'que nous a dit le type qui est intervenu au lycée la semaine dernière.

— Qui c'était ?

— J'sais plus trop, un pseudo-coach, un ami de la prof d'économie qui a fondé sa start-up. Son slogan, c'est « Faites commerce de votre passion ». « Tu vas pouvoir faire la pute ! » a lancé un gros lourd à la fille la plus canon de la classe. Elle s'est mise à hurler, ça a dégénéré, les mecs se sont mis sur la gueule, la grosse embrouille, quoi. Et toi, Mad, c'est quoi ta passion ?

— La lecture.

— Pourquoi tu travaillerais pas dans une librairie ?

— Parce que je n'aurais plus le temps de lire. Je passerais ma vie à gérer des stocks, non merci.

— T'as pas une autre passion ?

— Tu vas te moquer de moi.

— C'est un risque.

— Les confitures.

— Génial !

Voilà pourquoi Madeleine pardonne l'impertinence de Camille. Pour ce don qu'elle a de la surprendre. Génial ? C'est bien la dernière des réactions auxquelles elle s'attendait. Elle reste sur ses gardes.

— Tu te moques de moi.

— Mais pas du tout ! J'suis sûre que ça peut marcher.

— Pourquoi tu dis ça ?

— Parce que c'est c'que tout le monde veut, Mad. On l'voit bien, nous, à la boulangerie. Les gens réclament du bio, du local, des trucs faits par des vrais gens. Plus c'est roots, plus ils aiment, j'te jure. T'as des réserves chez toi ?

— Une cinquantaine de pots.

— Passe à la boulangerie tout à l'heure. T'as qu'à m'en apporter une dizaine. On les vendra chez nous.

— Camille, mais qu'est-ce que tu racontes ? Je ne sais pas si elles sont assez bonnes, et puis, que dira ton père ?

— Mon père, j'le gère. À plus !

Camille se lève, et se dirige vers la sortie d'un pas volontaire. Madeleine reste bouche bée. Cette gamine ne manque pas de toupet.

Vendre ses confitures, une évidence ? Les articles de RH que lui faisait lire Pascal reviennent à sa mémoire. Tous ces gens qui plaquent leur job pour se consacrer à leur hobby, ces cadres qui se sculptent des carrures d'entrepreneurs du jour au lendemain. Avec quelles chances de réussite ? Elle s'apprête à rejeter la suggestion de Camille au nom de la sacro-sainte faisabilité, un terme qui, à lui seul, justifie les milliers d'euros d'émoluments des consultants. Et puis merde, se dit-elle, qu'est-ce que ça me coûte d'essayer ?

Madeleine descend à la cave qu'elle avait transformée en temple de la gastronomie et que son mari avait baptisée par dérision « l'abri antiatomique ». Au sud les conserves de légumes, au nord les salaisons, à l'ouest le vin, et à l'est son impressionnante réserve de confitures dont elle examine les rayonnages à la recherche de sa meilleure production. Faire simple, ne pas vouloir les impressionner. Abricot-pêche, pomme-vanille, à la rigueur poire-anis et fraise-rhubarbe, elle ne connaît pas la clientèle de la boulangerie, mieux vaut commencer par du classique.

Quand Madeleine franchit le seuil de la boulangerie, une clochette tintinnabule et son estomac gargouille d'appréhension. La vendeuse a été prévenue. Camille sort de l'arrière-boutique en sautillant.

— Alors Mad, qu'est-ce que tu nous as amené ?

Madeleine dépose son sac recyclable sur le comptoir, entre la caisse enregistreuse et des étagères remplies de bonbons multicolores dont l'aspect évoque davantage des invertébrés que des friandises. Elle sort les dix pots de confiture qu'elle a prélevés sur sa précieuse collection. Camille en saisit un au hasard, dévisse le couvercle, y plonge une petite cuillère et la porte à sa bouche en relevant les sourcils, comme le chef renommé d'une émission de télé au moment de goûter le plat du candidat qu'il doit évaluer. Madeleine proteste :

— Tu ne sais même pas ce que tu as pris.

— J'm'en tape. Si c'est bon, ça n'a pas besoin d'explications. C'est ce que me dit toujours mon père.

Camille en rajoute. Elle fait celle qui tergiverse avant de livrer son jugement :

— C'est super bon ! C'est de la poire avec un autre truc...

— De l'anis.

— J'adore ! Papa !

Les jambes de Madeleine se dérobent.

Gilles arrive à son tour. Il porte un tablier blanc, douteux, et un calot qui retient ses cheveux. On devine qu'ils ne sont plus nombreux. Ses yeux cernés de fatigue lui donnent un air pas commode. Il est grand, légèrement voûté. Sa taille fait oublier le léger surpoids révélé par le tablier rebondi au niveau de l'estomac. Il n'est pas très beau mais sa carrure en impose et contribue à son charisme. Camille se charge des présentations.

— C'est Mad, papa, la dame qui fait des confitures.

— Enchanté. Ma fille m'avait parlé d'une meuf... Pardonnez mon accoutrement. Vous permettez que je goûte à votre confiture, moi aussi ?

— Je vous en prie.

Madeleine retrouve sa timidité devant ce colosse à la silhouette sans commune mesure avec celle, gracile et fragile, de sa fille. Il coupe un morceau de pain complet qu'il tartine avec la confiture de poire-anis. Ses gestes sont brefs et précis. Personne ne bouge dans la boutique. Les trois femmes sont rivées aux mouvements réguliers de sa mâchoire. Ses narines frémissent, ses lèvres se plissent. Il hoche la tête.

— Y a quoi dans les autres pots ?

— Je vous ai apporté un fraise-rhubarbe, un abricot-pêche, de la prune avec…

— Bonne idée, la rhubarbe. Revenez samedi prochain, nous verrons ce que nous aurons réussi à vendre.

L'ours repart dans sa tanière sans se retourner. Madeleine, déconcertée, implore Camille du regard.

— Ça veut dire qu'il aime ta confiture, Mad.

— Ton père a une étrange manière de manifester son enthousiasme.

— Pas besoin d'explications, tu te souviens ? Mon daron est un peu misanthrope, il a besoin de temps. T'es contente ?

— Je ne sais pas encore. Tu crois qu'elles vont plaire, mes confitures ?

— J'en suis sûre. On s'retrouve au salon de thé samedi prochain, à la même heure. D'accord ?

Madeleine a toujours suivi le rythme des saisons. Une saine habitude qu'elle tient de sa grand-mère maraîchère dans le Val-de-Loire. Elle lui a enseigné qu'il fallait respecter la nature et qu'il est sacrilège d'en entraver le cours. « Avant l'heure, c'est pas l'heure, après l'heure, c'est plus l'heure », telle était sa devise. Et qu'importe si elle mangeait des poires et des pommes six mois par an. Pour tromper la monotonie d'un hiver trop long, elle les cuisinait de toutes les manières possibles. Compotes, tartes, crumbles, beignets, clafoutis, gratins, puddings, crêpes, sans parler de ces plats sucré-salé où pommes et poires remplaçaient les légumes. Et puis, bien entendu, il y avait les confitures.

La grand-mère de Madeleine excellait dans leur préparation. Aucune autre femme ne les réussissait aussi bien qu'elle. Elle travaillait sans recette, à l'instinct, presque les yeux fermés. Pour ajuster son dosage de sucre, elle palpait les fruits, observait la couleur de leur peau, appréciait leur texture et leur maturité. Outre sa capacité à deviner les quantités requises, la grand-mère de Madeleine disposait d'un talent unique : la créativité. À l'époque, on n'avait pas encore théorisé le progrès continu et le mot sérendipité était remisé au fond des tiroirs de notre vocabulaire courant. La grand-mère de Madeleine pratiquait intuitivement les deux. Elle osait l'expérimentation, elle tirait les fruits du hasard, d'une association qu'elle pensait malencontreuse et qui donnait des résultats extraordinaires à ses yeux et à ses papilles. Elle désorientait ses contemporains avec sa myrtille-cannelle ou son abricot-rose. On lui demandait de faire simple, d'arrêter ses fantaisies.

Au milieu de ce concert de critiques, Madeleine, sa petite-fille, faisait figure d'exception. Elle goûtait à tout. Sans le savoir, elle éduquait son palais à des saveurs inédites qu'elle aurait plus tard l'ambition de reproduire. Le goût est une affaire de mémoire. Madeleine avait compris que pour réaliser l'inoubliable recette de confiture de fraises de sa grand-mère, elle ne devait pas seulement en respecter les proportions, il fallait aussi retrouver l'ingrédient qui lui donnait son arôme unique. Aussi bonnes soient-elles, les gariguettes, les clérys et les maras ne pouvaient rivaliser avec la variété de charlotte de son enfance et sa délicate note de fraise des bois.

Le vieux pharmacien du village de sa grand-mère avait involontairement contribué à sa formation d'autodidacte. Un apothicaire à l'ancienne. Il se méfiait des produits chimiques qui déferlaient sur les grandes villes et ne jurait que par les plantes. Autant par conviction que par nécessité : à la campagne, loin de tout, on faisait avec les moyens du bord. L'herboriste était intarissable sur les bienfaits de la mélisse ou de l'ortie, sur le caractère antiseptique de l'ail ou du thym, sur les propriétés insoupçonnées du millepertuis ou du pissenlit. Il devisait avec sa grand-mère quand elle passait à son officine, à la recherche de quelque inspiration. Du haut de ses dix ans, Madeleine ne perdait pas un mot de leurs conversations. Il serait exagéré de penser qu'à cet âge-là elle ait pu retenir quoi que ce soit mais, inconsciemment, elles nourrissaient son imagination et l'initiaient à l'art des mélanges.

Quand Madeleine et son mari se sont installés à Fourqueux, le village au nom malheureux était inexistant. Un triste pâté de maisons. Ils n'avaient d'autre choix que de se ravitailler au marché de Saint-Germain-en-Laye dont les produits, outre leur prix exorbitant, ne lui donnaient pas satisfaction. Un jour, du côté de Saint-Cyr-l'École, des fermiers ont décidé d'ouvrir leurs champs à la cueillette des particuliers. Pliée entre les alignements de fraisiers, Madeleine a renoué avec ses sensations d'antan, quitte à se plaindre d'un mal de dos lancinant et de la rumeur persistante de l'autoroute voisine. Le jeu en valait la chandelle, elle retrouvait le bonheur de récolter ses produits elle-même. « Ce bonheur, c'est mon ingrédient magique », explique-t-elle. Trois décennies plus tard, on érige ses vieilles habitudes en discipline de vie. Le retour à la nature fait loi. Camille a peut-être raison, au fond, j'étais une pionnière, me voici dans l'air du temps.

Madeleine jubile. Ça lui a pris comme ça, au saut du lit. Une envie de plonger ses mains dans les fruits mûrs, de les malaxer, de sentir leur pulpe filer entre ses doigts. Y rajouter la vergeoise. Se laisser enivrer par le parfum entêtant des sucres. Caresser le chaudron de cuivre à la manière d'un percussionniste antillais. Surveiller la cuisson, telle une sorcière concoctant sa mixture. Elle y met tout son être, toute son âme. C'est une résurrection. Trois jours durant, elle cueille, elle rince, elle coupe, elle écrase, elle mélange, elle mitonne, elle en oublie la nuit. L'assomption devient évidence. Tout coule de source. Elle recyclera les pots de verre. Les recouvrira d'une pièce de tissu qu'elle achètera en grandes quantités au marché Saint-Pierre. À chaque confiture son motif. L'ananas, le madras. La fraise, le vichy. La mûre, le buissonnier. La pêche, le provençal. La pomme, le tartan.

Jeudi, Madeleine reçoit un texto de Camille : « On a tout vendu, Mad, faut que tu nous en ramènes. Tu mets des belles étiquettes, hein ? Et puis faut que tu trouves un nom, aussi. » C'est vrai ça, comment elle va les appeler, ses confitures ? Quand elle travaillait chez Arrogate et qu'elle cherchait une appellation pour un de ses clients, elle a rencontré un onomaturge, un gars dont le métier est d'inventer des noms. Elle a retenu la leçon : « Il faut que ça vienne de vous. Les gens veulent qu'on leur raconte une belle histoire. » C'est presque trop simple, oui... Les confitures de Madeleine ! Madeleine, ça sonne gourmand, pâtissier, nostalgique, merci Proust ! Sa mécanique marketing se met en place, elle s'entend répondre aux clients qui lui posent la question. Pourquoi Madeleine ? Parce que c'est mon nom. Parce que le goût est une affaire de mémoire. On n'oublie jamais les saveurs de son enfance. La confiture de fraises charlottes sera son best-seller. Elle en contera la genèse, dans le Val-de-Loire de sa grand-mère, là où le fleuve est généreux de son limon.

Alors qu'elle chemine en direction de la boulangerie, chargée d'une dizaine de pots de confiture à la fraise et à la rhubarbe, Madeleine s'interroge. N'est-elle pas en train de se leurrer ? Personne ne l'attend. Des confitures ? Il y en a pléthore sur le marché. Comme les tisanes bio. À quoi bon se lancer dans cette aventure si elle n'a aucune chance de la mener à son terme ? Faut-il être sotte ? Son estomac se serre, son humeur noircit, son pas ralentit. Qu'est-ce qu'il lui a pris ? Elle s'est laissé embobiner par cette gamine. Elle va se ridiculiser. Madeleine s'arrête à quelques centaines de mètres de la boulangerie et décide de revenir sur ses pas. Résignée. Elle touchera l'allocation Pôle Emploi, et puis elle vendra sa maison si sa retraite ne suffit pas. C'est ce qu'il y a de plus raisonnable. Ils font tous pareil. En quoi serait-elle différente ? Pour qui se prend-elle ?

La voix de Camille l'interpelle :

— Mad, qu'est-ce que tu fous ? C'est par ici, la boulange !

Madeleine attend qu'elle la rejoigne. Elle tremble un peu.

— Camille, j'abandonne. Ça ne rime à rien tout ça. Je suis juste bonne à cuisiner pour les amis. Ça ne fait pas de moi une pâtissière trois étoiles.

— Mad, arrête ton blabla, on a vendu toutes tes confitures !

— Tu as fait le forcing. Si ça se trouve, tu les as offertes à tes clients, pour me faire plaisir.

— Mais t'es relou, toi ! Tu crois qu'mon père me laisserait faire ça ? Il dit que c'qui compte, c'est pas l'achat, mais le « réachat ». Si les clients en redemandent, c'est bon signe. Mad, tu m'donnes tes confitures et on en reparle le week-end prochain, OK ?

— Et si ça ne marche pas ?

— Et si on meurt écrasées par une bagnole en traversant la route ? Tu vas faire quoi, sinon ? Toucher tes allocs et lire des bouquins ? Qu'est-ce que ça t'coûte d'essayer ? Allez donne-moi ton sac, j'ai des clients qui veulent tartiner leur baguette !

— Je ne sais pas.

— T'es une killeuse, Mad…

— On n'est pas en train de jouer à *Fortnite*, Camille.

— C'est mieux qu'*Fortnite*. Allez, GG !

— GG ?

— *Good game*, bonne chance, quoi !

La décoration du salon de thé laisse vraiment à désirer. La propriétaire a tapissé les murs avec les aquarelles de la maternelle d'en face. Peut-être voulait-elle faire plaisir à la directrice, son amie ? En regardant ces dessins, Madeleine parvient à deux conclusions. La première, c'est qu'une épidémie de licornes s'est propagée de façon spectaculaire dans l'inconscient des enfants. La seconde, c'est que le Picasso du XXIe siècle n'aura pas fait sa scolarité à Fourqueux. Le talent est une chose rare. Sur ce constat, Madeleine est à nouveau assaillie par le doute. Le caractère à la fois précaire et prétentieux de sa modeste entreprise lui apparaît au grand jour. Son amour-propre prend le dessus. Il est hors de question de continuer à jouer les conquérantes de la marmelade… Et l'emprise que cette Camille a sur elle dépasse l'entendement. Elle s'est fait retourner comme une crêpe. La mascarade doit cesser. Madeleine respire un grand coup. Ses lèvres s'agitent, mais aucun mot ne s'échappe. La voisine qui sirote son thé à la menthe pense qu'elle est pensionnaire du CRPHM et lui jette un regard en coin, subtile combinaison de méfiance et de compassion.

— On a tout vendu, Mad !

Madeleine sursaute.

— C'est un… coup de chance, bafouille-t-elle.

— T'es têtue, toi ! La vendeuse a noté les compliments. J'te les lis : « Beaucoup de goût et pas trop de sucre, tout ce que j'aime » ; « Je ne sais pas quelles épices vous mettez dans vos confitures, mais ça fait une sacrée différence » ; « On sent bien les fruits »…

— Et alors, Camille, qu'est-ce que ça nous dit ?

— Que t'assures en confitures, que t'as un début de clientèle.

— Ça ne prouve rien. Je m'y connais. Il faudrait un échantillon de clients plus grand pour en avoir le cœur net.

— C'est d'ça que j'voulais te parler. Mon daron est pote avec le placier du marché de Marly-le-Roi.

— C'est quoi un placier ?

— C'est celui qui attribue les emplacements aux commerçants. Il s'appelle Patrick. Il a dit qu'il cherchait à renouveler son marché. Y a des espaces disponibles dans l'allée principale. Mon daron lui a parlé de toi…

— Ça veut dire que ton père apprécie mes confitures ?

— Hein ? Il en raffole. Hier matin, j'l'ai surpris en train de s'empiffrer avec ta rhubarbe. J'ai rien dit, tu penses, il l'aurait mal pris. Et puis c'matin, comme il savait que j'avais rendez-vous avec toi, il m'a chargée de te transmettre la nouvelle.

— Qu'est-ce qu'il faut que je fasse ?

— Que tu l'accompagnes au marché mardi matin. Il te présentera à Patrick. Prépare un assortiment de confitures, tu lui laisseras. Il faut qu'il soit aussi convaincu que mon daron. T'es contente ? T'as pas l'air…

— Camille, je n'avais pas prévu que ça aille aussi vite… Je ne sais pas si je peux faire la vendeuse sur les marchés, je travaillais dans des bureaux, moi…

— Tout s'apprend, Mad.

— Camille, pourquoi tu fais ça pour moi ?

La question déplaît à Camille.

— J'en sais rien… Qu'est-ce que ça change ?

Madeleine s'en veut d'avoir poussé Camille dans ses retranchements en l'obligeant à se justifier.

— J'apprécie beaucoup ce que tu fais, Camille. Je suis un peu maladroite pour t'exprimer ma reconnaissance, pardonne-moi.

— T'en fais pas, Mad. Tu traverses une mauvaise passe, c'est normal. J'allais oublier… Tu sais qu'j'ai vu KillerBoy IRL… J'suis allée à la capitale.

— Et alors ?

— C'était un peu bizarre. On avait du mal à trouver des sujets de conversation… à part *Fortnite*. Mais j'crois qu'on s'est pas mal kiffés tous les deux. Il a dit qu'il était d'accord pour me revoir.

— Tu l'as trouvé comment ?

— Mignon, attentionné. Moins macho que dans le game.

— Pas de gilet pare-balles, pas d'armes automatiques, il faisait moins le malin.

— Exactement. Dis, Madeleine, pourquoi c'est si compliqué avec les hommes ?

— Parce qu'ils participent à un jeu dont ils s'obstinent à ignorer les règles.

— J'comprends pas.

— Dans leur for intérieur, les hommes savent exactement ce que les femmes attendent d'eux. Mais ils font semblant de ne rien comprendre. J'ai fini par penser que la relation entre l'homme et la femme dépend d'une règle mathématique invariable et que l'histoire du monde se résume aux différentes façons de ne pas la respecter.

— Ça veut dire quoi ?

— Beaucoup d'hommes voient les femmes comme leur propriété. Ils ne les considèrent pas comme leurs égales.

— Et s'ils sont amoureux ?

— Ils baissent la garde… mais ça ne dure pas.

— Il était comme ces hommes, ton mari ?

— Par instants. Il n'était pas parfait… Mais je n'ai pas eu à me plaindre, il m'aimait…

— Tu crois que KillerBoy est un mec bien ?

— Je ne le connais pas, Camille. Il faudrait que tu me le présentes.

— C'est pas pour demain.

Madeleine tergiverse au moment de s'habiller. Si elle s'habille mal, on lui reprochera de ne pas faire honneur au beau sexe. Si elle s'habille bien, on lui prêtera l'intention de séduire. L'impasse habituelle. Elle opte pour une tenue passe-partout qui la laissera libre de ses mouvements. Confortable mais présentable. Avec Gilles, ils ont convenu de se retrouver à 8 heures sur le parking en face de la boulangerie, à l'entrée de la Villa Collin, la création débridée d'un architecte affranchi des contraintes stylistiques de son temps.

Gilles attend Madeleine dans sa vieille Range Rover, une voiture de chasseur frustré qui la déçoit un peu. Il ne l'a pas vue. Il a chaussé des petites lunettes rondes pour déchiffrer l'écran de son smartphone et les enlève en catastrophe quand elle approche. Cette coquetterie attendrit Madeleine. Il n'est pas aussi rustre qu'elle l'avait imaginé. Il sort de son véhicule tout-terrain pour lui ouvrir la portière, la débarrasse du panier dans lequel elle a rangé une douzaine de pots de confiture protégés par du papier journal. Il se comporte comme un gentleman. À bien y réfléchir, l'icône de l'industrie automobile britannique lui sied à merveille.

— Bonjour, Madeleine. Ça va, vous n'êtes pas trop nerveuse ?

— C'est votre question qui me rend nerveuse. Je devrais m'inquiéter ?

— Pas le moins du monde, Patrick est un type formidable. Il vous apportera toute l'assistance nécessaire.

— Vous les aimez vraiment, mes confitures ?

— Je ne suis pas du genre à raconter des bobards. Je dis ce que je pense. Si j'ai parlé de vous à Patrick, c'est parce que vos produits sont bons. Je ne prendrais pas le risque de compromettre ma réputation naissante.

Madeleine décide de lui poser la question qui avait tant déstabilisé Camille :

— Pourquoi faites-vous tout ça pour moi ?

— Pourquoi ? Parce que depuis qu'elle vous a rencontrée, ma fille a retrouvé la bonne humeur qu'elle avait laissée à Lille. Entendons-nous bien, Madeleine, je n'agis pas par pitié. Ma fille vous trouve sympathique, vos confitures sont succulentes et puis… j'ai tendance à jouer les pygmalions, c'est plus fort que moi.

Madeleine se garde bien de lui demander dans quelle autre circonstance il a joué les pygmalions.

La Range Rover traverse des villages ramassés autour de leur église, dévale des ruelles bordées de pavillons trop grands pour ceux qui les habitent, des petits vieux dont la santé s'est dégradée mais qui pour rien au monde ne vendraient le sacrifice de toute une vie. Plutôt y crever.

Le marché de Marly-le-Roi est couvert par un parallélépipède de bois et de béton qui, de l'extérieur, a l'aspect d'un gymnase ou d'une structure érigée pour les besoins d'une exposition temporaire. Le parking est presque désert. Gilles a pu se garer au pied de l'escalier qui conduit à l'entrée, là où les commerçants nomades, ceux qu'on appelle les « volants », finissent de déballer. Il y a le marchand de tapis qui fait des promotions toute l'année, au point de ridiculiser le sens du mot promotion. Il y a le vendeur de DVD d'occasion chez qui l'on trouve des raretés, des films de série B d'autant plus improbables qu'il est tamoul et que son français est approximatif. Comment est-il possible qu'un nanar comme *Oh ! Qué mambo* avec Dario Moreno ait pu atterrir sur son étalage ? Un mystère.

Gilles et Madeleine sont accueillis par Boubou, l'Antillais qui ressemble à s'y méprendre à Omar Sy. Il a son rire et son physique. Madeleine se sent toute petite entre ces deux gaillards qui se congratulent. Les deux hommes se connaissent depuis peu et pourtant ils donnent l'impression d'avoir appartenu au même gang. Madeleine ne peut refuser les premiers acras de la matinée mais elle évite le verre de rhum arrangé, de justesse.

Patrick les attend à l'entrée de la halle. C'est un homme chauve, nerveux, bourré de tics, qui trimballe son sourire comme une carte de visite. Il est disponible pour tout le monde, il ne tient pas en place, il ponctue ses phrases de « allez ! » pour signifier qu'il faut passer à autre chose. Allez, je vous présente untel ! Allez, je vous montre où vous pouvez vous installer ! Allez, je vous paye un café ! Allez, je vous laisse ! Madeleine est déboussolée, intimidée par le tohubohu et les regards inquisiteurs des commerçants. Elle devine qu'ils se posent tous les mêmes questions. Qui est-elle ? Pourquoi a-t-elle le privilège d'occuper l'allée centrale ? Gilles arrive à la rescousse. Il lui monte une table avec une planche et deux tréteaux. Madeleine la recouvre d'une nappe à carreaux rouges et blancs. Elle y dispose ses pots de confiture, un bouquet de fleurs fraîches qu'elle a cueillies dans son jardin et une ardoise sur laquelle elle a écrit « Confitures. 5 euros le pot ».

— Et maintenant, qu'est-ce que je fais ?

— Vous attendez votre premier client, Madeleine. Il ne devrait pas tarder.

Gilles est optimiste. Les premiers arrivés sont des lève-tôt, des habitués qui savent exactement ce qu'ils cherchent. Ils tirent leur caddy à vive allure. Quelquefois, ils se percutent, ils s'invectivent. « Arrête ton char, Ben-Hur ! » crie un petit pépé courroucé qui doit se fournir en péplums chez le vendeur de DVD. Tout s'explique. Satisfait de son bon mot, il adresse un clin d'œil appuyé à Madeleine. Il est le seul à s'intéresser à elle. Les autres visiteurs ne la voient pas. Elle est un obstacle sur leur route.

Il s'est écoulé une heure et Madeleine n'a rien vendu. Gilles doit la quitter pour s'occuper de sa boulangerie. Un peu gêné, il promet de revenir vers midi. Madeleine regarde sa grande silhouette s'éloigner. Désormais, elle est livrée à elle-même. Les gens passent devant son stand en grimaçant, contrariés, comme si elle faisait tache dans le paysage. Les gens n'aiment pas la nouveauté, par définition.

Madeleine prend son mal en patience. Elle observe, elle écoute. Une voix rocailleuse lui parvient, la voix de quelqu'un qui râle souvent. C'est celle de Bébert, le marchand de pains spéciaux. Elle n'a aucun mérite à connaître son nom, les clients le hurlent comme s'il avait un problème de surdité. Alors Bébert, toujours aussi flemmard ? Alors mon Bébert, tu vas encore me filouter ? Bébert leur répond du tac au tac, les relance, les maltraite, les câline de ses moqueries, au gré de son humeur, entre deux verres de rosé qu'il engloutit comme de la limonade bien fraîche un jour de canicule. C'est la énième représentation d'une pièce de théâtre dont les répliques sont connues de tous. Bébert en fait des tonnes, il gigote au centre de la scène. Il a deux assistants, deux jeunes beurs que Patrick a surnommés les « Bébeurs ». Bébert les malmène, les traitant de « Daech » ou les accusant de vol devant les clientes. « Avec les Arabes, faut toujours se méfier, madame, vérifiez votre monnaie. » Bébert est truculent, rayonnant, Cyrano au panache blanc et au verbe perché. Son langage choque Madeleine. Il traite un jeune homme au pull rose de pédé, demande à un petit vieux pourquoi il n'est pas encore clamsé. Madeleine s'en offusque, s'étonne de l'apathie des badauds qui assistent au spectacle. Les commerçants ne réagissent pas. Ni la vendeuse de crêpes sur le stand mitoyen, ni Patrick, qui porte un toast à chacune de ces tirades.

Madeleine l'apprendra bien plus tard, de la bouche de Patrick : il ne faut pas se fier aux apparences. Bébert boit beaucoup, Bébert est grossier, mais Bébert a le cœur sur la main. Il est intime avec ceux qu'il insulte. Il ne se permettrait pas d'être insolent avec des gens qu'il ne connaît pas. Les « Bébeurs » ? Deux gamins paumés qu'il a sauvés de la délinquance en leur confiant ce boulot sur le marché. Les petits vieux ? Il leur passe des miches de pain en douce, il sait que leur maigre retraite leur permet tout juste de survivre. Il est comme ça, Bébert, il mitraille sans penser à mal, la générosité pour principe, la blague salace au coin de la bouche, quitte à passer pour un gros con. Il s'en fout royalement, il en a vu d'autres.

La vie de cet homme remplirait dix volumes de la Pléiade. Restaurateur en faillite, chercheur d'or en Guyane, patron d'un bar-tabac, passager clandestin d'un tanker, échoué volontaire sur un bout d'île mal fréquentée, parieur invétéré, endetté jusqu'aux couilles (comme il dit), marié quatre fois, six enfants, et une descente avec ça ! L'hiver, il jure que le rosé lui sert d'antigel, et l'été, que sans lui il succomberait à la déshydratation. Le rosé appelle le saucisson et réciproquement, une de ces lois universelles contre lesquelles il ne faut pas lutter. Les médecins lui prédisent un infarctus, un truc foudroyant qui ne lui laissera aucune chance. Bébert leur donne sa bénédiction. Il se lasse du marathon de la vie, il n'a aucune envie de finir avec des tubes plein la bouche, comme ce pauvre Lambert qu'on a mis des années à débrancher. Non, Bébert, il veut partir en pleine gloire, sur un verre de trop.

La gouaille et l'outrecuidance de Bébert mettent Madeleine mal à l'aise. Il dit ce qui lui passe par la tête, sans aucun filtre. Il faut se sentir diablement libre pour exhiber ainsi sa pensée, sans craindre les représailles. Elle ne connaît pas encore son histoire.

Bébert a disparu, et soudain le marché semble plus calme, apaisé, comme après le passage d'un ouragan. Il a dû faire une pause aux toilettes.

— Alors Madeleine, comment ça va les affaires ?

Elle ne l'a pas vu revenir. Elle bafouille une réponse incohérente :

— Je n'ai peut-être pas les bonnes… trop chères… mauvais emplacement… je ne comprends pas.

— Dis donc, c'est des salades ou des confitures que tu vends ? Tu sais ce qu'on va faire, toi et moi ?

— Non.

— On va faire un deal, comme disent ces enfoirés de *British*. Moi, j'ai le meilleur pain de la région, et toi, il paraît que tes confitures sont à tomber par terre. Ne me contredis pas, Patrick m'a déjà fait le topo. Voilà ce que je te propose : tu me files deux de tes pots, un à la fraise, l'autre à l'abricot. J'en fais des tartines que j'offre aux clients. Je te fiche mon billet qu'avant midi tu auras vendu la moitié de ton stock. On est d'accord ?

— Oui, Bébert, nous sommes d'accord.

Même si elle n'était pas de son avis, Madeleine n'aurait pas le courage de lui tenir tête. Elle lui donne ses deux pots.

— Ah, autre chose. Madeleine, si tu veux réussir sur ce marché, il faut que tu te mettes deux personnes dans la poche.

— Lesquelles ?

— Guillaume, le maraîcher, et Pierrot, dit « le boss ».

— Pourquoi « le boss » ?

— S'il fermait sa poissonnerie, le marché perdrait quarante pour cent de ses visiteurs. Sa came est bonne. Ils viennent de toute l'Île-de-France pour en avoir.

— Qu'est-ce que vous me suggérez ?

— À la fin du marché, quand on remballe, tu vas voir Pierrot, tu lui prends une belle daurade, tu papotes…

— Et Guillaume ?

— Tu lui achètes les fruits pour tes confitures…

— C'est que je travaille avec du bio, moi…

— Va voir Guillaume, je te dis.

Bébert emploie les grands moyens. Il incite toute sa clientèle à goûter les tartines. Toi, ma chérie, si tu ne croques pas là-dedans, ce n'est pas la peine de revenir m'acheter du pain, tu m'entends ? Dis donc, connard, tu passes devant chez moi et tu ne prends pas de tartine ? Madeleine, outrée, préfère ne plus tendre l'oreille du côté de chez Bébert. Mais ça marche. En un temps record, la moitié du marché s'est pourléché les babines. Un des « Bébeurs » vient lui acheter deux pots supplémentaires. Madeleine n'accepte pas son billet de dix euros.

— Bébert a dit que si vous refusez l'argent que je vous tends, il vous remplacera sur votre stand et avec lui, c'est sûr, toutes les confitures seront vendues.

Madeleine ne veut même pas y songer.

— Dis à Bébert que je lui suis très reconnaissante. Il n'est pas obligé…

— « Obligé » ne fait pas partie du vocabulaire de Bébert, madame. Elles sont bonnes vos confitures. La marchande de crêpes a dit qu'elle vous en achètera aussi.

La campagne de promotion lancée par Bébert a cartonné. Les premiers clients se présentent devant Madeleine. Ils sont âgés, ils savourent l'instant, le marché est leur principale activité de la semaine. Ils veulent tout savoir de Madeleine, d'où elle vient, ce qu'elle faisait avant, si elle a des enfants, qui lui a appris à faire des confitures. Préambule à leurs confessions, l'interrogatoire est de courte durée. Bientôt, Madeleine est familière de ce vieux couple, de ses joies, de ses peines, de ses enfants partis dans le sud de la France, de son rêve de les y rejoindre parce qu'il y fait plus chaud qu'ici. C'est mieux pour l'arthrose.

Quand Gilles la retrouve, Madeleine a écoulé les deux tiers de son stock. Il n'en revient pas.

— Eh bien dites-moi, Madeleine, vous avez le sens du commerce !

— Oh, je n'y suis pour rien. Bébert est d'une efficacité redoutable. C'est sa clientèle qui m'a dévalisée.

— Vous êtes trop modeste.

— Mais non, vous le savez bien, ces gens sont venus pour lui, pas pour moi.

— Non, ces gens sont venus parce que Bébert leur a dit que vous aviez un bon produit, et ils lui font confiance. S'ils vous reprennent de la confiture dans les semaines qui viennent, c'est gagné ! Je vous ramène chez vous ?

— Ça vous ennuie si je fais deux, trois courses ?

— Rejoignez-moi chez Bébert quand vous aurez terminé.

Madeleine commence par Pierrot, « le boss ». Elle se range bien sagement dans la file qui s'étire jusqu'à l'allée centrale. Les acheteurs ont les yeux rivés sur un étal dressé comme une composition d'Arcimboldo, éclatant de formes et de couleurs. Au premier plan, poulpes, calamars et maquereaux, puis haddock, saumon et thon débités en fines tranches, à suivre daurades, bars, rougets, saint-pierre, et enfin, à l'autre bout, les coquillages sertis par les huîtres et les homards vivants qui agitent leurs antennes sous le regard pétillant de Catherine, la femme de Pierrot, qui gère la caisse avec maestria. Au centre de l'étal, trône une bête énorme, un genre de poisson-perroquet. Il est comme ça, Pierrot, il n'a pas pu s'empêcher de le rapporter du marché de Rungis. Un bestiau de cette beauté, il était hors de question de le laisser se décomposer dans une cagette en polystyrène. Qui d'autre que lui pouvait l'acheter ? Pierrot aime le poisson à la folie, il n'en fait pas mystère, quitte à passer pour un benêt. Sans passion, on ne fait pas ce métier, assène-t-il. Qui a envie de se lever à minuit, de travailler la nuit, de manger son steak-frites à l'heure où les gens trempent leurs tartines dans le café ? Les grossistes de Rungis le respectent. Quand ils le voient débarquer vers 1 heure du matin, fringant, excité comme un gosse qui va chercher ses cadeaux sous le sapin, ils savent qu'il repartira avec une grosse prise, un truc spectaculaire qu'il exposera fièrement, une rascasse, un congre, un espadon ou même un mérou, mais pas de baudroie, parce qu'elle fait peur aux enfants.

C'est au tour de Madeleine. Le hasard l'a prise sous sa nageoire, alors c'est Pierrot qui la sert. Un autre géant. Ses bras sont vigoureux, ses yeux bleus comme les océans du planisphère affiché derrière lui, celui qui explique où sont les zones de pêche. Son regard est franc, plein d'assurance, jamais intimidant. Il l'a vite reconnue.

— Vous êtes Madeleine, la marchande de confitures, c'est bien ça ?

— Vous avez deviné.

Madeleine lui tend le pot de fraise-rhubarbe qu'elle a caché sous sa blouse.

— Vous me direz ce que vous en pensez.

— C'est très gentil de votre part. Qu'est-ce que je vous sers ?

— Une daurade à griller.

Les yeux de Pierrot s'illuminent. Il fait deux pas de côté et désigne un gros poisson aux écailles argentées, il lui ouvre la bouche d'un geste calculé, presque révérencieux.

— Vous voyez ces petites dents ? Du rasoir. C'est une baroudeuse, une tueuse, pas une flemmasse qui s'est engraissée dans un élevage. Pêchée au large de la pointe du Raz. Le patron m'a appelé du bateau après l'avoir remontée à bord, je vous jure que c'est vrai.

— Non seulement je vous crois, mais je la prends.

Pierrot triomphe. Mission accomplie. Sa vocation de passeur se résume à vendre ses plus beaux spécimens à des clients qui les apprécieront autant que lui. Madeleine l'observe en train d'éviscérer le poisson. Il a des gestes de médecin légiste, la tendresse en plus. Il honore l'animal de sa science.

Il tend le sac contenant la daurade à sa femme, lui demande d'y rajouter un pot de rillettes de maquereau et quelques tranches de saumon fumé. Il balaye les protestations de Madeleine d'un sourire de gosse pris en flagrant délit.

Chez Bébert, c'est l'effervescence. Il a vendu presque tous ses articles et cède l'excédent aux habitués de ses largesses. Il fait mine de ne pas les reconnaître afin de ne pas les humilier. Gilles et Patrick ont un verre de rosé à la main. Ils portent un toast en l'honneur de Madeleine quand ils la voient s'approcher. Bébert prend un air solennel, le vin a raison du peu de retenue qui lui restait. Il demande le silence et, de sa grosse voix, il intronise la dernière arrivée sur le marché :

— Mesdames, messieurs, voici la nouvelle sensation de Marly-le-Roi. Je pèse mes mots. À Madeleine, la reine des confitures !

On trinque derechef. Madeleine ne sait plus où se mettre. Bébert la félicite d'une pression douloureuse sur l'épaule.

— Je suis fier de toi, Madeleine.

— Et moi, je vous suis reconnaissante, Bébert. Votre séance de dégustation m'a mis le pied à l'étrier.

— Il faut finir le boulot, chère madame. Vous n'êtes pas encore passée chez Guillaume ?

— Non.

— Allez-y avant qu'il commence à ranger sa marchandise.

Gilles lui fait comprendre qu'il attendra. Il ne semble pas pressé, entouré des amis de Bébert qui l'ont rejoint au motif que l'apéritif avait commencé. L'apéritif ? Bébert en a une conception très large, vu qu'il a débouché sa première bouteille aux premières lueurs du jour.

Madeleine se présente à Guillaume, le maraîcher. Il n'a pas l'air surpris de sa visite. Elle remarque ses mains sales et tailladées, calleuses sur les paumes, ses ongles noirs, beaucoup trop longs. Les mains d'un homme qui travaille la terre.

— Alors Madeleine, on fait dans la confiture, paraît-il ?

— Elles ont belle allure, vos fraises. Je peux en goûter une ?

Madeleine se saisit du fruit rouge et charnu, le renifle, avant de le croquer et d'en examiner la chair. Elle n'est pas novice en la matière.

— C'est vous qui les cultivez ?

— Oui, pas très loin d'ici. Nous fonctionnons en circuits courts. Je travaille surtout les produits de saison. Ce sont les premières de l'année, elles sont encore un peu aqueuses mais…

— Elles sont très parfumées, je vous en prends deux kilos.

Pendant que Guillaume lui prépare son paquet, Madeleine examine les melons importés du Maroc. Elle les soupèse un par un, ne retient que le plus lourd dont elle a repéré l'aréole, large comme sur le sein d'une nourrice. Un melon « femelle », gorgé de sucre. Guillaume l'observe du coin de l'œil. À sa façon de palper les fruits, il sait qu'elle est des leurs.

— Voilà, Madeleine, vous me devez rien, c'est mon cadeau de bienvenue.

— Alors acceptez le mien.

Madeleine lui tend l'un des deux derniers pots de confiture qui lui restent. Guillaume fait celui qui ne s'y attendait pas. S'il est doué pour la culture des fruits et légumes, il ne brille pas par ses talents de comédien. Ses mimiques amusent Madeleine. Décidément, les hommes de ce patelin sont faits d'une bonne pâte, aurait commenté sa grand-mère adorée.

Dans la voiture qui les ramène à Fourqueux, Gilles s'avère plus bavard qu'à l'aller :

— Un drôle de lascar ce Bébert, pas vrai, Madeleine ?

— Vous semblez bien le connaître.

— Et pour cause, c'est à moi qu'il achète son pain pour le revendre au marché. Ce matin, il était à 6 heures dans mon arrière-boutique. Lui, sa seule préparation, c'est son brushing. Vous pensiez qu'il était boulanger ? Il est trop feignant.

— Il a du succès pourtant, son stand ne désemplit pas.

— Bébert est un excellent vendeur. Il a du baratin, et il connaît tous les petits secrets de sa clientèle. Il l'écoute, la bichonne et elle le lui rend bien.

— C'est un homme généreux, je l'ai vu donner du pain sans contrepartie.

— Il fait ça souvent. Au prix où il vend ses articles, il peut se le permettre. Il s'y retrouve, le bougre, mais n'empêche, le bonhomme est attachant.

Madeleine décèle une loyauté sincère chez le père de Camille et, surtout, beaucoup d'humilité. À aucun moment il n'a mentionné la qualité de son pain. Après tout, si les clients de Bébert lui sont fidèles, c'est d'abord parce que ses produits sont bons. On est en France, personne n'est masochiste, surtout quand il s'agit de se nourrir.

Le retour à Fourqueux est interminable. Ils lambinent derrière des auto-écoles hésitantes ou des petits vieux craintifs, probablement ceux qu'ils viennent de servir au marché. Gilles ne s'en formalise pas.

— Vous la trouvez comment, ma fille ?

Madeleine hésite, perçoit le danger. Quels rapports cet homme entretient-il avec sa fille ? S'il décide de rapporter leur conversation à Camille, elle peut dire adieu à leur amitié. Elle opte pour la prudence.

— Je la trouve… très dégourdie pour son âge.

— Vous voulez dire insolente ?

— Elle dit ce qui lui passe par la tête…

— Elle vous a déjà blessée ?

— Bousculée, plutôt, et je l'en remercie. Vous allez rire, mais je trouve qu'elle a beaucoup de points communs avec Bébert. Ils ont la même désinvolture, la même insouciance. Ils ne craignent pas d'être jugés.

— Elle exagère souvent. C'est comme ça depuis la mort de sa mère. Elle n'accepte pas que je la remette en place.

— En tout cas, elle vous adore.

Gilles encaisse comme il peut. C'est imperceptible, une pédale d'embrayage un peu fuyante, le nez qui se plisse au rythme d'un battement de cils. Il n'est plus habitué à s'entendre dire qu'il est aimé. Un silence encombrant s'installe dans la Range Rover. Fort heureusement, Fourqueux n'est plus loin.

Le véhicule se gare sur le parking en face de la boulangerie. Madeleine s'en veut d'avoir mis Gilles dans l'embarras. Elle appréhende l'instant des adieux, mais il ne paraît pas affecté par leur conversation.

— On remet ça vendredi, Madeleine ? 8 heures sur le parking ?

— Très bien. Merci de m'avoir accompagnée.

— De rien. Vous n'avez plus qu'à retourner aux fourneaux. C'est la rançon du succès !

Madeleine s'affale dans son fauteuil préféré, celui qui fait face au portrait hilare de son défunt mari. « Aujourd'hui, mon chéri, j'ai fait la marchande de confitures, figure-toi, et ça a plutôt bien tourné ! » Elle lui parle tous les jours. Des monologues. Ça ne l'inquiète pas outre mesure. Personne n'est là pour en conclure qu'elle est devenue folle. Elle est certaine que tous les veufs de la terre l'ont imitée un jour. Le père de Camille, lui aussi, doit avoir un portrait de sa femme dans son fournil. Il l'époussette tous les jours avec amour, comme d'autres fleuriraient une tombe. Il pense encore à elle, il n'a pas pu s'empêcher de la citer.

Ça fait deux mois que Madeleine vend ses confitures sur le marché de Marly-le-Roi. Le dimanche, le mardi et le vendredi. Avec un peu de patience, elle obtiendra aussi l'autorisation de s'installer sur la place du village de Fourqueux, le samedi.

Dans le mois qui a suivi les premiers pas de Madeleine à Marly-le-Roi, la marchande de crêpes a annoncé qu'elle jetait l'éponge. On cherche encore à comprendre sa décision. D'aucuns racontent qu'elle ne supportait plus les infidélités du fromager dont on apprit, par la même occasion, qu'il était son amant. D'autres, plus pragmatiques, affirment que son petit commerce était proche du dépôt de bilan. Accompagné de Guillaume, de Bébert et de Pierrot, Patrick est venu proposer l'emplacement de la marchande de crêpes à Madeleine. Impressionnée par les quatre gaillards, elle n'a pas eu le cran de refuser. Les choses sérieuses commençaient.

Sa réputation va grandissante. On apprécie ses classiques, la fraise-rhubarbe, la framboise-figue, la pêche-mûre, savamment équilibrés, qui ne laissent jamais les fruits de ces mariages se disputer leurs arômes. On loue ses audacieuses combinaisons, mangue-menthe, abricot-cardamome.

Sans conviction, elle a créé une page Facebook où elle met en scène ses créations. Le nombre de followers n'a pas dépassé le premier cercle de ses amis, jusqu'à ce qu'elle se fasse repérer par une habituée du marché, une journaliste culinaire qui officie sur une grande radio nationale, une passionnée de gastronomie qui ne jure que par les produits frais et vrais. Elle a adoré Madeleine, ainsi que ses confitures.

Dans son émission hebdomadaire, elle a fait son éloge en évoquant une sexagénaire qui se relève d'un licenciement et remet au goût du jour les recettes de sa grand-mère. Dans cette histoire, il y a tout pour enthousiasmer les auditeurs : la chute, la reconversion, la sincérité, la transmission du savoir, la bonne bouffe. La fréquentation de son stand a doublé, sous le regard protecteur de Bébert qui lui adresse un pouce levé à chaque visite, comme s'il comptabilisait les likes de sa page Facebook. Le nombre de ses admirateurs a bondi, et puis tout est rentré dans l'ordre. La journaliste la salue à l'occasion, lui achète un pot de confiture et s'en retourne à ses investigations, en quête d'une autre Madeleine, dans un coin de France plus reculé, en tout cas plus exotique que l'ouest de la région parisienne. L'information s'épuise et bannit la répétition.

Madeleine ne lui en a pas tenu rigueur. Elle a suffisamment fréquenté les journalistes pour comprendre où se niche leur intérêt. Ce sont des vampires assoiffés de faits nouveaux. Leur empathie est éphémère. Qu'importe. Tous ces signes d'encouragement l'ont galvanisée. Elle commence à croire en la viabilité de sa petite affaire, mais elle a aussi l'intuition que les confitures ne suffiront pas. Pour en vivre, il faudrait qu'elle en écoule des centaines de pots chaque semaine. Elle ne voit pas comment réussir cette prouesse, à moins qu'une guerre ou qu'un cataclysme ne plonge les habitants des Yvelines dans une frénésie survivaliste.

En ce premier dimanche de juin, Madeleine n'est pas seule derrière son comptoir. Camille a tenu à l'accompagner pour lui donner un coup de main.

Sous sa canopée de bois et de béton, le marché ressemble à une jungle, avec ses bruits, ses cris et ses parades amoureuses. Quand le jeune marchand de fruits et légumes chante « Elle est belle ma clémentine, et en plus, elle est bonne ! », il n'a que faire des clients qui se pressent devant sa pyramide d'agrumes. La clémentine, italienne, a la même nationalité que la jolie vendeuse du traiteur qui rougit à chacun de ses refrains. Les commerçants se haranguent d'un bout à l'autre du marché, pour se défier, pour comparer leurs prix sans avoir à se déplacer, mais surtout pour marquer leur territoire. À ce jeu, Bébert est le plus fort. Non pas qu'il ait de la concurrence, mais pour lui c'est une question de principe, il faut qu'il se pavane, qu'il affirme sa présence. Sa voix étouffe celle des autres, draine un flux régulier de nouveaux clients qui profite aux étals voisins. Camille s'amuse des excentricités de Bébert, qu'elle commente en rigolant :

— Mais qu'est-ce qu'il est con !

— Moi je le trouve drôle. Tendre aussi.

— Oh putain, lui dis pas ça, Mad !

— Pourquoi ?

— Bébert adore les nanas, tout le monde le sait. Ça m'étonne qu'il n'ait pas encore essayé de te pécho. Je vois qu'une explication…

— Laquelle ?

— Il laisse le champ libre à mon daron. Trop drôle !

Madeleine en a le souffle coupé. Est-il possible que Gilles s'intéresse un peu à elle ? Elle songe à ces dernières semaines, au temps qu'elle a passé avec lui, dans la voiture, sur le marché, à la boulangerie lors de ses livraisons. Elle ne l'a pas vu venir mais n'en serait pas étonnée, c'était pareil au lycée. Les garçons la courtisaient, et elle ne s'apercevait de rien. Ses copines lui faisaient des comptes rendus *a posteriori.* En y repensant, il y a bien eu quelques signes. Tout est question d'interprétation, c'est ainsi que le monde tourne depuis que l'homme s'intéresse aux femmes, non ? Me comprendra-t-elle ? Voudra-t-elle de moi ? Tous ces signes lui reviennent, les uns après les autres, comme la chaîne d'indices qui mène au mobile du crime. Ses regards un peu trop langoureux, sa main qui s'attarde sur le poignet de Madeleine, l'insistance avec laquelle il lui propose de l'accompagner au marché le dimanche. Que lui faut-il de plus ? Une invitation à dîner ? Il aurait franchi le Rubicon. Elle était persuadée qu'il était très attaché à sa défunte épouse, qu'il n'était pas prêt à s'engager. Elle se trompait sur toute la ligne. Et elle ? Comment le voit-elle ? Comme le père de Camille ! Plus qu'un ami, un parent. Mais la remarque espiègle de Camille a changé la donne. La gamine vient de lui donner sa permission, en quelque sorte.

— Ça va, Mad ? T'es toute blanche. J'suis pas mytho, j'te dis la vérité. Ça t'a pas gênée ce que j't'ai dit, hein ?

— Non, mais…

— Tu sais, moi j'trouverais ça cool que vous soyez ensemble. Mais j'te préviens, tu remplaceras jamais ma mère. Ça, c'est pas possible !

— Camille, tu élucubres, on ne se connaît pas avec ton père… Il ne s'intéresse pas à moi de toute façon…

— En tout cas, il me parle souvent de toi à la maison.

— Ah bon…

— Ouais, il te trouve douce, intelligente… Il a utilisé un tas d'adjectifs super mignons.

C'est bien plus que Madeleine ne peut en supporter. Elle peine à retrouver une respiration régulière. Elle reprend à son compte la stratégie préférée de Camille quand il faut se défendre : l'attaque.

— Tu en es où avec KillerBoy ?

Camille est touchée mais ne cherche pas à se défiler.

— J'crois qu'il a peur de moi.

— Pourquoi crois-tu ça ?

— Il dit qu'il est prêt à me revoir, mais quand la date du rendez-vous approche, il trouve un prétexte pour annuler.

— Excuse-moi de te poser cette question mais… tu es sûre que tu lui plais ?

— J'pense, oui. On s'téléphone, on s'envoie des photos. Il y en a même une où j'suis en topless…

— Ah, quand même…

— C'est c'que j'essaye de te dire, Mad. On est très, très loin de la friend zone. Pourquoi il flippe à ton avis ?

— J'ai l'impression que les garçons de ta génération ont peur d'aborder les filles. Ils ne savent pas comment s'y prendre, ils se cachent derrière leur smartphone, ils ont besoin d'une app…

— C'était mieux avant, gnan, gnan, gnan…

— Je n'ai pas dit ça, Camille. Si tu veux mon opinion, il attend le moment opportun, ton KillerBoy. Moi, je trouve ça encourageant. Qui sait, il est peut-être romantique ?

— C'est toi la romantique, Mad ! Toi et tes délires…

La matinée avance. Madeleine n'a vendu qu'une dizaine de pots et commence à s'inquiéter. Une de ses plus vieilles clientes s'approche, soutenue par un déambulateur. Elle s'appelle Suzanne. Elle a le cheveu rare et violet, la démarche incertaine. Il lui a fallu un quart d'heure pour parcourir la distance qui la séparait du stand de Bébert. Un escargot, pense Camille en la voyant toute ratatinée sur elle-même, la bave aux lèvres et les yeux globuleux derrière ses lunettes à triple foyer. Toutes ses fonctions vitales sont en voie d'abandon sauf une, la parole. On n'entend qu'elle, Bébert a de la concurrence.

— Bonjour Madeleine, comment allez-vous ? C'est votre fille ?

— Presque ! répond Camille, avant que Madeleine ne puisse en placer une.

— C'est déjà ça ! Vous me donnerez un pot de rhubarbe, comme d'habitude. J'aime bien le goût et puis ça facilite mon transit. Vous savez pourquoi je les aime, vos confitures, Madeleine ?

— Dites-moi.

— Parce qu'elles ne sont pas trop sucrées. Je ne peux pas me le permettre avec mes problèmes de diabète… Dites, Madeleine, vous ne faites pas de plats cuisinés, par hasard ?

— Non, Suzanne, je suis désolée.

— Parce que moi, j'aime bien le lapin. C'est la seule viande que j'arrive à mâcher sans difficulté, mais faut m'enlever les petits os, ça vous reste en travers de la gorge, ces saloperies. Et puis, la viande de lapin, elle n'est pas grasse. C'est mieux pour mon cholestérol.

— Je vais voir ce que je peux faire.

Suzanne est repartie, cramponnée à son déambulateur. La voilà dotée de quatre pattes. L'énigme du Sphinx est à revoir.

— Madeleine, tu étais sérieuse au sujet des plats cuisinés ?

— J'ai dit ça comme ça…

— C'est une idée géniale. Tu peux t'faire de la thune avec toutes les allergies, les régimes… Ils ne regarderont pas à la dépense. Ils t'ont à la bonne, ils te font une confiance de ouf.

— Le but n'est pas de les arnaquer…

— Je sais ! Mais j'te dis aussi que c'est un bon créneau. Le troisième âge, le sur-mesure, on y est Madeleine !

Après réflexion, Madeleine fait trois constats : le gros de sa clientèle a plus de soixante-dix ans, venir au marché lui est souvent pénible, et chacun a un problème spécifique. Suzanne n'est pas un cas isolé. Gisèle et son intolérance au gluten. José et ses carences en globules rouges. René et ses problèmes d'érection. Angèle et son manque de calcium. Sarah et sa nostalgie du Maroc. Constance et son obsession du bio. Paulette et son besoin d'antioxydants. Ils ont tous une excellente raison de s'approvisionner chez elle.

Gilles les a rejointes sur le marché. Il est en avance. Il y a une semaine, Madeleine aurait pris ça pour de la prévenance. Elle y voit maintenant la preuve évidente de l'intérêt qu'il lui porte. Elle n'ose pas le regarder en face. Ses gestes sont gauches, ses paroles désordonnées. S'en aperçoit-il ?

— Alors Madeleine, qu'est-ce que ça a donné aujourd'hui ?

— Moyen… Enfin, je veux dire…

— On a eu une idée géniale, papa ! Madeleine va faire le traiteur pour les vieux.

Madeleine est soulagée que Camille ait pris le relais. Elle préfère le silence, elle n'est pas tout à fait remise de ses révélations.

Sur le chemin du retour, Camille fait des plans sur la comète. À l'entendre, dans moins de dix ans, Madeleine comptera parmi les gourous de la *silver economy*. Assise à l'arrière du véhicule tout-terrain, Madeleine se contente de manifester son approbation par de petits sourires ou de brefs hochements de tête. Elle évite le rétroviseur, de crainte d'y croiser le regard interrogateur du père de Camille attentif à ses réactions.

Contredisant les pronostics, l'été caniculaire s'est imposé. En cette seconde partie du mois de juillet, la chaleur est accablante. Madeleine s'en protège à l'ombre de la pergola de fortune que Boubou a installée sur son stand.

— Il est 9 heures et le soleil tape déjà super fort. Bon sang, on s'croirait à la maison !

— Chez toi, en Guadeloupe ?

— J'y retourne lundi prochain, tu veux que je t'ramène quelque chose ?

— De la mangue et du tamarin.

— Ah toi, tu nous prépares de nouvelles confitures ? Et ton nouveau business de plats salés, ça roule ?

— Du tonnerre, mais qu'est-ce que j'en ai sué au début !

Madeleine n'avait pas mesuré la difficulté de cette nouvelle entreprise. Elle ignorait tout de la restauration. Ce qui en aurait découragé plus d'un l'avait motivée au centuple. Qui peut se targuer d'apprendre un métier après soixante ans ? À l'occasion d'un stage à la chambre des métiers, elle s'est familiarisée avec les règles d'hygiène les plus élémentaires. Cuisiner avec les mains propres, se couvrir les cheveux d'une charlotte, nettoyer son plan de travail régulièrement, entreposer les denrées au frigo, placer la poubelle à l'extérieur de la cuisine… La liste est longue et contraignante. L'agencement de sa maison s'en est trouvé chamboulé. Les dépenses se sont accumulées. Il a fallu qu'elle s'équipe d'un frigo plus grand et qu'elle achète une coûteuse vitrine réfrigérée pour être autorisée à présenter ses plats sur le marché. On ne plaisante pas avec la température des aliments. La brigade sanitaire affectionne les visites impromptues. Une légende dissuasive colportée par Patrick raconte qu'un commerçant peu scrupuleux a perdu son emplacement à la suite d'un contrôle inopiné. Carton rouge, direct.

Après avoir obtenu les autorisations nécessaires et s'être débarrassée d'une insondable paperasse, Madeleine a pu enfin se consacrer à ses recettes. Il lui suffisait d'appliquer les préceptes de son ancienne boîte : l'écoute active du client. Mais elle ne s'est pas interdit les transgressions. Si elle avait suivi les recommandations de ses clients à la lettre, ils n'auraient mangé que du lapin Marengo. Leur préparer ce qu'ils veulent tout en les sortant de leurs habitudes… Ça l'amuse de voir que, multinationales ou pas, les entreprises sont confrontées à des problématiques similaires.

Les vieux ont beau être sujets à une surdité précoce, ils affectionnent le bouche-à-oreille. Madeleine a soupçonné Suzanne d'être à l'origine de l'incroyable engouement que ses plats cuisinés ont suscité après le 14 juillet. Le jour de la fête nationale, le maire avait demandé aux commerçants du marché de contribuer aux agapes qui précèdent le bal. Madeleine est venue avec toute sa panoplie, du gratin de légumes aux desserts à la coco, sucrés mais pas trop. Suzanne en a repris deux fois.

Les petits vieux réclament ses plats, mais ils n'ont pas tous la force de se déplacer. Madeleine s'est dégoté un Kangoo flambant neuf dans lequel elle charge ses glacières et parfois, pour rendre service, le fauteuil roulant de son passager. Elle rend souvent service. Les allers-retours entre son domicile et celui de ses clients l'épuisent, d'autant plus que, les jours de marché, elle se lève à 4 heures du matin pour préparer ses plats. Les visites s'éternisent. Les vieux ont besoin de raconter leurs malheurs, de partager les soucis causés par la maladie, de se sentir respectés en des temps où la société les voit comme d'encombrants fardeaux. Camille lui dit de ne pas faire de zèle, qu'à ce rythme-là elle y perdra, elle aussi, la santé… et qu'alors, on sera bien avancés !

Madeleine n'en a cure. Comme la coiffeuse, l'infirmière ou la factrice, elle appartient au cercle restreint des bonnes âmes qui se préoccupent de leur prochain, surtout si c'est un ancien. Elle a conscience que sa nouvelle activité tient davantage du service à la personne que de la restauration, mais ça lui est égal. L'amour qu'elle reçoit de ces hommes et de ces femmes aux sourires fragiles compense la peine que leur assistance exige. Un boulot qui fait sens, c'est ce que tout le monde recherche, non ? Eh bien voilà, nous y sommes !

Camille a rejoint Madeleine sur le marché. Ça lui fait un peu d'argent de poche. Madeleine a dû insister. Camille refusait d'être payée, au nom de principes qui ne lui ressemblent pas et qu'elle n'a pas tardé à oublier parce qu'elle a des projets. Des projets qui gravitent autour d'un seul et même axe : KillerBoy. Exaspérée par son manque d'initiative, Camille l'a invité au truc le plus ringard qui soit, le bal du 14 juillet. C'était quitte ou double. Comme elle le répétait à Madeleine sur un air faussement détaché, c'est « crash » ou « crush ». S'il vient jusque dans mon bled pourri pour le 14 juillet, c'est qu'il a envie de me voir.

Il est venu… et d'après Suzanne, qui n'a pas perdu une miette de ce qui s'est passé derrière le buffet, il a embrassé Camille sur un air de musette. Et Suzanne de commenter : « On néglige trop les bals populaires, ils me font rire avec leurs téléphones, rien ne vaut une petite java avec un coup de jaja dans le nez. De mon temps, on n'avait pas trop d'occasions de se faire draguer, à part la fête du 14 juillet et le mariage des cousins. »

Madeleine suspecte Camille de ne pas avoir parlé de KillerBoy à son père. C'est d'autant plus risqué qu'elle envisage de partir avec lui aux États-Unis pour les championnats du monde de e-sport qui se tiendront à New York à la fin du mois de juillet. Convaincue qu'il ne donnerait pas son accord, elle a rempli elle-même le formulaire d'autorisation parentale. Si son père l'apprend, elle peut faire une croix sur *Fortnite*... et sur KillerBoy. Il ne reste qu'une petite dizaine de jours avant leur hypothétique départ. Deux autres garçons font partie du voyage. La Fédération française de e-sport finance le déplacement, avec le soutien des sponsors.

— Ton père est au courant pour toi et KillerBoy ?

— Tu plaisantes ?

— Que veux-tu qu'il te dise, Camille ? Tu n'as plus dix ans, il peut le comprendre, non ?

— Non, il peut pas comprendre ! Quand j'étais au collège à Lille, il y avait un garçon qui me tournait autour. Un jour, il m'a surprise avec lui dans la rue, on faisait rien de mal, j'te jure, on se baladait... Il a pété un câble. Il a dit que si le garçon me touchait, il lui couperait les couilles avec un opinel rouillé.

— C'est un peu excessif comme mesure de rétorsion. Il faut que tu lui parles de ton voyage. Quand il apprendra que tu pars avec trois garçons...

— Il n'est pas obligé de savoir que je sors avec l'un d'entre eux.

— Il ne sera pas dupe. Moi, je pense qu'il préférerait te savoir en couple. Sinon...

— Sinon quoi ? Tu crois qu'il va s'imaginer des trucs, genre gang-bang avant d'aller faire dodo ?

— Sans aller jusque-là...

— Tu peux lui parler, toi ! Tu trouveras les mots. Toi, il t'écoute.

— À si peu de jours de votre départ, il va penser que je le mets devant le fait accompli.

— Et puis, il faut que j'te dise, Mad. J'ai imité sa signature pour pouvoir m'inscrire.

— Camille, quand même…

C'est vrai qu'il l'écoute. De plus en plus. Madeleine a cessé d'être sur ses gardes, de guetter ses avances à chacune de leurs entrevues. Trop puéril, trop éprouvant. Ils bavardent après le marché, au café-buvette où les commerçants se rassemblent pour déjeuner. Ça jase un peu, mais comme ils sont flanqués de Patrick et de Bébert, elle n'a pas à se plaindre des mauvaises langues. Ils continuent de se vouvoyer. Une manière de se tenir à une distance respectable. Une fois seulement, au moment de la déposer devant chez elle, il lui a glissé cette petite phrase sibylline, sur le ton de la plaisanterie : « Je commence à m'habituer à vous. » Le genre de remarque un peu maladroite qu'on attendrait d'un cosmonaute envers son équipier, confiné avec lui dans l'habitacle de la station orbitale, ou d'un naufragé sur une île obligé d'avouer à l'autre survivant qu'il fera contre mauvaise fortune bon cœur. Dans la bouche du père de Camille, ce n'est pas anodin.

— Je parlerai à ton père, Camille, et puis…

Madeleine s'interrompt. Le visage du client qui s'arrête à son stand ne lui est pas inconnu. Il a tout du fantôme. Parce qu'il fait peur à voir. Parce qu'il appartient à un passé qu'elle s'est hâtée d'ensevelir. Pascal, son ancien DRH, a les traits creusés, des poches grises sous les yeux. Il s'efforce d'exhumer un sourire de ses lèvres scellées par une évidente lassitude. Ses mains tremblotent comme au jour de l'entretien de licenciement.

— On m'a dit que tu travaillais sur le marché, et comme j'étais dans le coin…

— Bonjour Pascal ! Ça me fait plaisir de te voir ! Alors, comment ça se passe ?

Il n'y a pas une once de sarcasme dans sa question. Elle connaît la réponse. Ses anciennes collègues lui ont tout rapporté, les plans de licenciement successifs, les horaires infernaux imposés aux effectifs, les sbires du fonds de pension qui dépêchent des consultants incompétents, les démissions qui se succèdent… Et Pascal qui s'accroche aux flancs de cette frêle embarcation en perdition, autant par devoir que par solidarité avec ceux qui sont restés à bord.

— Ce n'est pas tous les jours facile, Madeleine, je ne vais pas te mentir. Mais tu me connais… fidèle au poste. Et toi ? Tu t'en sors ?

— C'est qui, Mad, tu me présentes pas ? interrompt Camille avec le manque d'à-propos qui la caractérise.

— Alors, Pascal, mon ancien collègue de chez Arrogate. Et voici Camille, qui me donne un coup de main sur le marché et qui n'a pas la langue dans sa poche.

— C'est quoi votre boulot chez Arrogate ?

— Je suis responsable des ressources humaines.

— C'est vous qui avez viré Mad ?

Pascal tire sur ses bretelles et fixe ses mocassins usés. L'embarras redonne des couleurs à son visage blême. Madeleine vole à son secours.

— Camille, s'il te plaît ! Pascal t'a dit qu'il était responsable des ressources humaines, pas responsable de mon licenciement.

— Ce n'est pas grave. Laisse, Madeleine, elle n'a pas tort…

— Excuse-la, Pascal, elle a son petit tempérament. Allez, je t'offre un pot de confiture, dis-moi ce qui te ferait plaisir.

— Fraise-menthe… Il est hors de question que tu m'en fasses cadeau. J'insiste.

Camille s'est mise en retrait. Elle a pris son air désapprobateur. Pascal s'empresse de régler. Il n'a aucune intention de s'attarder.

— Ça m'a fait plaisir de te voir, Madeleine. Tu es rayonnante.

— Appelle-moi un de ces quatre, on prendra le temps de papoter.

Pascal tourne les talons et s'éloigne, le pas lent, le dos courbé, les épaules rentrées. Madeleine sent les larmes lui monter aux yeux.

— Putain, Mad, j'te comprends pas ! Moi, j'lui aurais cassé la gueule !

— Et ça m'aurait servi à quoi ?

— À te venger, à te défouler ! Et en plus, il ressemble à rien !

— Tu ne vois pas que cet homme est au bord du gouffre ? Il est plus à plaindre que moi. Il n'est plus maître de sa vie, tu comprends ? Il n'a pas besoin de mes reproches.

— Mad, des fois, t'es trop sympa avec les gens. T'es vraiment bonne avec un grand C.

— C'est ce qu'on me disait au boulot.

Gilles a plutôt mal réagi. Sa fille qui part en voyage avec trois types et qui sort avec l'un d'entre eux. Le réveil a été brutal. Il refuse d'accepter la situation. Elle a l'âge où l'on fait ses premières expériences. Elle a du retard même, si l'on se réfère à la moyenne nationale de l'âge du premier baiser ou du premier rapport. De ça, il ne veut pas entendre parler. C'est au-dessus de ses forces. Il préfère le déni, se bercer dans l'illusion que sa fille chérie est toujours l'enfant qu'elle était à la mort de son épouse, et qu'elle a gardé toute son innocence. Madeleine a fait des merveilles. Sans son intercession, Camille ne serait jamais partie.

Dans la voiture qui les emmène à l'aéroport de Roissy, il règne un silence de western. Gilles conduit plus lentement qu'à l'accoutumée. Camille a le nez collé à la vitre.

— Vous allez arrêter, tous les deux ? supplie Madeleine.

— Moi, j'suis cool, Mad, c'est lui qui est vénère.

— Faites un effort.

— Je te préviens, papa, tu as intérêt à être sympa avec lui.

— Il a surtout intérêt à être sympa avec toi. Ce qui était valable à Lille est valable à New York. C'est clair ?

— T'es pas cap' ?

— J'ai même acheté un nouvel Opinel. N° 13. Idéal pour les barbecues, m'a dit l'armurier. Ça devrait convenir.

— T'es nul.

La voiture s'engage dans le terminal 1 et commence son carrousel jusqu'à l'entrée du parking. Gilles peste contre les architectes du bâtiment.

Les trois garçons les attendent devant la porte 12, comme convenu. Ils sont bien habillés. Rien d'extravagant, en tout cas. Camille a dû passer les consignes. Madeleine est aussi anxieuse que Gilles.

KillerBoy s'avance vers eux. Il est plus petit qu'elle ne l'imaginait. Devant Gilles, il a l'air d'un enfant. Il a des cheveux en bataille, le teint pâlot, des yeux noirs et rieurs. La bouille d'un héros de manga japonais, la gueule de l'emploi, pense Madeleine. Le jeune homme leur tend une main que Gilles broie littéralement quand vient son tour. Les deux autres garçons les saluent de loin, avec une timidité calculée.

— Bon, on va s'enregistrer. Vous nous rejoignez devant le départ ?

— OK, répond Madeleine.

Gilles fait claquer ses doigts à plusieurs reprises, comme s'il ordonnait aux lieutenants de sa bande organisée d'assassiner un témoin compromettant.

— Moi, je le trouve plutôt charmant, désamorce Madeleine.

— Je n'arrive pas à croire que ma fille sorte avec cet individu.

— Il n'a pas l'air bien méchant…

— Je parie qu'il se drogue. Il a la dégaine d'un musicien paumé.

Un quart d'heure plus tard, ils se regroupent au pied du tapis roulant qui emmène les passagers vers la porte d'embarquement. Derniers saluts, dernières recommandations.

— Camille, au moindre problème, tu m'appelles, tu me le promets ?

— Tout ira bien, papa. Mad, je compte sur toi, tu me le surveilles, hein ?

— Au moindre problème, je t'appelle !

— Très drôle, Madeleine.

Les deux autres garçons sont partis devant. KillerBoy et Camille les suivent. À la moitié encore visible du tapis roulant, Camille prend la main de son copain. Le corps du père se raidit. Gilles fait un pas en avant. Madeleine le retient par la main. Il ne la lâche pas.

Étranger à ma mémoire

Vendredi

Pietro ne prend pas le chemin le plus court. Il fait un détour pour éviter la place Salandra et l'arrogante boutique de son ancien associé, Marcello, auquel il n'adresse plus la parole. Qu'il soit le cousin de sa femme, Luisa, n'y change rien. L'affaire est entendue. Il s'épargne aussi le Cercle des anciens, baptisé « Il Futuro ». Il ne manque pas de culot, le type qui a trouvé le nom. Il faudra un jour que je lui cause, songe Pietro, posté à proximité de la place. Invisible de tous, il observe.

Ils sont une dizaine de petits vieux alignés devant le Cercle, avachis sur les chaises en plastique cédées par un restaurant du bord de mer en faillite. Ils forment une rangée compacte et sont obligés de tourner la tête pour se parler. Pour rien au monde ils ne perdraient une seconde du spectacle qui se joue à ciel ouvert au pied du monument Guglia dell'Immacolata. Des ribambelles de gosses se chamaillent autour de leurs mères, trop occupées à bavarder. Ils se poursuivent, ils se haranguent, parfois ils s'égratignent un coude ou un genou. Quand leurs hurlements franchissent le seuil du supportable, elles s'interrompent, les disputent sans distinction d'âge ni de sexe, puis reprennent leur conversation là où elles l'avaient laissée. Pietro les a toutes reconnues. Il y a sa nièce, Bianca, dont la silhouette avantageuse a rendu fou l'une des plus grosses fortunes du sud de l'Italie. Il y a aussi la fille du maire, moins chanceuse. Elle a épousé l'homme qui l'a engrossée à sa majorité et, malheureusement pour elle, il était de condition modeste.

Les touristes déambulent d'un café à l'autre, assommés par l'écrasante chaleur. Les anciens ne s'étonnent plus de leurs tenues légères, de leur chair exposée sans vergogne, de leurs tatouages qu'ils confondent avec des ecchymoses, des *buongiorno* respectueux qu'ils leur adressent comme s'ils appartenaient à une tribu en voie d'extinction. Ils ont raison, se dit Pietro. Nous, les vieux, nous allons bientôt disparaître.

— Alors c'est qui le plus con ?

Pietro sursaute. Il n'a pas vu Din arriver. C'est le surnom que les gens de Nardò ont donné au jeune homme, parce qu'il adore le son des cloches. On ne sait pas trop ce qui lui est arrivé. Les bonnes âmes racontent qu'il a pris un coup de soleil. Les mauvaises langues rétorquent que son père n'avait rien d'un soleil mais que le soir où il est parti, il a dû frapper trop fort. Din ne compte plus sur sa mère recluse dans leur maison, près de l'église San Trifone. Il n'y retourne que pour manger et dormir. Le reste du temps, il traîne dans les ruelles, chasse les pigeons de la fontaine Del Toro, ou se livre à son jeu favori. Un jeu qui lui cause beaucoup d'ennuis malgré l'indulgence des habitants du centre-ville.

— Alors c'est qui le plus con ?

— C'est moi ! Din, bon sang, tu m'as foutu une de ces frousses.

— Oui, mais c'est qui le plus con ?

— C'est moi, je te dis !

Din se satisfait de la réponse de Pietro et se précipite vers le centre de la place en tendant les bras. Les enfants répètent en chœur « din, don, din, don ». Les mères lèvent les yeux au ciel, les vieux s'esclaffent, Pietro respire. C'était moins une. Quand on veut passer inaperçu, mieux vaut ne pas croiser Din.

Il quitte les abords de la place vers laquelle transhument les gens de Nardò, tels des animaux sauvages attirés par le dernier point d'eau praticable avant la saison sèche. Ce qu'il faut à Pietro, c'est une bière et une part de pizza aux olives qu'il achètera chez son vieux pote, Camillo. Tant pis pour la *pasta* que sa femme lui aura préparée avec amour. Le poids des ans et des habitudes n'en a pas gâté la sauce. *All'amatriciana*, le lundi. *Au pesto,* le mardi. *Alla diavola*, le mercredi. *Alla carbonara*, le jeudi. *Alla pescatora*, le vendredi. *Alle olive*, le samedi. *Al ragù*, le dimanche.

— Je me disais bien que tu passerais.

— Tu sais que je n'aime pas le poisson dans les pâtes.

— Les olives par contre…

— Tu ne m'as jamais vu chez toi un samedi, que je sache ?

— C'est surtout que le samedi, tu pourrais te faire attraper par ta femme.

— Parce que tu crois qu'elle ne s'en doute pas ? On ne peut rien cacher, dans ce patelin. La semaine dernière, je lui ai acheté un bouquet, je voulais lui faire une surprise, enfin je croyais… Quand je suis arrivé à la maison, elle avait déjà préparé l'eau des fleurs !

— Je t'ai mis des olives vertes sur ta pizza, comme tu aimes.

— Est-ce que je t'ai, un jour, demandé des olives noires, Camillo ?

— Tu en veux toujours à Marcello, n'est-ce pas ?

— Je n'ai pas envie d'en parler.

— Dis donc, ils ont l'air mignons tout plein tes nouveaux voisins ?

— Comment tu sais que j'ai des nouveaux voisins ?

— Le coiffeur l'a dit au curé, qui l'a confié à Rossella, qui me l'a rapporté.

— Vas-y, donne la pizza, tu me déprimes.

— Je ne t'ai mis qu'une part, sinon…

— Sinon quoi ?

— Tu n'auras plus de place pour la *pescatora* !

Pietro referme avec précaution la porte imposante qui sépare la courette de la rue Farfalla. Elle ne grince pas. Luisa et le couple de leurs amis, Angelo et Rossella, discutent sur la terrasse. Il entend le chuchotement familier de leurs voix. Il s'étonne que sa femme ne l'ait pas encore avisé. Avec la prudence d'un soldat traversant les lignes ennemies, il ne monte pas les marches de l'escalier, il les frôle. À mi-parcours, sa femme lui rappelle qu'elle est dotée d'un sixième sens :

— On t'attend depuis une heure !

— Tu exagères, Luisa, ça fait seulement dix minutes que nous sommes là, corrige Angelo, toujours prompt à défendre son vieil ami.

Pietro salue la compagnie, mi-penaud, mi-résigné.

— Tu as encore mangé de la pizza chez Camillo ? se scandalise Luisa.

— Qui te l'a dit ?

— Personne, tu as une tache de sauce tomate au milieu de ta chemise, celle que je t'ai lavée hier.

— *Cavolo !*

— Pris la main dans le sac ! s'amuse Angelo.

Angelo et Pietro entament leur soixante-dixième année. Ils se connaissent depuis l'école élémentaire. De leur enfance à Nardò, ils ont gardé des souvenirs indélébiles, de ceux qui vous lient à jamais. Comme la fois où ils ont fugué, vexés d'avoir été pris en flagrant délit de tricherie pendant les épreuves du deuxième trimestre. Ils ont fini par revenir, tenaillés par la faim, les jambes lacérées de griffures et leur mauvaise conscience en bandoulière. L'escapade n'avait pas été longue, vingt-quatre heures tout au plus. Assez longtemps pour mériter une bonne raclée à leur retour. Ils avaient dormi à la belle étoile, à l'abri d'un olivier tricentenaire, réveillés à intervalles réguliers par le bruit des animaux et les plaintes de leur estomac. Ils avaient été grisés par un sentiment de liberté que les dangers surgis de leur imagination transformaient en peur viscérale.

Quant à leur service militaire à Bari, ils en parlent avec parcimonie. Luisa jure qu'il s'est passé un truc sérieux et qu'après, l'*omertà* a prévalu. L'obligation du secret a rapproché les deux hommes, comme les complices d'un même crime. « Quelque chose de grave », exagère Rossella, insinuant qu'elle en sait davantage que Luisa.

Le béguin que les deux hommes avaient pour Rossella ne faisait, lui, aucun mystère. Tout Nardò était au courant. Rossella n'avait pas le physique des autres filles. Elle semblait débarquer du nord de l'Europe, avec sa silhouette élancée, ses cuisses maigrelettes, ses hanches étroites, son grain de peau trop clair et ses cheveux qui flirtaient avec l'or aux premiers rayons du soleil. On raconte qu'elle a des origines vénitiennes. En Italie, c'est toujours l'explication que les gens vous donnent quand ils parlent d'un blond. Cela a dû consoler plus d'un cocu.

Angelo et Pietro ont vu grandir Rossella. Qu'elle fasse une tête de plus qu'eux ne les a pas découragés, ils visaient haut. La plus belle fille de Nardò, répétait le coiffeur, qui évitait de lui couper les cheveux trop courts pour la voir plus souvent.

Pietro n'a pas compris ce que Rossella a trouvé de plus à Angelo. Lui et son ami se ressemblent tellement. On pourrait penser qu'ils sont de la même fratrie, avec leur corps trapu, leur nez légèrement aquilin et ces yeux entre ciel et mer, ni trop bleus, ni trop verts. Ils ont la même manière de regarder une femme et de la rendre désirable. Ce regard, Rossella l'a d'abord remarqué chez Angelo, il s'en est fallu d'un heureux hasard.

Malheureux pour Pietro. Le temps d'un été, peu après avoir fêté ses vingt ans, il a dû se résoudre au départ des êtres qu'il aimait le plus au monde, son meilleur ami et la femme qu'il convoitait. Au fond, c'était mieux ainsi. Il n'aurait pas à subir leur bonheur, à le voir s'afficher dans tous les recoins de la ville, sur la place Salandra où les mémés se seraient pâmées devant ce couple si joliment assorti, sur le parvis de l'église où le curé leur aurait fait des clins d'œil en prévision de leurs noces imminentes, chez tous les commerçants, dans tous les foyers, jusque dans les champs d'oliviers, partout où l'on se serait réjoui de l'union de deux enfants du pays. Tout n'était donc pas fini à Nardò. Certains restaient pour de bon. Mais en fait…

Angelo a trouvé un travail dans les usines Fiat de Turin. Il n'était pas du genre à crier « Salut les bouseux ! » au moment du départ. Rossella l'a pensé pour lui. À force de s'entendre dire qu'elle avait un physique de femme du Nord, elle avait fini par le croire. Turin allait lui offrir une scène à la hauteur de ses prétentions.

Angelo a fait une belle carrière. Il a acheté un appartement, une Fiat 126 au tarif préférentiel des salariés de la firme et des bijoux pour Rossella. Beaucoup de bijoux pour Rossella. Comme ses collègues, Angelo est un fervent supporter de la Juventus. Pietro ne lui a jamais pardonné.

— Quitte à choisir une équipe turinoise, tu aurais pu prendre le Torino, celle qui porte le même emblème que Nardò…

— Tu ne peux pas comprendre, Angelo, c'est la Juve…, répond-il pour se justifier.

Pietro claque la bise à Rossella, qui peine à extraire sa carcasse de la chaise où elle est affalée. Sa grande taille l'embarrasse. Elle a vieilli d'un coup, le jour où Angelo a pris sa retraite. Elle ne voulait plus quitter Turin. Angelo l'avait convaincue de revenir au pays en lui jurant que la chaleur et l'air marin soulageraient ses articulations douloureuses. « Elle a pris des manières de grande bourgeoise », commente Luisa dans son dos. Pietro ne la contredit pas. Rossella a changé, c'est vrai. Ce qu'elle a gagné en élégance, elle l'a perdu en spontanéité. Chacun de ses gestes est calculé, avec cet air de se placer au-dessus des gens, de les toiser avec suffisance. Il y a peu de sujets qui méritent son attention. À ce titre, les locataires du Airbnb de la maison d'en face constituent une exception notoire. Elle ne se lasse pas de les épier, de les critiquer, de les ranger dans des cases. Elle en devient loquace.

— Le curé m'a dit qu'ils étaient français. Un jeune couple.

— Cela ne m'étonne pas. Juillet, c'est leur saison.

Luisa a disposé la table parallèlement à la terrasse de la maison Airbnb, pour qu'ils puissent observer les nouveaux locataires tout en conversant. Au dessert, ils échangeront leurs places.

La jeune Française apparaît la première et les salue timidement d'un *ciao* inaudible. L'œil d'Angelo vrille sur sa robe légère, transparente malgré la nuit tombante. « L'œil de goéland », plaisante Rossella, qui le prend souvent en flagrant délit de voyeurisme sur des femmes moins âgées qu'elle. Il s'efforce alors de ne pas tourner la tête, tout en modifiant son champ de vision.

De l'autre côté de la rue, la jeune Française fait plusieurs allers-retours entre la cuisine et la terrasse. On entend ses pas résonner sur l'escalier métallique en colimaçon que le propriétaire des lieux a fait monter à grands frais au moment de la restauration de la vieille demeure.

— Tu viens manger, chéri ? crie-t-elle à son compagnon resté au rez-de-chaussée.

— Qu'est-ce qu'elle a dit ? demande Angelo.

— Tu le fais exprès ? s'agace Pietro.

— Chéri, j'ai compris, mais le reste...

— Comment ça, chéri, t'as compris ? intervient Rossella. Où tu l'as appris, ce mot ?

— Mais tu sais bien, l'ingénieur français qui travaillait avec moi chez Fiat...

— Il t'appelait chéri ?

Angelo s'enlise et Pietro s'en amuse. Luisa disparaît dans la cuisine. L'eau atteint son point d'ébullition. Dans l'autre récipient, la sauce frémit. Elle empoigne les spaghettis et les plonge dans l'eau bouillante tout en veillant à les répartir en corolle le long des parois de la casserole. Quand ils ont perdu leur raideur initiale, Luisa les oblige à s'immerger intégralement. Dans dix minutes, elle n'aura plus qu'à les égoutter.

La jeune Française ajuste les couverts et s'applique à ne pas faire mousser la bière en inclinant les verres. Elle a acheté des parts de pizza chez Camillo. Ils me sont déjà sympathiques, pense Pietro. Le jeune homme, fraîchement douché, arrive enfin sur la terrasse. Il est grand. Son visage d'enfant contraste avec le reste de son corps, sec et noueux. Il a un sourire enjôleur. Il est impossible de distinguer la couleur de ses yeux à cause de la pénombre.

Les trois convives attablés n'ont pas pipé mot. Ils attendent Luisa pour partager leurs premières impressions. Cela fait partie du protocole. Ils se contentent de surveiller le jeune couple entre deux olives vertes qu'ils picorent à l'aveugle.

— *Buonasera*, répond le jeune homme à leur silence.

— *Buonasera*, réplique Angelo, ravi par le parfait accent du jeune homme.

— *Buonasera signora*, répète le jeune homme alors que Luisa fait son apparition.

Luisa recule brusquement, comme si on venait de la bousculer. Elle reste prostrée dans l'embrasure de la cuisine.

— *Buonasera*, répète Rossella, soucieuse d'abréger ce moment de gêne.

La voix de Rossella a tiré Luisa de son apathie. Elle part s'asseoir à côté de son mari dont le visage s'est creusé subitement, labouré par les rides.

— Ça va, Luisa ? demande Angelo.

— Oui, oui… J'ai eu un léger vertige, ça va me passer.

Ses explications ne leurrent personne, surtout pas Pietro qui vit dans l'appréhension depuis que la santé de son épouse a commencé à vaciller. Elle a raison, oui, ça va passer.

— Tu as vu, ils ont acheté leur pizza chez Camillo ? croit bon d'ajouter Angelo pour alléger l'atmosphère devenue lourde malgré la brise vespérale.

— J'ai vu, répond Pietro.

Si Luisa avait encore toute sa fraîcheur d'esprit, elle aurait sauté sur l'occasion. Elle aurait reproché au pizzaiolo Camillo de cuisiner avec des ingrédients de piètre qualité. Et elle aurait déploré le manque de goût et de discernement des Français.

— Mon Dieu, mes spaghettis ! crie-t-elle soudain, faisant sursauter tout le monde, locataires du Airbnb compris.

La voilà qui court vers la cuisine. Il est trop tard, mais elle ne semble déjà plus s'en soucier. Elle égoutte les spaghettis, les verse à nouveau dans la casserole pour les mélanger à la sauce, tout en fredonnant un air entraînant de Raffaela Carrà.

Angelo et Rossella avalent leurs spaghettis trop cuits dans un recueillement de veillée funèbre. Le bruit de leurs mandibules affairées occupe le temps et l'espace. Pietro n'a pas touché à son assiette, prétextant un manque d'appétit. Quelques mois plus tôt, dans les mêmes circonstances, c'était le psychodrame assuré. Luisa aurait jeté le contenu de leurs assiettes aux ordures. Elle se serait maudite et leur aurait cuisiné autre chose, se confondant en excuses.

Angelo et Rossella précipitent leur départ. Ils sacrifient les sempiternels biscuits aux amandes trempés dans l'Amaretto. Ils saluent Luisa dont les yeux sont rivés sur la terrasse, en face.

Samedi

Luisa s'est réveillée comme si de rien n'était. Elle n'a aucun souvenir de la soirée d'hier. Tant mieux, pense Pietro qui refuse d'y voir un motif de préoccupation. Il s'éclipse en toute discrétion. Comme chaque matin, il achète le journal du Salento, non pas pour prendre les nouvelles du pays – il les connaît déjà – mais pour vérifier si les journalistes se sont encore fourvoyés avec de fausses informations. Ça l'amuse toujours autant. En sortant de la maison, il tombe nez à nez avec le couple de Français qui le salue chaleureusement. À travers la porte grande ouverte, Pietro entraperçoit le salon du Airbnb, très épuré, dans des teintes blanches et turquoise.

Le propriétaire du Airbnb se nomme Tiziano. Pour lui, tout n'a pas été si simple. La maison qu'il a achetée était restée inhabitée pendant quarante ans. Une sombre affaire d'héritage entre les enfants de la famille Squillace que le juge n'a jamais pu réconcilier. Les enfants sont morts les uns après les autres. Un cousin éloigné a finalement mis la maison aux enchères. Tiziano s'en est porté acquéreur il y a cinq ans, pour une bouchée de pain aux olives. Pietro a accueilli la nouvelle des travaux avec enthousiasme. Il se lassait de voir cet édifice s'abîmer au fil des ans, tel un reflet de pierres de son propre délabrement. Et puis, ils auraient de nouveaux voisins, il y aurait du changement.

Les travaux commençaient dès 8 h 30, le matin. Dans le quartier, on s'est plaint du bruit, de la poussière, du manège incessant des camions. Pietro a tenté de calmer les esprits surchauffés. En pure perte. La colère a gagné la rue Farfalla et trouvé son champion en la personne du vieux Roberto, l'ancien chef du bureau de poste. Il avait la réputation de contrôler les faits et gestes de ses employés. Un tyran. Un grand malade, ajouterait Pietro qui le déteste cordialement. Roberto occupe désormais ses journées à traquer ce qu'il appelle « des abus ». Il dénonce le touriste mal garé, le commerçant qui n'a pas rentré ses poubelles, il invective contre tout… La police locale le tolère comme on tolère un mouchard. Méprisable, mais pas inutile.

Roberto a improvisé une assemblée générale à laquelle tout le voisinage était convié.

— Mesdames, messieurs, vous savez pourquoi nous sommes ici. Notre objectif est de mettre un terme aux travaux entrepris au numéro 10 de la rue Farfalla.

— Moi, ça ne me dérange pas, a objecté Pietro qui, ce soir-là, se sentait d'humeur belliqueuse.

— Tu es bien le seul.

— Soyez raisonnables, bon sang, dans six mois, les travaux seront finis.

— Tu crois ça ? Les maîtres d'œuvre ne tiennent jamais les délais.

— Sois plus explicite, Roberto ! Qu'est-ce qui vous dérange, au juste ?

— Le bruit, pardi ! Et puis que va-t-il en faire, de cette maison ? C'est l'histoire de Nardò !

— Je pense que ce ne sera pas vilain.

— Qu'en sais-tu ?

— Je suis allé à la mairie, moi… j'ai vu les plans. Ce sera rénové avec soin. D'ailleurs l'État ne s'y est pas trompé. Il lui accorde une subvention au titre de la sauvegarde du patrimoine.

— Les plans, c'est une chose. Mais la réalité…

— Vous êtes tous pareils ! Ça fait des années que je vous entends vous lamenter au sujet de cette maison. Une honte, disiez-vous, on ne peut pas la laisser tomber en ruine… Aujourd'hui quelqu'un paye pour la restaurer, et vous l'empêchez !

— Ce n'est pas lui qui paye, c'est l'État.

— Qui participe… pour une part assez modeste. Je ne vous comprends pas.

— On n'a pas confiance en lui… Il n'est pas d'ici.

— Le coiffeur non plus n'était pas d'ici, vous avez bien fini par l'adopter.

— Oui mais ton type, il n'est pas comme les autres.

— Qu'est-ce que vous voulez dire ?

— Il n'aime pas les femmes.

— Et qu'est-ce que ça peut vous faire !

— Et Luisa, elle en pense quoi ? a suggéré Roberto sur un ton plus inquisiteur.

— Elle pense comme moi, ça lui est égal.

— Je n'en suis pas si sûr que toi.

— Eh bien, tu lui poseras toi-même la question.

Pietro est sorti de l'assemblée générale sans prendre part au vote qui avait décidé une pétition. On l'enverrait au maire par courrier recommandé.

Le lendemain matin, un homme a sonné à sa porte.

— Bonjour, je suis Tiziano, le vandale qui démolit la maison d'en face.

— Ah, très bien, a dit sottement Pietro qui ne s'attendait pas à cette entrée en matière.

— Si nous allions boire un café ?

Tiziano était élégamment vêtu de blanc, un canotier sur la tête et des bagues à presque tous les doigts. Pietro a remarqué des bracelets de cuir à son poignet gauche et un petit tatouage, une calligraphie, sur son poignet droit. Les trois premiers boutons de sa chemise étaient ouverts sur une poitrine imberbe et hâlée. Un léger parfum de santal lui conférait un caractère mystérieux. Il marchait d'un pas mesuré. Il semblait sûr de lui.

Ils se sont installés dans le café Parisi, une institution locale. Tiziano n'avait aucune intention de se cacher, bien au contraire. Il comptait sur un commérage intensif pour colporter la nouvelle de son entrevue avec Pietro.

— Alors, mes oreilles ont sifflé hier soir ?

— Vous étiez au centre des discussions. Pourquoi teniez-vous à me rencontrer ?

— D'abord, parce que vous êtes mon voisin. Ensuite, parce que vous êtes le seul à me soutenir. Peut-être souhaitez-vous en savoir plus ? Que vous a-t-on raconté à mon sujet, Pietro ?

— Rien de spécial.

— Votre discrétion vous honore. Ne prenez pas de pincettes avec moi…

Tiziano n'a pas le temps de finir sa phrase. La pétarade d'une mobylette le fait sursauter. Pietro feint de ne pas s'en étonner et reprend le fil de leur conversation :

— Quand j'ai quitté l'assemblée générale, on s'inquiétait plus de votre vie privée que de vos ambitions architecturales.

— Alors je vais vous faire une confidence. Libre à vous de la diffuser. Je ne peux rien contre les préjugés de ces gens mais je m'en voudrais de ne pas leur donner une chance de se faire une opinion. L'absence d'informations est le creuset nauséabond des rumeurs. S'ils doivent me traîner dans la boue, qu'ils s'appuient sur du concret !

Mais Tiziano n'a pas raconté sa vie dans les moindres détails. Il s'en est tenu aux événements les plus récents, au chagrin d'amour qui l'a conduit ici, au cœur du Salento.

Tiziano a rencontré Saïd lors d'un séjour à Marrakech. Ils ont vite sympathisé. Il n'envisageait de rester que quelques jours. Il est finalement resté des mois. Ils habitaient un petit riad de la médina, dans le quartier de Mellah, bien avant que la fièvre spéculative s'en empare. Ce que Tiziano aimait par-dessus tout, c'était la terrasse, avec son point de vue unique sur la mosquée Koutoubia. Saïd lui a servi d'éclaireur dans cette ville tentaculaire, agressive et vulgaire pour qui s'interdit de la découvrir, enchanteresse et fascinante pour qui fait l'effort de passer outre les évidences. Agrippé à Saïd juché sur sa mobylette, ils traversaient la médina à toute allure. Tiziano en tremblait, il lui semblait qu'un péril pouvait surgir à chaque virage. Comme ce jour où Saïd partit seul et ne revint plus. Un jour devenu nuit. Un camion l'avait percuté dans un angle mort. Il a fallu des années à Tiziano, non pour oublier Saïd, mais pour que son amer souvenir devienne mélancolie.

Quelques années plus tard, un ami l'a invité à Ostuni, chez ses parents. Ils ont visité toute la région de bourgade en bourgade, jusqu'à Nardò. Tiziano a levé la tête, intrigué par l'incessant ballet des hirondelles. Il a vu alors les terrasses. Il a eu le coup de foudre pour la maison en face de chez Pietro, ses murs décrépis ne l'ont pas découragé. Son projet d'Airbnb est né ainsi.

— Voilà, dit Tiziano, vous en faites ce que vous voulez.

— Je ne suis pas certain que les participants à l'assemblée d'hier soir soient sensibles à la sincérité de votre récit.

— Dites-leur qu'un vieux pédé retape la maison en hommage à l'Arabe dont il était tombé fou amoureux. Ils devraient apprécier, ajoute Tiziano dans un grand éclat de rire.

— Il ne faut pas leur en vouloir. Ils n'acceptent pas que leur monde disparaisse. Je sais de quoi je parle, j'en fais partie.

— Écoutez, Pietro, je ne sais pas ce que la pétition donnera. Je ne vous demande rien. Dites-leur seulement que je m'engage à raccourcir la durée des travaux.

Le maire n'eut que faire des rodomontades de Roberto, dont la personnalité l'irritait au plus haut point. Il avait compris que le projet de Tiziano était une chance, qu'il serait bientôt imité par d'autres investisseurs éclairés et que le village leur devrait sa renaissance, loin de Gallipoli et de son littoral surpeuplé. Le maire avait du nez, mais il avait sous-estimé l'ampleur du phénomène. Airbnb n'en était qu'une des facettes. Sa ville attira rapidement les riches couples homosexuels venus des grandes villes du centre et du nord de l'Italie. Ils s'installèrent progressivement. D'abord un bar, un établissement balnéaire puis un restaurant gastronomique, le Spada, au cœur du centre historique. Place Salandra, les commères suivaient d'un œil amusé ces messieurs qui se promenaient par deux, décontractés, affables, prompts à les saluer.

Ce n'est pas le genre de réflexion qu'il ferait devant le curé, mais en privé le maire se lâchait : les gays étaient une vraie bénédiction. Grâce à eux, Nardò trouvait un second souffle. Oh, bien sûr, tout ne fut pas si simple. Il y eut bien quelques agacements chez ses administrés, surtout quand on bousculait leurs vieilles habitudes. La frange la plus sauvage du littoral, par exemple, se transforma en terrain de chasse.

Pietro et Angelo l'ont découvert un peu par hasard, en allant à la pêche du côté de la réserve naturelle. Pour y accéder, il faut traverser une pinède encombrée de taillis, un labyrinthe dans lequel on s'égare facilement. D'abord, ils ont croisé un homme en slip, smartphone à la main. Puis un autre homme en slip, un modèle dessiné pour mettre en valeur ses attributs. Eux-mêmes étaient en slip, mais ils avaient laissé leurs téléphones dans la voiture. Un troisième homme en slip leur a fait un clin d'œil appuyé qui les a pris au dépourvu. Un peu plus loin, là où le sentier s'étire vers des criques plus isolées, ils ont surpris deux hommes en slip cachés dans un buisson. Le plus petit d'entre eux était rouge et luisant de sueur. Rien à voir avec une insolation.

La pêche ne donnait rien. Il arrivait qu'un homme en slip leur passe le bonjour en demandant s'ils avaient des touches. Il rigolait. Pas eux. Sans se concerter, ils ont plié bagage.

Le soir même, Angelo et Pietro ont raconté leur étrange mésaventure à leurs femmes qui n'en finissaient pas de glousser.

— Ce sont vos petits secrets d'hommes, déclara Luisa.

— Cela ne nous regarde pas, ajouta Rossella, hilare.

Quelques semaines plus tard, le fils du coiffeur, Alessio, quinze ans à peine, a donné un début d'explication à Pietro.

— Tes types en slip devaient utiliser une application sur leur smartphone. Ça leur permet de prendre contact et de se géolocaliser facilement.

— Ils ne peuvent pas faire connaissance à la plage, dans un bar… comme tout le monde ? Au lieu de faire les paons dans la pinède…

— C'est plus pratique, Pietro, plus rapide, tu comprends ?

— Non.

— Tu sais, moi, j'fais pareil.

— Qu'est-ce que tu me racontes ?

— J'ai une application sur mon smartphone pour rencontrer de nouvelles filles. À la plage, au bar, j'vois toujours les mêmes nanas… c'est nul.

— Ça se tient.

— Ils ont fait une application de rencontres pour les seniors, tu devrais essayer.

— Alessio ! Je suis marié… Et puis je n'ai pas de smartphone.

— Un jour, tu me raconteras comment t'as rencontré Luisa, comment tu l'as séduite, tout ça…

— Ça t'intéresse ?

— J'veux savoir comment on s'y prenait au temps des dinosaures, quand il n'y avait pas d'applis.

— Fais le malin…

Ce soir, les Français ont déserté la terrasse. D'après les informations de Rossella, ils sont partis dîner au Spada, un restaurant de poissons assez radical dans son approche. En bas de la carte on peut lire : « Ici, ni beurre blanc, ni sushi, on vénère le produit. » Les poissons du matin sont exposés dans une vitrine réfrigérée. On les grille, on les sert avec le citron et l'huile d'olive pour seuls condiments, on les accompagne de pommes de terre rôties au thym et celui à qui ça ne plaît pas, il peut aller se faire voir chez les Grecs. Le chef n'a pas sa langue dans sa poche, il lui est déjà arrivé d'engueuler un client qui critiquait la cuisson de ses coquillages ou la tendreté de son poulpe. Sa réputation l'a précédé sur des réseaux sociaux en mal de sensations culinaires. Il a suffi de quelques avis dithyrambiques sur Tripadvisor pour que la trattoria soit assiégée par des gourmets venus de Paris, de Berlin et d'ailleurs. « Il faut réserver, maintenant ! » a protesté Rossella, jurant de ne pas y remettre les pieds avant la rentrée scolaire.

Luisa s'affaire en cuisine, surveille la cuisson délicate des *malloreddus*. Les olives mijotent dans le jus de tomates depuis trois quarts d'heure. Quand ce sera le bon moment, elle ajoutera une cuillerée d'huile d'olive extra-vierge. Pietro regarde sa femme papillonner autour de la table, pleine d'entrain. Il inspire profondément, soulagé de renouer avec un semblant de normalité.

Dimanche

Le couple de Français profite de la fraîcheur du soir. Ils se relaxent dans les transats que le propriétaire a disposés sur la terrasse, entre deux cactus très verts et très graphiques. Lui ne bouge pas d'un centimètre, écouteurs de rappeur vissés sur les oreilles, un verre de bière aromatisée au citron à la main. Elle porte un paréo bleu roi, ses longs cheveux châtains flottent sur ses épaules.

Angelo et Rossella sont arrivés en avance. D'autorité, Angelo s'est assis face à la terrasse, le jeune couple en ligne de mire.

— Vous étiez pressés de nous voir, ironise Pietro.

— Je suis tout essoufflée, Angelo marchait à une vitesse ! Un miracle ! Sa jambe ne le faisait plus souffrir, commente Rossella.

— Peut-être qu'elle s'appelle Thérèse la petite Française… ou Bernadette.

Luisa reste muette. Elle ne s'intéresse ni aux chamailleries de ses invités ni aux agissements des locataires du Airbnb. Pietro sert les apéritifs, un Martini glacé pour ces dames, un prosecco pour ces messieurs. Angelo en appelle à leurs souvenirs communs pour égayer Luisa :

— Vous vous souvenez du couple d'Allemands, l'année dernière ?

— Comment les oublier ? Toujours nus ceux-là, allergiques aux vêtements…

— Ou ils avaient trop chaud.

— Mais non, c'est culturel ! Ça ne les dérange pas de se montrer dans leur plus simple appareil. Et puis, ils étaient chez eux, pas au milieu de la place que je sache, tempère Pietro.

— C'est surtout qu'on n'arrivait plus à manger nos pâtes… avec son machin qui pendouillait sous notre nez, fait remarquer Rossella.

— Ça n'avait pas l'air de trop t'importuner à l'époque, persifle Angelo.

— Bah, tu sais, on croit connaître la nature, on a une perception des choses et puis un jour, paf, tout s'écroule, la réalité vous rattrape.

— Je ne comprends rien à ton charabia.

— Si j'étais toi, je n'insisterais pas, sourit Pietro.

— De toute façon, avec les Allemands, c'est toujours pareil : passé la frontière, ils oublient leur savoir-vivre.

Angelo est de cette génération d'Italiens pour qui l'Allemagne représente encore une menace. Un a priori tenace que les confrontations sportives ont aggravé. À ce titre, la victoire de la demi-finale de la Coupe du monde de football 1970 sur la Mannshaft, battue quatre buts à trois au terme d'un suspense à couper le souffle, est entrée au panthéon de ses souvenirs les plus heureux. Quand Gianni Rivera avait inscrit le but de la victoire, il avait tout fait valser autour de lui. L'évocation des Allemands l'a logiquement mené au ballon rond. Il y trouve une occasion de faire diversion.

— Et la famille de Milanais, vous vous rappelez ?

— Ils nous ont ignorés ! s'indigne Rossella qui, en qualité d'ancienne citadine, n'a pas apprécié leur attitude. Et vous vous souvenez de leurs enfants ? Toujours rivés à leurs écrans. D'une impolitesse rare. Comme si nous n'existions pas.

— Ce n'est pas faute d'avoir voulu attirer leur attention. Vous vous souvenez quand on a décoré le balcon avec des ballons de baudruche ?

— Ils nous ont pris pour des dingues. On leur a donné une bonne raison de nous snober…

— En tout cas, on s'est bien amusés, pas vrai Luisa ?

Occupée à disposer les noyaux d'olive dans la coupelle de céramique, Luisa ne répond pas.

Rossella poursuit son portrait à charge :

— Ils nous méprisaient ! Ces gens-là, il leur faut les Pouilles, mais sans ses habitants. Un décor, un terrain de jeux.

— Tu ne crois pas que tu en rajoutes ? intervient Pietro.

— Pour eux, nous sommes les pouilleux du Mezzogiorno, des sous-développés, des augmentations d'impôts… S'ils pouvaient nous sortir d'Italie, ils le feraient.

La diatribe de Rossella n'émeut personne, surtout pas Pietro qui connaît le fondement de sa colère. Elle a eu honte d'être en leur compagnie sur la terrasse, d'appartenir elle aussi au clan des pouilleux. Elle aurait tout fait pour se trouver de l'autre côté de la rue, chez les Milanais, à contempler d'un air dédaigneux ces locaux mal dégrossis et à se dire qu'à la fin des vacances, grâce à Dieu, elle serait de retour à la civilisation. Elle a bien tenté de leur adresser la parole, de leur montrer qu'elle était des leurs. Elle a exagéré ses manières et forcé son accent du Nord. Ils l'ont méprisée encore plus, comme une faussaire, pire, comme une repentie.

Le Français n'a pas bougé de son transat. Sa compagne s'est approchée de lui. Elle lui caresse la nuque, elle l'embrasse sur le front, puis sur les lèvres. Aucune de ses manœuvres n'échappe à Luisa qui dévore le couple du regard, sans s'inquiéter de le mettre mal à l'aise. Angelo et Rossella, occupés à maudire les Milanais, ne l'ont pas encore remarquée. Pietro hésite, il doit rompre l'enchantement, quitte à en devenir prosaïque.

— Luisa, tu ne trouves pas que ça sent le brûlé ? Ce n'est pas le ragoût qui attache, par hasard ?

— Quel ragoût ? Oh, mon Dieu !

Luisa le dévisage comme s'il était le diable. Elle se lève en titubant. Rossella n'a pas tout saisi de la scène mais la démarche hésitante de son amie lui inspire la bonne réaction. Elle court la rejoindre à la cuisine. Les hommes suivent la parade amoureuse des Français avec un mélange de curiosité et de perplexité. Luisa est troublée. Mais pourquoi ? Pietro pense qu'il est prématuré de s'alarmer, même si les agissements de son épouse l'ont déstabilisé. Comme un boxeur blessé par un uppercut, il attend une douleur plus aiguë pour réagir.

Rossella revient un quart d'heure plus tard, les bras chargés d'assiettes et de la *pasta* du jour. D'un regard appuyé, Pietro la remercie d'avoir prêté main-forte à son épouse. Les Français ne dîneront pas sur la terrasse, ce soir. Ils l'ont quittée après l'apéritif. Un bruit de vaisselle brisée se fait entendre, suivi de la voix exaspérée de Luisa :

— Que je suis maladroite !

— Tu as besoin d'aide ? demande Rossella.

— Ce n'est rien, j'ai juste renversé le plat avec les fruits. J'ai taché ma robe, comme une idiote, je vais me changer.

Luisa est revenue. Elle a passé sa robe pourpre à volants, celle qui lui découvre légèrement le haut de la poitrine. Sa robe des grands soirs. Elle est radieuse. Pietro peine à contenir sa stupéfaction. Il a conscience d'être étranger à sa métamorphose mais il prend le parti de s'en réjouir. A-t-il vraiment le choix ? Depuis que sa femme connaît d'inexplicables moments d'égarement – il les qualifie ainsi –, il survit au gré de ses humeurs.

Luisa s'est rendu compte que les Français n'étaient plus sur leur terrasse. Elle se laisse tomber sur la dernière chaise vacante, telle une marionnette désarticulée.

— Tu vas friper ta robe, lui fait remarquer Rossella.

— Ça n'a pas d'importance, lui répond Luisa sur un ton neutre.

Qu'est-ce qui a de l'importance, au juste ? se demande Pietro. Il n'ose pas lui poser la question. Il a trop peur d'être déçu par la banalité de sa réponse, ou anéanti par sa franchise.

Rossella a servi tout le monde. Angelo a trouvé le moyen de relancer la conversation :

— Les meilleurs voisins, jusqu'à maintenant, c'étaient les Anglais.

— Tu dis ça parce qu'ils avaient notre âge, précise Rossella.

— Non, je dis ça parce qu'eux, au moins, ils s'intéressaient à nous.

— Aux olives, tu veux dire. Ils étaient venus pour elles, tu t'en souviens, Pietro ?

Le vieux couple d'Anglais qui ont occupé le Airbnb en septembre dernier étaient d'authentiques passionnés de l'Italie. Dans un magazine, ils avaient lu une interview de l'actrice Helen Mirren qui expliquait son engagement en faveur des vieux oliviers des Pouilles décimés par *Xylella fastidiosa*, une bactérie tueuse transmise par une sauterelle au nom doux mais trompeur de « cicadelle ». Les ennemis de l'olivier sont nombreux, ça ne date pas d'hier. Que ce soient les champignons ou les parasites, comme les cochenilles, les teignes et les mouches. Mais cette fois, la menace semblait plus sérieuse. La bactérie infecte l'olivier, bouche les canaux dans lesquels circule la sève et l'étouffe, jusqu'à son dessèchement.

Les autorités et les producteurs se sont écharpés. Les premières recommandaient l'abattage, les seconds ne s'y résignaient pas. Dans l'article, un cultivateur âgé de soixante-dix ans, en larmes d'après la description de la journaliste, préférait mourir plutôt que de scier le tronc de ses arbres millénaires. « Je ne peux pas, c'est la plus belle chose que cette terre rouge ait jamais vu naître. Ils ont résisté aux guerres, aux catastrophes climatiques, ils ne peuvent pas disparaître de cette manière ! » implorait-il. Avec l'aide de son fils aîné, l'homme s'était enchaîné à un vieil olivier qu'on s'apprêtait à abattre. Cette histoire avait ému les Anglais. Et puis, Helen Mirren n'était pas n'importe qui. « On ne peut pas laisser les Pouilles dépérir, disait-elle, il faut acheter de l'huile d'olive au prix fort, il faut aider les producteurs en difficulté. Leur avenir en dépend. »

Les Anglais ont suivi les recommandations de l'actrice à la lettre. Tous les jours, ils revenaient avec une bouteille d'huile d'olive extra-vierge qu'ils payaient une fortune. Pietro et ses amis guettaient leur retour du haut de la terrasse et leur faisaient des signes amicaux. Un soir, pourtant, les choses auraient pu mal tourner. Pietro avait reconnu les sacs de la boutique de son ancien associé, Marcello. Il s'est mis dans une colère noire. Il a menacé d'aller sonner chez eux, de leur rembourser les bouteilles avant de les briser sous leurs yeux. Angelo l'en a dissuadé.

— Ce dont je me souviens, c'est qu'ils avaient acheté leur huile au pire endroit, commente Pietro.

— Et toi, tu as fait tout un pataquès.

— Tu sais très bien pourquoi.

— Tu as fort bien réagi. C'était très généreux de ta part de les emmener voir les producteurs du coin.

— Ne te fous pas de moi, Angelo, c'était ton idée.

— Bon, ce n'est pas tout ça, mais il est temps de vous quitter. Allez, bonne nuit Pietro, bonne nuit Luisa !

— Bonne nuit, Nino !

Les trois amis la regardent, interloqués. Ont-ils bien entendu ? Nino ?

Pietro fait un demi-tour sur lui-même et presse ses deux amis vers la sortie. Devant la grille de la maison, Rossella veut lui toucher un mot. Pietro lui fait comprendre que c'est inutile. Il suit leurs silhouettes le long de la rue Farfalla, jusqu'à leur évanouissement à l'angle du corso qui mène à la place Salandra. Les hirondelles multiplient leurs chassés-croisés. Elles font un boucan pas possible, à moins que

Pietro ne les supporte plus, comme ces bruits lancinants auxquels on s'habitue et qui un jour, Dieu seul sait pourquoi, deviennent intolérables. D'un pas lourd, il remonte l'escalier. Il sait qu'il retrouvera sa femme sur la chaise, avec sa robe toute chiffonnée. Un vieux coquelicot fané.

Lundi

Pietro n'a pas fermé l'œil de la nuit. Les événements de la soirée précédente l'ont tenu éveillé jusqu'aux premières lueurs du jour. Il n'a cessé de penser à ce nom, Nino, que Luisa a lâché avec un naturel déconcertant. Elle est partie se coucher en laissant tout en plan. Ça ne lui ressemble pas. Pietro est resté sur la terrasse, il espérait qu'un verre de grappa l'aiderait à y voir plus clair, à donner un sens à cette histoire. Au lieu de cela, il a assisté aux prémices amoureuses des deux Français que l'alcool avait libérés mais qui, à son grand soulagement, ont conclu leurs ébats dans l'intimité de la chambre à coucher. Pietro a l'intuition que les apparitions du couple de Français sur la terrasse sont à l'origine du mal-être de sa femme. Pourquoi ? Il n'en sait rien. Et puis non, c'est ridicule, se dit-il, les Français n'étaient pas là hier soir, ça n'a pas empêché Luisa de disjoncter. Pietro a besoin de se confier. Il a appelé Angelo, qui lui a donné rendez-vous au café Parisi.

Il s'est installé tout au fond de la salle principale, là où personne ne viendra les importuner. Il est soulagé de voir son ami arriver.

— Deux cafés serrés, ordonne Angelo.

— Mon Dieu, quelle soirée !

— Cette robe rouge…

— S'il n'y avait que la robe ! Nino ? Qui c'est, ce type ?

— Aucune idée. Elle a dit Nino, comme elle aurait pu dire Giuseppe ou Gianni. C'est toi qui me parlais de sa mémoire défaillante, non ?

— Ça lui arrive de plus en plus souvent. Elle oublie des choses. Elle confond les mots quand on joue au scrabble. Elle met trop de sel dans les plats. Des détails… Mais se tromper dans les prénoms, c'est une première.

— Il doit exister, ce Nino. Un vieil ami, un parent…

— Son amant, pendant que tu y es ! Va au bout de ta pensée, Angelo !

— Ne dis pas de bêtises, ce n'est pas le genre de Luisa. Et puis ça se saurait. Au village, ce genre d'informations ne passe pas inaperçu.

— Ou alors, ça remonte à sa jeunesse, avant que nous fassions connaissance…

— Possible. Moi, je sais qui pourrait t'aider.

— Qui ?

— Marcello, le cousin de Luisa. Il est de sa famille, il la connaît depuis bien plus longtemps que toi.

— Plutôt crever.

— Tu ne crois pas que ce serait l'occasion de te rabibocher ? Fais-le pour Luisa.

— Pas de chantage, Angelo. Je vais me débrouiller tout seul.

Sur ces bonnes paroles, Pietro prend congé de son ami. Il n'est ni fâché ni pressé, mais il doit avouer que son rendez-vous chez le coiffeur arrive à point nommé. Qui sait ? Peut-être ce dernier aura-t-il entendu parler de ce Nino ? C'est au salon de coiffure qu'échouent les ragots du pays. Il y en aura forcément un qui le concernera.

Le salon est vide à cette heure de la journée. Seul Alessio bricole sur son smartphone, planqué derrière les bacs à shampoing.

— Alors mon garçon, tu t'es trouvé une petite amie ? lui demande Pietro avec l'envie de le taquiner.

— C'est un désastre. Il n'y en a aucune qui vaille le coup. Ou j'les connais déjà, ou elles sont super moches.

— Et si tu la jouais à l'ancienne ? Bar, discothèque, plage…

— Aucune chance.

— Bon, je n'insiste pas.

Le père d'Alessio invite Pietro à s'asseoir dans le vieux fauteuil en cuir si décati qu'on ne distingue plus sa couleur d'origine.

— Je te rafraîchis sur le devant et derrière la nuque, comme d'habitude ?

— Oui, s'il te plaît. Dis donc, est-ce que tu connais un Nino, toi ?

— Oui, le petit gars de la supérette, à la sortie du village.

— Non, pas celui-là, plutôt quelqu'un de mon âge.

— Ça ne me dit rien, non. Désolé. Pourquoi tu cherches ce Nino ?

— Luisa a cité son nom, hier soir.

Pietro se doute que le coiffeur le bombardera de questions. Mais en se soumettant de bonne grâce à son interrogatoire, il réussira peut-être à renouer quelques fils. D'ici deux jours, tout le village sera au courant. Il tombera sur une piste. Et tant pis si les commères prêtent à Luisa une aventure qui, selon toute vraisemblance, relève du fantasme collectif. Mais le coiffeur n'est pas assez rapide, il est devancé par son fils.

— Alors, tu m'racontes comment tu l'as rencontrée, ta Luisa ?

— Laisse Pietro tranquille, Alessio.

— C'est bon… Je lui avais promis. Nous ne sommes pas sortis ensemble à l'école. Elle était en classe avec moi mais elle ne m'intéressait pas. Tout ça parce qu'elle portait des lunettes et des tresses. Je n'aimais pas les filles avec des tresses. Filles à tresses, filles à stress… c'est comme ça qu'on disait à mon époque.

— T'aurais ta chance sur mon appli, y a des filles qui n'ont ni lunettes ni tresses…

— Tu vas m'interrompre à chaque fois ? Bon, je reprends. Notre scolarité s'est déroulée normalement, jusqu'au bac. On a même fait des exposés ensemble, des travaux pratiques…

— Quel genre de travaux pratiques ?

— Alessio, tu es obsédé en plus d'être impertinent, tu le sais ça ?

— OK, j'arrête. Continue.

— Quelques mois après le bac, au début de l'automne, elle est montée à Rome pour suivre des études de lettres. Je n'ai pas compris pourquoi. Après tout, il y avait une très bonne université à Lecce. Alors pourquoi la capitale ? Elle est partie comme si un fléau s'abattait sur le village et qu'il faille s'enfuir sur-le-champ. J'avais trouvé ça curieux. De mon côté, j'ai suivi mon cursus d'ingénieur agronome, j'ai flirté avec quelques filles du coin…

— Vas-y, donne des noms, que j'me marre un coup quand j'passerai place Salandra… Il doit en rester quelques-unes sur le tas, elles sont pas toutes mortes.

— Pas impertinent, insolent. Voilà ce que tu es ! Rossella, tu la connais ?

— La femme de ton pote Angelo ? Elle devait être canon. Elle te plaisait ?

— C'est de notoriété publique. Sinon, je ne t'en parlerais pas.

— Pourquoi elle a choisi Angelo, et pas toi ?

— Aucune idée, mais très franchement, je n'ai aucun regret.

— C'est vrai qu'elle est chiante, la mère Rossella. Moi, si j'étais marié avec, j'finirais par la tuer. Elle est toujours sur son dos. Angelo ceci, Angelo cela. Alors que ta Luisa, elle est plus cool. Elle vivait à Rome, donc…

— Elle n'y était pas heureuse. Sa famille lui manquait. Elle est rentrée à Nardò au bout de deux ans. Moi, j'avais abandonné mes études pour me lancer dans l'exploitation des oliviers.

— Pourquoi tu t'es frité avec Marcello ?

— Tu es insolent, je te le confirme. J'étais persuadé que tu me poserais la seule question susceptible de m'énerver. Écoute, je veux bien te parler de Luisa, mais pas de son cousin. Si tu veux des renseignements sur ce malfrat, adresse-toi à Camillo. C'est une encyclopédie à lui tout seul.

— Wikinardo ?

— Voilà, Wikinardo, acquiesce Pietro, amusé.

— Justement, c'est Camillo que tu devrais interroger au sujet de ton Nino, suggère le père d'Alessio.

— Tu n'as pas tort. Bon, je la continue mon histoire ?

— Oui.

— On travaillait beaucoup avec Marcello. Du lever au coucher du soleil, sans interruption. Il y avait tant à faire sur ces terres. On s'accordait seulement la pause du déjeuner. On mangeait un sandwich, on buvait du *primitivo* à même la bouteille. Un jour, Marcello m'annonce que sa cousine Luisa est rentrée au pays. « C'était comment sa vie à Rome ? » lui ai-je demandé. « Tu n'as qu'à lui poser la question toi-même », m'a-t-il répondu. Luisa n'a pas tout de suite accepté de me rencontrer. J'ai dû patienter quelques semaines avant de la retrouver au café Parisi.

— Tu as essayé de l'embrasser ?

— Pas vraiment, Marcello nous accompagnait.

— Pourquoi ?

— Il nous chaperonnait. Tout n'était pas si facile. Séduire une fille était une épreuve. Ça pimentait l'affaire…

— Combien de temps t'as mis avant de l'embrasser ?

— Six mois. Elle m'a fait mariner comme un anchois.

— Pourquoi ?

— Elle avait peur, un truc la retenait. Elle se méfiait des hommes, je crois.

— Comment tu t'y es pris ?

— J'ai déployé le grand arsenal. Écoute-moi bien et prends-en de la graine. C'est autre chose que tes applications. D'abord je lui ai écrit des lettres. Une souffrance. Je n'étais pas doué pour la prose mais Luisa a compris que mes sentiments étaient sincères. Ensuite, je l'ai emmenée en balade dans des lieux romantiques que j'étais le seul à connaître…

— Sans chaperon ? Elle n'avait pas peur de toi, la Luisa ?

— L'art de séduire est subtil, mon jeune ami. Isoler sa bien-aimée sans l'effrayer, voilà le secret.

— Elle n'a pas hésité la première fois que tu lui as proposé ta promenade romantique ? Tu m'disais qu'elle restait sur ses gardes…

— J'ai su l'amadouer. Avant la première balade, je l'avais attendue plus d'une heure. J'ai cru qu'elle m'avait posé un lapin.

— T'étais motivé.

— Plus que motivé, amoureux. As-tu déjà été amoureux, Alessio ?

— J'suis pas sûr…

— Alors, tu n'as jamais été amoureux.

— Ça s'est passé où, le premier baiser ?

— Pas loin d'ici, deux rues derrière la pizzeria de Camillo. Je l'ai saisie par les hanches, elle ne m'a pas repoussé. Et voilà… Nous sommes mariés depuis quarante ans…

— Pourquoi vous n'avez pas d'enfants ?

— Luisa n'en voulait pas. Elle me disait que nous étions bien tous les deux, qu'on avait besoin de personne d'autre…

— C'est vrai que Luisa perd la boule ?

— Alessio ! intervient son père.

— Elle ne perd pas la boule, elle perd la mémoire. Ça n'a rien à voir.

Pietro renonce à savoir de qui viennent ces allusions. À quoi bon ? Tout le village a compris que sa femme agissait bizarrement. Le boucher qu'elle a oublié de payer. Le prêtre dont elle a confondu le nom avec celui du maire. Le facteur auquel elle a restitué son courrier sans l'ouvrir. La voisine à qui elle a offert un cerf-volant acheté dans le dépôt-vente des Chinois. Le vieux Roberto qu'elle a étreint comme un frère alors qu'il n'y a pas si longtemps, elle le traitait de personnage abject. Même Din, zinzin ou pas, s'en sera rendu compte !

Le coiffeur époussette la nuque et les épaules de Pietro. À l'aide d'un petit miroir, il lui présente son travail. Il attend son assentiment.

— Parfait !

— Tu veux que je te mette un peu de gel ?

— À chaque fois tu me poses la question.

— Je suis un professionnel.

— Essaye d'être discret au sujet de Luisa.

— Tu me connais, ce sera demain en première page du journal.

— C'est bien ce qui m'inquiète, sourit Pietro. Alessio, tu vas continuer à draguer avec ton joujou, ou tu vas faire comme les grands, à l'ancienne ?

— J'sais pas écrire. Et puis les coins secrets de ta jeunesse ont disparu.

Quand Pietro sort de chez le coiffeur, il croise deux petites vieilles vêtues de noir qui le dévisagent avec insistance, comme s'il portait une marque distinctive au milieu du front. Je deviens paranoïaque, se dit Pietro. Luisa lui a demandé de passer chez le charcutier pour acheter du *guanciale*, l'ingrédient principal de la *pasta all'amatriciana*. Il en prendra deux fois moins qu'à l'accoutumée. Au café, Angelo lui a annoncé qu'ils ne viendraient pas pour le dîner. Rossella doit se rendre à Lecce où son plus grand fils vient de déménager, elle va l'aider à choisir son mobilier, elle n'est pas certaine d'être rentrée à temps. Pietro ne l'a pas cru mais il ne lui en tient pas rigueur. La scène d'hier était pénible, elle aurait découragé n'importe qui.

Mardi

Le soleil plombe la matinée. Il ne renoncera jamais à se lever, celui-là ! maudit Pietro. Il aimerait que le climat soit plus en phase avec ses états d'âme. Avoir le moral à zéro quand il fait zéro dehors, c'est plus logique et moins éprouvant. Impossible de consommer son spleen avec ce ciel radieux. Les philosophes l'ont démontré et les poètes l'ont chanté : le soleil vous réconcilie avec la vie, aussi misérable soit-elle. Va pour la vie, conclut Pietro, mais par où commencer ? Par son ami Camillo. Le coiffeur a raison, le vieux pizzaiolo aura peut-être des informations utiles. Il est trop tôt pour la pizza, il ne le trouvera pas dans son restaurant mais à l'église San Trifone où il entretient la flamme du cierge que le prêtre a consacré à la mémoire de sa femme, morte en couches dans sa prime jeunesse. Pietro attend Camillo sur un banc du parvis, à l'ombre du gros tilleul. Il n'a pas entendu les pas de Din et sursaute au son de sa voix aiguë.

— C'est qui le plus con ?

— Non, Din, je t'en supplie, pas maintenant. Je n'ai pas envie de…

— Alors, c'est qui le plus con ?

À quoi bon lui résister ? Tant qu'il n'aura pas répondu, Din le harcèlera. Il n'existe aucun antidote.

— C'est moi le plus con, Din, et tu ne sais pas à quel point tu as raison !

— Pietro c'est le plus con, Pietro c'est le plus con, Pietro c'est le plus con…

Le garçon ne peut contenir sa joie. Il serre Pietro dans ses bras et part comme une fusée vers la place Salandra.

— Il n'a pas tort, c'est vraiment toi le plus con !

— Salut Camillo, merci pour tes encouragements.

— Tu en as besoin ?

— Ça se pourrait.

— Raconte.

— Est-ce que le nom de Nino te dit quelque chose ?

— Le petit gars de la supérette, oui…

— Pas celui-là, bon Dieu, un autre, un type qui aurait plus ou moins mon âge.

— Tu peux être plus précis ?

— Un Nino que ma femme aurait connu.

Camillo se prend la tête entre les mains et se masse les tempes.

— Attends voir, il y avait un dénommé Nino, autrefois. J'en ai un vague souvenir. Il est possible qu'il ait fréquenté ta Luisa à la sortie du lycée… Je sais qui pourrait t'en dire plus, mais ça ne va pas te plaire…

— Marcello ?

— Désolé, mon vieux, mais je n'ai pas de meilleure idée.

— Moi non plus. Tu ne peux pas savoir à quel point ça me coûte d'aller le trouver… Elle ouvre quand, sa boutique ?

— Dans un quart d'heure.

— Il y aura du monde, je vais le déranger.

— Oh, je pense qu'il fermera la boutique pour toi, il sera capable de mesurer le caractère exceptionnel de ta visite. Tu m'as l'air si pressé de le voir tout d'un coup ! Ça m'étonne de la part de quelqu'un qui ne voulait plus entendre parler de lui !

— Je n'ai pas vraiment le choix. Il ne s'agit pas de moi, mais de Luisa.

Pietro prend la direction de la place Salandra. À quand remonte leur ultime dispute ? Environ deux ans. Pietro était pourtant allé chez Marcello avec l'intention de trouver une issue à leur différend, quitte à lui faire des concessions. Marcello était resté inflexible sur toute la ligne.

Leur aventure commune avait pourtant commencé sous les meilleurs auspices. Ils étaient différents, mais complémentaires. Marcello est un homme d'affaires averti, roublard, affûté, doté d'un charisme fou. Il était logique qu'il s'occupe de la partie commerciale, des ventes, de tout ce qui touche à l'argent. Pietro, lui, ne se souciait que des oliviers. C'est à lui qu'incombait la responsabilité de sélectionner les plants, de veiller à leur croissance et de prendre soin de leurs aînés, des arbres âgés de plusieurs centaines d'années qu'il ne se lassait pas d'admirer. Il en pleurait parfois. Pour le comprendre, il faut avoir tamisé la terre rouge entre ses doigts, senti le vent chahuter ses cheveux, souffert le martyre sous un soleil de plomb.

Quand ils ont acheté la petite exploitation d'un vieil agriculteur du coin, les huiles de Toscane avaient la préférence des gourmets. On ne s'intéressait pas encore à ce qu'on récoltait dans le sud de l'Italie. Mais une dizaine d'années plus tard, sous l'impulsion des diététiciens et des végans, il y a eu un fort engouement pour l'huile d'olive, d'où qu'elle vienne. L'huile espagnole ayant la réputation d'être de qualité moyenne, c'est la France et surtout l'Italie qui ont profité du boom de l'or vert.

Tout est allé très vite. Pietro et Marcello ont été les premiers étonnés. Dans le Salento, on pressait l'huile d'olive depuis la nuit des temps. À quel démon devait-on cette fièvre ? Peu importe, ils ont compris avant les autres le potentiel de ces nouveaux marchés où l'huile devenait un luxe, comme un bon vin, une essence rare, un élixir. Ils ont emprunté à la banque, acheté les lopins alentour. Pietro s'émerveillait du fruit de la terre. Marcello, lui, parlait d'entreprise et de marque. Ils savaient qu'un jour leurs caractères les opposeraient. Mais ce jour n'était pas encore venu. La prospérité est arrangeante, elle diffère les contretemps, elle repousse les orages. Pietro, dès le début, a refusé de transiger sur un point : le rendement. On privilégie la qualité et le goût. On récolte les olives quand elles sont vertes et, par conséquent, on ne produit qu'un litre d'huile pour neuf kilos d'olives. Marcello a tiqué. Les olives noires, plus matures, permettent d'obtenir un litre d'huile pour quatre kilos d'olives. Qu'à cela ne tienne, a concédé Marcello, on la vendra plus cher, après tout c'est notre stratégie, non ? Nous ferons de l'huile d'olive du Salento un produit d'exception.

Marcello savait communiquer. Leur huile d'olive s'est imposée comme la référence du Salento. Dans les restaurants huppés, on la servait à la manière d'un grand cru, avec des trémolos dans la voix. À Paris ou à New York, elle figurait aux rayons des épiceries les plus fines. Nous étions en 2012, les deux amis avaient atteint la consécration. Pietro a gardé les pieds sur terre. Cette terre rugueuse et capricieuse qu'il a matée au fil des saisons. Il était plus riche, mais il n'a pas changé son train de vie pour autant, au grand dam de Luisa qui aurait bien pris quelques jours de vacances de l'autre côté de la Méditerranée. Marcello, quant à lui, a tout remplacé, sa maison, sa voiture, son vestiaire, sa montre, jusqu'à ses prothèses dentaires. Il renaissait à chaque nouvelle acquisition.

Début 2013, Pietro a été le premier producteur à tirer la sonnette d'alarme. « Il se passe quelque chose d'anormal, un nombre excessif d'oliviers périssent », a-t-il prévenu. Marcello lui a demandé de rester discret. « Il ne faut pas amorcer un mouvement de panique, c'est mauvais pour le commerce, insistait-il, tant qu'on n'est sûrs de rien on garde un profil bas. » Peine perdue. La maladie s'est propagée à toute vitesse. Vue d'avion la campagne du Salento ressemblait à une vieille peau de léopard. Les belles étendues vertes aux reflets argentés ont cédé la place à des îlots sombres et clairsemés. La mort grignotait du terrain. Pietro se battait comme un beau diable au milieu de ses arbres malades, tel un urgentiste submergé par l'arrivée des blessés. Il avait tout essayé, les coupes franches, l'importation d'espèces réputées plus résistantes. Il n'obtenait que de piètres résultats.

Dans les exploitations voisines, on se désespérait, on calculait les dommages et intérêts, on espérait les subsides de l'État. Marcello était furieux. Un genre de virus inconnu, voilà un obstacle qu'il n'avait pas prévu dans son business plan si bien chiadé. Il n'avait pas la parade face à cet ennemi invisible. Il aurait préféré se mesurer à un politicien corruptible ou à un rival influençable. Au fil des mois, les réserves d'huile se sont amenuisées. Dans un premier temps, ils ont bénéficié de la montée des cours, mais très vite la pénurie a compromis l'approvisionnement de leurs clients fidèles. Pietro a plaidé pour une réduction drastique de la production, quitte à perdre des parts de marché. Il fallait à tout prix maintenir la qualité, l'épidémie ne durerait pas indéfiniment. Marcello ne s'y résolvait pas. Il penchait pour le *statu quo.* « Et comment veux-tu accomplir ce miracle ? » lui a demandé Pietro. « En récoltant les olives noires », a lâché Marcello. Pietro n'en croyait pas ses oreilles. Les olives noires, comme les Espagnols ? Leur désaccord a tourné au vinaigre. Le soir où Pietro a tenté un ultime compromis, en tolérant que la moitié de la récolte se fasse en olives noires, Marcello est sorti de ses gonds, il a déclaré à son associé qu'il ne comprenait rien au commerce et que leur collaboration prenait fin. « Je te rachète tes parts dans la société », a-t-il proposé, sans trop y croire, à la fin de sa tirade, au moment où ses paroles débordaient sa pensée. À sa grande surprise, Pietro a accepté. S'il devait s'occuper d'oliviers, ce serait en essayant de les guérir, pas en leur arrachant leur dernier souffle de vie dans l'espoir de sauver son entreprise. Pietro a vendu la demeure cossue qu'il possédait au bord de la mer pour habiter la maison familiale de sa femme, Luisa, rue Farfalla.

Marcello n'a pas traîné. Il a racheté les exploitations placées en liquidation judiciaire, ouvert une boutique place Salandra et réservé des pages de publicité hors de prix dans les grandes revues gastronomiques afin d'y vanter les qualités gustatives de ses produits. Les agriculteurs désargentés harcelaient Pietro de leurs questions. Comment il fait, ton ancien associé ? Pietro connaissait la réponse. Elle le tourmentait mais pour rien au monde il n'aurait trahi ses vilaines combines : la récolte des olives noires, l'achat de stocks dans des pays qui n'ont rien à voir avec le Salento et d'autres encore, aussi brillantes que scandaleuses. Il est comme ça, Pietro, il n'hypothèque jamais sa loyauté.

L'épidémie de *Xylella fastidiosa* ne faiblissait pas. Des tas de gens malhonnêtes y trouvaient leur compte. La mafia locale, que l'on suspectait de spéculer sur les terres abandonnées près des zones côtières. Les fabricants de pesticides, pour qui cette bactérie était la principale source de revenus. Les sociétés qui exécutaient la politique d'abattage des arbres. Et Marcello… qui profitait de sa position dominante.

Des souvenirs douloureux s'entrechoquent dans la tête de Pietro. Inconsciemment, il ralentit le pas. On va voir si l'adage se vérifie, pense-t-il, si le temps arrondit les angles. Il lui faut encore traverser la place sous le regard éberlué des petits vieux du cercle Il Futuro qui savent tout de leur litige. Marcello a mis deux oliviers devant sa boutique. La devanture a de l'allure avec ces fioles remplies du précieux nectar, emballées comme des parfums. Marcello a installé ses bureaux à l'arrière du local, dans un grand open space qui donne sur une cour intérieure au milieu de laquelle trône un vieux puits tout blanc. Une jeune femme au charme indiscutable vient à la rencontre de Pietro. Elle ne le reconnaît pas, elle pourrait avoir l'âge de sa nièce.

— Bonjour, monsieur. Comment puis-je vous aider ? Vous recherchez une huile en particulier ?

— Je souhaiterais voir Marcello.

— Je crains que ce ne soit pas possible, à moins que vous ayez rendez-vous.

— Dites-lui que Pietro l'attend.

La vendeuse hésite mais Pietro se tait et continue à la fixer. Elle cède.

— Je vais voir ce que je peux faire. Attendez-moi ici.

Quelques minutes plus tard, la jeune femme revient dans la boutique suivie d'un Marcello tiré à quatre épingles, les cheveux si gominés qu'on dirait un casque.

— Tu viens m'acheter de l'huile ? Tu as raison, c'est la meilleure du pays.

Pietro est sur le point de faire volte-face. Il avale tant bien que mal la grosse boule de fierté qui lui obstrue la gorge.

— Je viens au sujet de ta cousine.

— Stefania, mon petit chou, prenez votre matinée, je dois m'entretenir avec ce monsieur.

La jeune femme s'exécute. Marcello condamne la porte derrière elle et retourne le petit écriteau sur « Fermé ».

— Alors on vient au-devant de l'ennemi ? Tu n'as jamais eu le sens du commerce, mais tu n'as jamais manqué de couilles, ça, je ne peux pas le nier. Et moi qui m'étais juré de ne plus t'adresser la parole…

— Alors pourquoi acceptes-tu de me recevoir, Marcello ?

— Parce que tu ne m'as jamais trahi. Tu aurais pu. Après ton départ de la société, j'ai piétiné tes idéaux. J'ai triché sur toute la ligne.

— Tu as sauvé de la ruine ce que nous avions bâti ensemble.

— À quel prix…

— C'est à toi de me le dire. Tu te fournis toujours à l'étranger ?

— Non. Et maintenant, tu vas me demander si je récolte les olives noires…

— Ça, je le sais déjà. Tu arrêteras quand ?

— Quand les oliviers ne seront plus malades.

— Marcello… Tu sais bien que cette saloperie ne s'en ira pas de sitôt… Tu ne penses pas à la retraite ?

— Jamais de la vie… Bon, si tu es ici, ce n'est pas pour me convaincre de changer mes plans, tu sais pertinemment que je n'en ferai rien… C'est à cause de Luisa, n'est-ce pas ?

— C'est exact. Tu es au courant de ses soucis de santé ?

— Quoi ? Alzheimer ?

— Ne prononce pas ce mot !

— Pietro, ouvre les yeux, bon sang. Elle a tous les symptômes. Tu es le seul à ne pas l'admettre.

— Nous n'avons aucune certitude. Il est trop tôt pour établir un diagnostic.

— Ah, vraiment ? Vous avez consulté un médecin ? Qu'attends-tu ?

— Ce n'est pas le moment.

— Si tu ne veux pas que nous parlions de Luisa, pourquoi es-tu venu ?

— Je veux bien parler de Luisa, mais pas de sa maladie, enfin… C'est compliqué.

Marcello prend sa respiration.

— Que veux-tu savoir ?

— En face de chez nous, il y a un Airbnb. Nous voyons beaucoup d'étrangers. C'est notre façon de voyager. Par procuration. Avec Angelo et Rossella, ça nous fait des sujets de discussion.

— Vous faites les commères, quoi…

— Si tu préfères… Un jeune couple de Français occupe la maison. Depuis qu'elle les a vus sur la terrasse, Luisa a un comportement étrange. Il y a quelque chose chez ce couple qui la perturbe.

— Je ne vois pas en quoi je peux t'aider.

— Dimanche dernier, elle avait les yeux braqués sur leur terrasse et elle a dit « Bonne nuit, Nino ».

Le visage de Marcello se contracte.

— Nino ?

— Oui. Camillo m'a dit qu'il y avait un Nino au village, que Luisa l'avait fréquenté après le lycée…

— Il est comment, physiquement, ton Français ?

— Euh, plutôt grand, maigre, avec une tête sympathique, je n'ai pas fait attention.

— Ça suffit, j'ai compris. Tu aimes ta femme, Pietro ?

— Pourquoi tu me demandes ça ?

— Parce que ce que je vais te raconter va te secouer.

Marcello demande à Pietro de s'asseoir. Il lui propose un verre qu'il refuse.

— En face de la maison familiale de Luisa, là où se trouve le Airbnb, tu te souviens, vivait la famille Squillace. L'année où Luisa a passé sa *maturità*, le neveu qui faisait ses études à Turin est venu passer l'été chez sa tante. Il s'appelait Nino. Je n'entrerai pas dans les détails. Nino et Luisa sont tombés éperdument amoureux. La famille ne s'en est pas rendu compte. Luisa et Nino se voyaient en cachette. Le soir, ils montaient sur leurs terrasses respectives, Nino pour fumer, Luisa pour se rafraîchir les idées comme elle l'expliquait à sa mère. Un dimanche, la famille de Luisa s'est rendue à Lecce. Ils l'ont laissée seule à la maison. Elle en a profité pour inviter Nino…

— Ça va, ça suffit !

— Laisse-moi finir. Je ne veux pas te manquer de respect, Pietro, mais il faut que tu entendes la suite. La famille de Luisa est rentrée plus tôt que prévu. Le père les a surpris sur leur terrasse. Je te laisse imaginer sa réaction. Je ne sais pas s'ils ont continué à se voir clandestinement après ça. Nino est rentré à Turin quelques semaines plus tard.

— Donc elle n'est pas partie pour le rejoindre ?

— Ni pour faire ses études de lettres, en tout cas pas au début.

— Pour quoi alors ?

— Pour se faire avorter. Les parents de Luisa voulaient éviter le scandale. Ils ont préféré qu'elle soit prise en charge loin des Pouilles. Ils se sont dit aussi qu'à Rome, les médecins seraient plus compétents, en tout cas plus habitués…

— Elle n'a pas voulu garder l'enfant ?

— Je pense qu'on lui a pas donné le choix. Elle n'avait pas dix-huit ans. Tu te doutes de la manière dont on réglait ce genre de problème, la honte, la réputation…

Pietro est accablé. Il n'a que faire de ce Nino, il songe à Luisa, à son refus de la maternité, à sa blessure profonde. Il joint les mains comme pour prier, les rapproche de son visage et ferme les yeux. Marcello s'est levé pour leur servir un verre de vin.

— Tu devrais en boire une gorgée.

— Merci, répond Pietro en évitant son regard.

— Je sais que Luisa ne voulait pas d'enfant. Je suis désolé, je…

— Tu crois que le Français lui a rappelé Nino ?

— C'est probable, surtout s'il lui ressemble.

— Je fais quoi, moi, maintenant ?

— Tu conduis Luisa chez le médecin.

— Je ne peux pas, Marcello. Je ne veux pas savoir, surtout après ce que tu viens de me raconter. Je préfère rester dans l'ignorance, entretenir le doute, même si c'est illusoire. Ça me fait moins souffrir. Traite-moi d'égoïste, je m'en fous.

— On dit que la maladie d'Alzheimer n'est pas irréversible, que la recherche progresse…

— Arrête ces conneries, tu veux ! Je n'ai pas besoin de ta pitié.

— Ils partent quand, les Français ?

— Demain après-midi.

— Sois vigilant ce soir, fais attention à Luisa. Si mes suppositions sont exactes, le Français ravive des souvenirs douloureux.

— Merci, j'avais compris.

Pietro en a assez. Il se lève, puis s'en va, sans prendre la peine de saluer Marcello qui l'accompagne vers la sortie avec un sourire gêné.

Pietro a refermé la porte. Il lui coûte de se retrouver au centre de la place, devant tout le village, sans transition. Les petits vieux du cercle Il Futuro le saluent avec tout ce qu'ils ont sous la main, une casquette, une canne, un journal plié. Il y en a un qui lui fait signe de les rejoindre. Pietro décline l'invitation, il n'a pas le temps, Luisa l'a envoyé faire les courses, les femmes, vous savez ce que c'est… Les petits vieux rigolent, indifférents à leur denture en perdition.

Pietro reçoit un coup de téléphone d'Angelo. La sonnerie l'horripile, une cascade de sons stridents qui a pour seul mérite de ne pas passer inaperçue. Il ne rate jamais un appel.

— On sera là ce soir, tu peux compter sur nous.
— Ne vous sentez pas obligés.
— Ne dis pas de bêtises, ce soir, c'est le pesto !
— À ce soir, alors !

Mercredi

Contrairement à leurs habitudes, Angelo et Pietro ont convenu de se retrouver à l'écart de la place principale.

— Tu peux m'expliquer pourquoi tu évites le café Parisi ?

— Parce qu'hier j'ai rendu visite à Marcello, à sa boutique, et que toute la place s'en est émue.

— Tu as revu Marcello ? Ça se fête. Nous commencions à désespérer, au village.

— Mais qu'est-ce que vous avez tous à vouloir nous réconcilier ?

— Avoue-le, votre brouille ne rimait à rien. Je suis heureux que vous preniez un nouveau départ.

— Je ne refais pas affaire avec lui, que ce soit clair.

— J'en déduis que vous avez parlé de Luisa.

Pietro raconte à son ami l'amour de jeunesse de Luisa, ses conséquences dramatiques et l'exil qui a suivi. Angelo a la pudeur de ne pas lui faire part de ses déductions au sujet de Luisa et de son refus catégorique de lui donner un enfant. Après toutes ces années, ils ont appris à se confier l'essentiel, sans jamais franchir les frontières de l'intime.

— Le Nino, il vivait à Turin. Vous ne vous êtes jamais rencontrés ?

— Turin est trente fois plus peuplé que Nardò ! Comment veux-tu qu'on le croise ?

— Je déraille.

— Tu ne dérailles pas, tu es juste un peu paumé.

— C'est quoi la différence ?

— C'est pas tes esprits que tu perds, c'est ton chemin.

— Et Luisa, elle perd ses esprits ? Toi aussi, tu crois qu'elle est atteinte de la maladie d'Alzheimer ?

— On le craint tous, Pietro. Il faudrait que tu t'en assures auprès d'un médecin.

— C'est ce que m'a conseillé Marcello.

— Et il a raison.

— J'ai peur, Angelo. Ma Luisa, je n'ai pas envie de la voir partir comme une démente. J'ai consulté Internet l'autre soir, j'ai lu des trucs horribles sur Alzheimer… Tous ces symptômes… Je ne t'ai pas tout dit l'autre jour. Une fois, j'ai retrouvé du linge sale dans le four. Hier, elle est partie dans un fou rire incontrôlable devant l'écran de la télévision.

— Quelle émission elle regardait ?

— Aucune. La télévision n'était pas allumée.

Angelo prend la pose de celui qui a besoin de réfléchir, pour se donner de la contenance et gagner quelques minutes. Il se sent coupable d'avoir abandonné son ami à ses illusions. Il aurait dû l'obliger à affronter la vérité, au risque d'exposer crûment sa détresse. Il se sent démuni, incapable de prodiguer un conseil ou d'adresser une parole réconfortante. Il n'est ni docteur ni psychologue. Il préfère éluder la maladie de Luisa, d'autant que Pietro ne l'a pas encore acceptée.

— Qui d'autre est au courant de l'idylle de Luisa et de Nino, à part Marcello et moi ?

— Cette fouine de Roberto, je suppose.

— Tu en es sûr ?

— Quand il a convoqué l'assemblée générale des gens du quartier, Roberto a fait allusion à Luisa, à l'attachement qu'elle a pour la maison en face de chez nous. Il doit savoir quelque chose. Il travaillait au bureau de poste à l'époque, il connaissait l'identité du destinataire des lettres de Luisa. Il a dû faire son enquête, interroger des proches de la famille. Il ne faut pas être un génie pour en tirer des conclusions.

— Tu te méfies de Roberto ?

— Oui. Il est rancunier et malveillant. Si la rumeur de l'histoire de Luisa se répand, il y a fort à parier qu'il en rajoutera des caisses. Il ne manquera pas une occasion de m'humilier, crois-moi.

— On s'en fout de Roberto. Qu'il fasse le con ou non, ça ne changera rien. Que vas-tu faire de Luisa, Pietro ?

— Et toi, que ferais-tu à ma place ?

— J'essayerais de la rendre heureuse… par tous les moyens.

Pietro déjeune avec Angelo à la pizzeria de Camillo. C'est désormais la seule compagnie qu'il tolère, celle de ses amis, dépositaires d'un secret qui s'évanouira tôt ou tard.

La sonnerie débile de son téléphone retentit, Pietro ne reconnaît pas le numéro qui s'affiche. Qui l'importunera cette fois-ci ? Un assureur, un banquier, ou l'un de ces promoteurs immobiliers intéressés par leur « maison de caractère en centre-ville » ? Le propriétaire du Airbnb a fait des émules, ils veulent tous investir dans la vieille pierre du Salento. Angelo l'encourage à répondre.

— Allô ?

— C'est Roberto, je suis avec ta femme. Je te la ramène chez toi.

Pietro se dit que le hasard est parfois moqueur. Beaucoup de gens auraient pu rencontrer son épouse à la sortie du village, sa petite valise à la main. Mais non, il a fallu que ce soit la personne qu'il apprécie le moins.

Roberto avait pris sa voiture pour se rendre à Galatina. Il était pressé. Il a failli percuter une femme qui zigzaguait sur le bord de la chaussée, sans se soucier du danger potentiel qu'elle représentait pour les automobilistes. Après avoir maudit l'imprudente, il l'a reconnue dans son rétroviseur et a décidé de faire demi-tour. Luisa, sans comprendre qui il était, lui a tenu des propos incohérents où s'entremêlaient des histoires de voyage, d'homme qui prend la fuite et de train qui part sans elle. Roberto a eu toutes les peines du monde à la convaincre de monter à bord de son véhicule. Il lui a menti, elle arriverait plus vite à la gare s'il l'accompagnait. Quand la voiture s'est engagée dans la rue Farfalla, Luisa n'a pas protesté. Elle était passée à autre chose, les yeux tournés vers le ciel que les hirondelles zébraient de leurs trajectoires aléatoires.

Pietro les attend sur le seuil de la maison. Roberto ouvre la portière de Luisa avec cérémonie. Elle s'engage dans la cour de la maison comme si les deux hommes n'existaient plus et qu'elle était la seule figurante de ce décor familier. Pietro attend que sa femme soit montée à l'étage pour s'adresser à Roberto.

— Je te remercie d'avoir raccompagné Luisa.

— Tu aurais fait la même chose. Je sais que tu ne m'aimes pas, Pietro, je n'y peux rien, mais je ne me réjouis pas de ton malheur.

Pietro n'est pas convaincu. Roberto est un fouille-merde qui se repaît des vices et des faiblesses de son prochain. Les errances mentales de Luisa sont une aubaine. Sa curiosité malsaine a été satisfaite au-delà de ses espérances les plus inavouables. Roberto discutant avec sa femme dans la promiscuité d'une voiture ? La scène exaspère Pietro, qui peine à contenir sa colère.

— Elle t'a dit quelque chose d'important pendant le trajet ?

— Ça dépend de ce que tu considères comme important.

— Pourquoi elle est partie de la maison avec une valise, par exemple.

— Ça te regarde, je ne veux pas m'en mêler.

La réponse agace Pietro. Il fait comprendre à Roberto que sa femme doit l'attendre.

Luisa est assise dans le fauteuil, elle fixe le mur du salon où est accrochée une vieille reproduction d'un paysage des Dolomites à laquelle Pietro n'a jamais prêté attention. Sa valise est posée près d'elle.

— Pourquoi es-tu partie sans rien me dire ?

— J'allais te rejoindre à la gare, voyons. Tu m'avais dit que nous partirions en voyage ?

— Euh, oui, bien sûr… Mais je ne t'ai pas dit quand.

— Tu ne m'avais pas dit que c'était aujourd'hui ? Ce n'est pas grave, mon chéri, on y retournera demain. Je suis épuisée, j'ai beaucoup marché, tu sais. Je vais aller me reposer en attendant le dîner.

Alors que Luisa attrape sa petite valise et rejoint la chambre à coucher, une idée folle vient à Pietro. C'est quitte ou double.

Quelques heures plus tard, Angelo et Rossella déboulent avec une bouteille de Polvanera et un énorme bouquet de fleurs pareil à celui qu'on apporte à un convalescent après une grave opération. Pietro tique un peu, mais comme Luisa s'émerveille du cadeau de son amie, il préfère se taire.

Il n'y a personne sur la terrasse du Airbnb. Pietro a vérifié le planning. Les prochains locataires n'arriveront pas avant dimanche.

La soirée se déroule presque normalement. Les égarements de Luisa sont rares et sans conséquence. On fait comme si. Rossella remplace discrètement le paquet de farine posé sur la table par la tarte aux fruits qu'elle a apportée. Angelo fait mine de la suivre quand elle se perd dans une incompréhensible logorrhée. À la fin du repas, les femmes se sont installées dans le salon et regardent une émission de variétés. Pietro sert un verre de grappa à Angelo et lui fait part de son projet.

— Tu es sûr de toi ?

— Non, mais je n'ai plus rien à perdre.

— Et Luisa ? Et si elle réagissait mal ? Tu serais responsable…

— Tu as vu son état ? Tu crois vraiment que ça va empirer les choses ?

— Ça ne me plaît pas, ton histoire, Pietro.

Jeudi

Contrarié par une insomnie persistante, Pietro a dormi par intermittence, comme s'il veillait sur le pont d'un voilier, épuisé par quarante jours de navigation. À trois reprises, il est monté sur la terrasse, espérant y puiser l'air qui lui manquait dans cette chambre étouffante que le sommeil profond de Luisa allège de son doux ronronnement. Il a regardé la terrasse où le couple de Français adorait se prélasser. Il a ressassé son projet et l'a trouvé insensé. Tu fais la plus grosse connerie de ta vie, mon vieux, se dit-il. Il a gambergé, et puis il en a conclu que ça ne pourra pas être pire, qu'il faut provoquer le destin à défaut de le maîtriser. On verra bien ce qu'il en sortira.

Quand, au moment d'éteindre la lampe de chevet, il a annoncé à Luisa qu'ils partiraient en voyage le lendemain matin, elle a accueilli la nouvelle sans émotions particulières. Elle a même ajouté que sa valise était déjà prête. Pietro n'a pas eu la tentation de l'ouvrir pendant la nuit. Connaître le contenu de cette valise ne servirait à rien. La dégénérescence mentale de Luisa se résume à toute une succession de capitulations. Son indifférence en est la démonstration. Elle aurait dû assaillir son mari de questions. Où va-t-on ? De quoi ai-je besoin ? On part pour combien de temps ? La Luisa qui rêve d'escapades n'a pas eu la réaction que Pietro escomptait, au point de se demander si sa brillante idée n'allait pas tourner au fiasco.

Pietro a prévu de réveiller Luisa vers 8 h 30. Il dévisse la cafetière, y verse l'eau jusqu'au niveau requis, remplit le récipient du café qu'il a moulu la veille. Il assemble ensuite les trois pièces de la cafetière avec l'application d'un tireur d'élite qui remonte son fusil. L'allumage automatique crépite, une étincelle jaillit, les flammes bleues sertissent la plaque de gaz noircie par les combustions répétées. Il met la table et place au centre la rose rouge que lui a vendue la petite Rom que plus personne n'importune, sauf peut-être Din qui persiste à la poursuivre de ses avances maladroites. Comme lui, elle court les rues, elle interpelle les passants, elle s'attire des ennuis. Pietro a disposé deux tranches de pain complet grillées sur une petite assiette. Il a acheté de la confiture aux figues de Barbarie, la préférée de Luisa.

Elle dort encore. Ses bras sont étendus le long de son corps, son visage tourné vers le plafond. Elle ressemble à ces reines de marbre qui reposent au fond des cathédrales. Pietro se décourage devant tant de quiétude et d'innocence. Est-il nécessaire de hâter son réveil ? Ce voyage peut être reporté, rien ne l'oblige à en respecter l'horaire. Elle ne s'en apercevra pas. En est-il certain ? Hier encore, elle a été prise d'un accès de panique au beau milieu de l'après-midi. Elle a subitement réalisé qu'elle avait sauté l'heure du déjeuner. Elle s'est ruée sur le réfrigérateur, en a sorti une boule de mozzarella fraîche qu'elle a engloutie avec voracité. Non, il valait mieux ne pas bouleverser les plans et s'en tenir à ce qu'ils avaient convenu.

Pietro s'approche de sa femme et lui caresse la joue avec le dos de sa main, attendant que ses paupières se décident à battre tel un papillon sur le point de s'envoler.

— C'est l'heure, ma chérie.

— L'heure de quoi ?

— L'heure de partir en voyage, tu te souviens ?

— Ah oui, c'est vrai.

L'amnésie chronique de Luisa érode le moral de Pietro. Chaque minute de vie est une loterie sans récompense. L'oubli peut frapper à tout moment. Pietro ouvre la fenêtre sur les cris des enfants qui jouent dans la rue. Le soleil éclaire le visage de Luisa. Impossible d'affirmer qu'elle sourit. Peut-être plisse-t-elle les yeux parce que la lumière l'importune. Il lui annonce qu'il l'attendra à la cuisine.

Pietro noie son angoisse dans un énième café serré. Il entend les pas de Luisa dans l'escalier. Il sait que quelque chose ne va pas. Après quarante ans de mariage, il peut juger de l'humeur de sa femme à une démarche, un geste, une mimique, une simple respiration. Luisa est chaussée de bottes pour l'hiver. Elle est enfouie dans le gros manteau de fourrure que sa mère portait en un siècle où la mode faisait peu de cas de la souffrance animale.

— Tu ne crois pas que tu vas avoir un peu chaud avec ça ?

— Tu ne m'as pas dit que nous allions au nord ?

— Oui mais… Tu as un peu exagéré.

— Ah…

La voilà qui remonte pour se changer, sans protester. À son retour, Pietro retient son souffle. Elle porte ses habits de la veille. Il se garde bien de lui en faire la remarque. Il n'a aucune envie de commencer la journée par un défilé.

Il a garé devant la grille la Fiat 500 qu'il a achetée pour faire plaisir à Angelo. Il a attendu que Luisa soit confortablement installée à l'avant pour faire un dernier tour dans la maison à la recherche d'une fenêtre restée ouverte, d'un robinet qui coule ou des lumières qu'elle ne prend plus la peine d'éteindre sous prétexte qu'elle a peur du noir.

Pietro voit la maison rapetisser dans son rétroviseur. Il appuie sur l'accélérateur. Les rues sont encore désertes. Il a cru apercevoir Din qui se battait contre un adversaire imaginaire, à coups de pied lancés dans le vide. Quand il sera 10 heures, la cloche de l'église sonnera et il chantera « din, don, din, don ».

Ils ont quitté le village et traversent la campagne.

— Alors, où est-ce que tu m'emmènes ?

— D'abord à Lecce.

— Et ensuite ?

— C'est une surprise.

Au premier carrefour, ils dépassent la vieille masure de pierres devant laquelle tapine la sœur aînée de la petite Rom vendeuse de roses. Elle a mis une robe à pois qui la cintre et lui fait une poitrine rebondie. Son premier client ne tardera pas. Elle salue Pietro qui feint de l'ignorer alors que Luisa regarde de l'autre côté de la route, là où les champs d'oliviers sont décimés. Le visage de Pietro se déforme à mesure qu'ils progressent dans ce théâtre de ruines végétales. Tout est désolation. Les oliviers sont rares, regroupés par quatre ou cinq, bataillons de vieux grognards jetant leurs dernières forces dans une offensive désespérée. La défaite est imminente. Pietro le sait, mais personne ne s'en inquiète. Ont-ils oublié à quel point cette terre était belle ?

La voie principale qui mène à Lecce, la *statale* 101, n'est plus très loin. Pietro est soulagé. La vue du macadam le calme. Après une bonne heure de route, il quitte la nationale, dépasse la gare et s'engage sur la rue de l'Université. Luisa ne bronche pas, bercée par le défilé des bâtiments blancs, de plus en plus baroques à l'approche du centre historique.

Pietro avait prévenu le restaurant qu'ils arriveraient dès midi et qu'ils prendraient l'apéritif en attendant l'ouverture des cuisines. Le propriétaire de l'établissement s'était montré conciliant. Caché dans une ruelle à deux pas de la place Giuseppe Libertini, l'établissement à la façade discrète décourage les curieux.

Ils sont accueillis dans un étroit salon dont les murs sont tapissés de bouteilles de vin, retenues par des appliques géométriques qui masquent leur goulot. Le décor hypnotise Luisa, qui n'entend pas leur hôte les inviter à le suivre. Au bout d'un escalier de pierre à lumière tamisée, ils débouchent sur une cour qui doit contenir une dizaine de tables à tout casser. Au centre, dans une immense jarre en terre cuite, un jeune olivier se contorsionne. La serveuse leur présente la carte des vins et spiritueux, mais Pietro lui fait comprendre qu'ils savent déjà ce qu'ils commanderont. Luisa regarde autour d'elle comme un animal en captivité à qui l'on rend soudainement sa liberté. Elle jauge l'étrangeté des lieux. La serveuse arrive avec le Martini, le *spumante* et une petite coupelle remplie d'olives.

— Tu es content, mon chéri ?

— Content de quoi ? s'étonne Pietro, qui ne s'attendait pas à ce que sa femme s'inquiète pour lui.

— Ils t'ont mis des olives vertes.

— Ah, ça ! Oui, bien sûr, je préfère… Et toi, Luisa, que penses-tu de cet endroit ?

— Ça fait un peu vide, mais la serveuse a l'air gentille.

La jeune femme aux cheveux noirs et bouclés leur propose le menu. Pietro a choisi rapidement, comme à son habitude. Luisa hésite devant l'abondance des plats qui, pourtant, ne sont pas rendus incompréhensibles par l'emphase ou l'excès de poésie de la carte. Pour patienter, Pietro sensibilise la serveuse à la santé de l'olivier, qu'il ne supporte pas de voir en pot.

— C'est un grand pot, monsieur. Je pense qu'il a assez de place.

— Vous l'arrosez régulièrement ?

— Tous les jours.

— Pas trop, j'espère.

— Juste ce qu'il faut.

— Luisa, tu sais ce que tu vas prendre ? Tu fais *antipasti* et *primo*, ou bien *primo* et *secondo* ?

— Je vais prendre les spaghettis *alle vongole*, on ne les fait jamais à la maison. Et puis après l'agneau. Et toi ?

— Raviolis à la courge, suivis du porc rôti.

— Pourquoi tu ne prends pas les *tortiglioni*, Pietro ? Toi qui adores les pâtes aux olives.

— Parce que personne ne les prépare aussi bien que toi, ma chérie.

— Tu es trop gentil.

La serveuse leur adresse un sourire complice avant de disparaître en cuisine où la voix surpuissante du chef domine le concert naissant des casseroles et des récipients que l'on sort des placards.

Le déjeuner s'est déroulé sans encombre. À quelques anicroches près. Luisa s'est plainte que l'agneau avait un drôle de goût pour du poisson et que son café était bien trop sucré après y avoir elle-même introduit quatre morceaux de cassonade brute. Elle a jugé le repas excellent et regretté qu'ils ne s'autorisent pas ce genre de périple un peu plus souvent. Peut-être ne me suis-je pas trompé ? songe Pietro avant de se dire que la partie la plus hasardeuse de son plan n'a pas encore commencé.

— Et maintenant, où m'emmènes-tu ?

— À la mer.

— Quelle bonne idée ! On y va si rarement.

— C'est parce que tu n'aimes pas trop te montrer en petite tenue.

— Nous ne sommes pas obligés d'aller à la plage.

— Je t'emmène voir la mer, pas la plage.

— Tu me rassures.

Luisa n'a pas toujours été si prude mais, la vieillesse l'emportant, son corps la trahit en des points qu'elle n'a pas le courage d'exposer au jugement d'un inconnu, des veines variqueuses sur les jambes, un peu de cellulite sur les cuisses et ces taches brunes qui s'élargissent sur son ventre. « Je ne suis pas un beau spectacle », répète-t-elle. Pietro n'ose la contredire avec des arguments qui, de sa bouche, sonneraient faux. Il se contente de partager ses frustrations en expliquant qu'il a lui aussi perdu le physique de ses vingt ans.

Luisa ne s'est pas endormie dans la voiture. Alors qu'ils longent la mer Adriatique depuis Otranto, elle a entrouvert la fenêtre et s'est rempli les poumons d'un air qui se vivifie à l'approche de la pointe extrême des Pouilles. Pour ses retrouvailles avec les horizons marins, Pietro a choisi le paysage du phare de Santa Maria di Leuca qui lui rappelle tant les peintures métaphysiques du peintre De Chirico. Pour une raison qu'il ne s'explique pas, il y a peu de touristes ce jour-là. L'esplanade dominée par le phare leur appartient.

Il prend la main de Luisa et traverse cette place immense torturée par le soleil que les rafales de vent persistantes soulagent à de trop rares instants. Le bruit des vagues qui se fracassent sur les fortifications les encourage à marcher plus vite. Luisa serre la main de Pietro envahi par une grande bouffée de chaleur. Ses émotions l'ont souvent abusé ces derniers mois. Il a appris à s'en méfier. Mais là, face au décor agité de la Méditerranée, désarmé par la quiétude de son épouse, il cède. Une petite larme perle au coin de son œil irrité.

Ils s'agrippent l'un à l'autre, penchés au-dessus du parapet, fascinés par le déchaînement des eaux qu'un ciel azur et sans nuages désavoue. Un voilier se déhanche comme il peut, sa voile disparaît derrière chaque nouvelle vague qui déferle.

— Tu ne me quitteras jamais, n'est-ce pas ?

— Pourquoi veux-tu que je te quitte, Luisa ?

— Et si tu t'entichais d'une femme plus jeune que moi ?

— À mon âge ? Ne dis pas de bêtises…

— Et si je tombais gravement malade, que je te rendais la vie impossible…

— Pourquoi tu me dis tout ça ?

— Parce que tu as l'air préoccupé en ce moment. Tu n'es pas serein, tu te fais du mouron, je le sens… Ce n'est pas à cause de moi, j'espère ?

Pietro voudrait que la houle l'emporte le plus loin possible, au-delà de la ligne d'horizon. Luisa est incapable de mentir. Ses propos, si lucides en apparence, lui confirment ce qu'il veut ignorer à tout prix : elle ne sait plus ce qu'elle dit, elle n'a pas conscience de décrire son véritable état.

Les rafales de vent ont fini par incommoder Luisa, elle demande à rentrer. Pietro en déduit qu'elle s'est lassée du voyage et que sa maison lui manque. Quel coup du sort !

pense-t-il. Si Luisa savait où il projette de l'emmener, elle éclaterait de rire. Mais Luisa n'a aucune intention de revenir à Nardò. Quand Pietro passe la première, elle lui demande quelle sera la prochaine étape. Il en a presque honte mais, sans se démonter, il lui explique qu'ils vont vers le nord. Luisa ne proteste pas.

Ils roulent deux heures et font étape à Taranto. Ils prennent un rafraîchissement au pied des fortifications en observant distraitement les passants. Les cloches de l'église voisine annoncent la fin de l'après-midi. Luisa n'en paraît pas gênée, une énième manifestation du mal qui la ronge. L'organisation de leurs journées a toujours été réglée sur l'heure des repas, comme celle des moines franciscains sur la prière. Elle n'a jamais voulu y déroger. Toute exception lui cause de l'anxiété. Un dîner se mijote au moins deux heures à l'avance. Se mijotait. Pietro n'oubliera jamais l'expression consternée de Rossella le jour, un jeudi, où Luisa a oublié de préparer la *carbonara*. Un séisme sur l'échelle de leurs conventions. Pietro comprend – cette pensée l'achève – que s'il ne prend pas l'initiative de se lever, Luisa ne bougera pas. Les cloches peuvent sonner autant qu'elles veulent. Luisa se contente d'explorer le vide, un espace indéterminé entre le ciel et les murailles environnantes, quelques mètres au-dessus des gens qui la pensent folle en croisant son regard flottant.

— Je demande l'addition.

— Tu vas finir par me dire où nous allons ?

— Oui, mais à une condition.

— Laquelle ?

— Je te bande les yeux, je ne veux pas que tu le saches.

— Je peux fermer les yeux si tu préfères.

— Je te connais, Luisa, tu ne résisteras pas.

Angelo a dit à Pietro qu'il était cinglé. Bander les yeux de sa femme pour lui faire une surprise ? Il prenait des risques, il n'avait aucune certitude sur la manière dont elle réagirait. Elle pouvait protester, crier, tenter de sauter de la voiture en marche. Mais Luisa se laisse faire. Elle se moque de son mari qui n'a pas choisi le plus beau de ses foulards pour l'aveugler. Il est maladroit, il s'y prend à deux fois. Elle lui dit qu'il ferait un piètre tueur en série. Ça n'amuse pas Pietro qui s'impatiente, d'autant que les piétons qui passent à proximité de leur véhicule se demandent à quoi ils jouent.

Ils ont quitté Taranto il y a deux heures. Luisa s'est assoupie. Pietro se sent coupable de l'avoir laissée dans cet accoutrement alors qu'elle dort si tranquillement. C'est comme s'il avait bâillonné une muette. Elle se réveille au moment où un panneau leur annonce qu'ils atteindront Nardò dans dix kilomètres. Cruel et pervers, ce sont les mots qu'Angelo a employés pour qualifier le plan de Pietro.

— Tu lui fais croire que vous partez en vacances et tu la ramènes au village ? Dans quel but ?

— Pour raviver sa mémoire… Et puis elle a toujours dit que les locataires du Airbnb la faisaient voyager. C'est son tour.

— Non, Pietro, tu as inventé cette virée pour savoir si elle est encore attachée à ce Nino, si elle y pense encore, si elle regrette de ne pas l'avoir cherché. Tu ne supportes pas l'idée d'être un second choix.

— C'est faux, Angelo. Je ne suis pas jaloux de ce garçon. C'était il y a si longtemps, elle était si jeune. Tant mieux si cette maison la rapproche de ce Nino, si ça lui redonne le sourire. Tu me disais que si tu étais à ma place, tu ferais tout pour la rendre heureuse avant qu'elle sombre définitivement dans le néant. Je n'ai d'autre vœu que son bonheur, même fugace.

— Tu me le jures ?

— J'ai passé l'âge d'envier les fantômes. Et puis je ne suis pas favorable à la confrontation. Tu devrais le savoir, je t'ai laissé épouser Rossella…

— J'étais plus beau que toi.

— Va te faire voir, Angelo !

Parce qu'il a cru à la sincérité de Pietro, parce que leur amitié ne souffre aucune réserve, Angelo a décidé de l'aider. Le plan peut capoter à la minute où Luisa sortira de la voiture. Des bruits familiers peuvent l'alerter, comme le générique du journal télévisé que leur voisine, complètement sourde, regarde avec le volume au maximum. Sans parler de Din qui traîne parfois dans le quartier. Rossella, mise au courant, a eu la même réaction outrée que son mari, mais devant la détermination de Pietro, elle a accepté de participer aux préparatifs. Il a fallu la dissuader de faire coucou de la terrasse d'en face quand Luisa découvrira où elle va passer la nuit. En revanche, elle aura la mission de préparer la sauce de la *carbonara* qui les attendra dans le réfrigérateur. Pietro n'aura plus qu'à cuire les spaghettis.

Tiziano, le propriétaire du Airbnb, est tombé des nues. Il n'avait pas connaissance du mal qui touche Luisa, encore moins de cet amour de jeunesse dont sa maison a été le théâtre. Chaque fois qu'il leur a proposé de visiter la maison rénovée, Luisa a prétexté un empêchement. Il comprend maintenant pourquoi, toutes ces émotions qui remontent à la surface. Lui aussi s'est permis de questionner Pietro. Est-ce vraiment une bonne idée, toute cette mise en scène ? Ne va-t-il pas raviver de vieilles blessures ? Il pourrait la tuer. Psychologiquement, s'entend. Pietro a répondu qu'il agissait par amour, un mot dont Tiziano comprend très bien la signification. Il leur a réservé la maison pour deux jours. Il a demandé à la femme de ménage de faire briller chaque recoin de faïence, chaque centimètre de parquet, chaque carreau de fenêtre. On a aussi fleuri la chambre à coucher. Ils seront reçus comme des princes en visite officielle.

La Fiat 500 s'engouffre dans la rue Farfalla. Pietro a prévenu Angelo que leur arrivée était imminente. Rien à signaler, lui a répondu ce dernier.

— Nous avons atteint notre destination, ma chérie.

— J'ai beaucoup dormi ?

— Quatre ou cinq heures, répond Pietro, qui regrette aussitôt de lui avoir menti. Garde le bandeau sur les yeux, je vais t'ouvrir la portière.

En descendant du véhicule, une puissante odeur de friture d'aubergines et d'oignons lui agresse les narines. Il n'avait pas prévu que la vieille voisine se lancerait dans la préparation de sa *caponata*.

— Oh dis donc, ça sent comme chez nous ! remarque Luisa.

— Tu vois, il y a encore quelques Méridionaux qui vivent au nord de Rome, argumente Pietro.

— On est si loin que ça ?

— Prends mon bras, Luisa, je t'accompagne.

Quand ils sont au milieu du salon, Pietro ôte le bandeau qui recouvrait les yeux de sa femme depuis le milieu de l'après-midi. Elle est éblouie par la lumière qui vient du lustre de verre en forme de méduse et dont les filaments s'entrechoquent en tintant.

— C'est original, commente-t-elle.

— Bienvenue dans ta nouvelle maison.

— Où sommes-nous ?

— Pour le découvrir, il faut que je t'emmène sur la terrasse. Tu me suis ?

Pietro a vu passer dans le regard de Luisa l'ombre d'une inquiétude. Alors qu'ils traversent le grand salon, elle se retourne sur le mobilier et sur chacun des objets qui décorent les murs, les feuilles de figuier de Barbarie en céramique, la photo d'une femme habillée de blanc qui danse la tarantelle ou l'immense gravure d'un olivier. Elle ralentit son pas. Pietro transpire à grosses gouttes et prie pour qu'elle ne le remarque pas. Mais l'attention de Luisa se porte sur d'autres détails, comme le petit soupirail aux barreaux de fer forgé qui laisse filtrer la lumière, en haut de l'escalier de métal. Il ne saurait dire si cette lumière l'attire, telle une phalène trop curieuse, ou si elle la repousse, telle une créature nyctalope. Sa démarche est pesante, l'ascension laborieuse. Quand elle foule enfin le palier, Luisa s'approche du soupirail, en caresse le carreau. Elle bute ensuite sur la demi-marche qui la sépare de la terrasse. Cela crée un électrochoc.

— Attention à la marche !

— Pourquoi m'as-tu amenée ici, Pietro ?

La voix de Luisa est calme et contraste avec l'incandescence qu'il reconnaît au fond de ses yeux noirs. Elle couvait, cette même lueur menaçante, quand elle lui a expliqué pourquoi elle ne voulait pas d'enfants et quand elle l'a accusé de l'avoir trompée avec une fille qui travaillait à l'exploitation des oliviers.

— Je pensais te faire plaisir. Je sais que cette maison t'intrigue, que tu as toujours voulu savoir comment Tiziano l'avait rénovée.

— Il n'y a que ça, Pietro ?

— Non. Tu m'as toujours dit que tu enviais ces touristes, qu'il serait divertissant de nous mettre à leur place, pour une fois...

Luisa contemple la terrasse en silence, son visage alterne entre joie et tristesse, sans pouvoir décider sur laquelle se fixer. Pietro ne contrôle plus rien. Il aimerait la laisser seule avec ses pensées mais il a trop peur qu'elle fasse une bêtise. Alors il se tient debout sur le seuil, attend qu'elle le rejoigne. Le cerveau de Luisa joue à la roulette russe avec sa raison. Un coup sur six, elle tombe juste, guidée par un souvenir fulgurant. Comme trébucher sur cette maudite demi-marche.

Pietro imagine les deux tourtereaux qui gravissent l'escalier à toute allure, Nino qui heurte la marche avec son pied et s'étale de tout son long, Luisa qui pouffe de rire et se penche vers lui en murmurant : « Mon amour, tu t'es fait mal ? » Luisa a bougé. Le barillet de sa conscience fait deux ou trois tours avant de s'immobiliser. Quand Pietro entend ce qu'elle lui demande, il comprend qu'il n'y aura pas de détonation, qu'elle ne fera pas feu de sa rage et de ses reproches, qu'elle ne lui jettera pas à la figure la force et la beauté de son idylle sacrifiée. Dommage, elle aurait été encore vivante. Quelle ironie ! Pietro désire la colère de sa femme pour qu'elle redevienne elle-même.

— Qu'est-ce qu'on mange, ce soir ?

— La *carbonara*, bien sûr, nous sommes jeudi.

— Ah oui, c'est vrai, je suis sotte. Où veux-tu que je mette la table ?

— Sur la terrasse ?

— D'accord.

Ils mangent sans se parler. Luisa est concentrée sur son assiette et ne semble pas prêter attention à sa maison, de l'autre côté de la rue. Elle propose d'aller au salon pour regarder la télévision. Pietro s'empare de la télécommande et commence à zapper entre les chaînes, craignant de tomber sur un programme qui lui déplaira. Sur le canal 37, il y a un film en noir et blanc, *L'Avventura* d'Antonioni. Quand Gabriele Ferzetti se met à la recherche de Lea Massari disparue dans l'île, Pietro croit voir une larme couler sur la joue de sa femme. Il lui prend la main. Elle ne le rejette pas. Le film s'étire en longueur. Luisa montre des signes de fatigue. Pietro lui demande si elle veut se coucher. Elle accepte. Dans la chambre matrimoniale, elle remarque les grands rideaux blanc cassé qui s'agitent sous les courants d'air venus des autres pièces. Elle se retourne soudain vers Pietro.

— Je ne suis pas dupe, tu sais.

— De quoi, ma chérie ?

— De ton manège. Tu veux me rendre malheureuse !

— Mais non, c'est tout le contraire, Luisa, je t'ai amenée ici pour…

— Ça ne m'intéresse pas !

Luisa se glisse sous les draps et se tourne vers le mur. Pietro l'imite tout en veillant à ne pas l'effleurer. Un lourd silence les sépare, bientôt rompu par le doux ronronnement qu'elle fait en dormant. Pietro se repasse la journée dans sa tête. À aucun moment il n'a fait allusion à son amour de jeunesse. Luisa n'a pas compris pourquoi ils sont revenus à la case départ. Rien dans ses paroles ni dans son comportement ne permet d'affirmer qu'elle a deviné le but de ce manège. Il est encore à la merci du hasard et des caprices de son humeur déréglée. Il redoute qu'au petit matin, elle se réveille en le confondant avec son ancien amant. Après tout, elle a déjà prononcé son nom en sa présence.

Vendredi

Pietro regarde sa femme qui dort. Dans son sommeil, elle est telle qu'il l'a toujours connue. Aucun changement n'est perceptible. Il l'observe comme si c'était la dernière fois qu'il la voyait. Il enregistre chaque détail de son visage que la vieillesse n'a pas trop abîmé. Il se retient de lui caresser la joue.

Dehors, un nouveau jour commence. La rue s'anime. Il entend les miaulements insistants d'un chaton, le bruit lointain d'une Vespa, les roucoulements du couple de pigeons qu'il n'a pu chasser avant le printemps, la voix pointue de Din qui demande à un passant qui est le plus con et puis les cloches de l'église qui sonnent 8 heures avec un entrain laborieux.

Luisa peine à ouvrir les yeux. Le cœur de Pietro s'emballe, une vive chaleur remonte le long de son échine. Elle le fixe de ses pupilles sombres, il ne sait pas de quoi est fait leur éclat. De révolte ? De tendresse ? De souffrance ? D'espérance ? La gorge nouée, il se décide à lui parler.

— Bonjour, Luisa. Tu me reconnais ?

— Bonjour Pietro, bien sûr que je te reconnais. Quelle drôle de question !

Elle rabat les draps et se lève d'un bond. Elle a mis sa chemise de nuit à l'envers. On en voit les coutures. Elle enfile les chaussures de Pietro pour aller jusqu'à la cuisine. Elle renverse la confiture sur la table. Elle la nettoie avec le polo de Pietro qu'elle a confondu avec le torchon parce qu'ils tirent sur un bleu identique. « Je reviens », dit-elle. Pietro entend le bruit de ses chaussures sur l'escalier en métal, son petit cri amusé après avoir trébuché sur la demi-marche et sa voix haut perchée quand elle chante le premier couplet de *La Bambola*, la chanson de Patty Pravo.

Pietro éteint la gazinière, nettoie correctement la toile cirée, place les chaussons de Luisa au bas de l'escalier pour qu'elle comprenne son erreur. Qui sait combien de temps elle restera là-haut ?

Plan B

Août 2019

Jean-Paul s'est assis au dernier rang. L'église est bondée. Il y reconnaît des amis qu'il croyait disparus, quelques membres de la famille de sa première femme, des clients de son ancienne agence d'événementiel, des cousins très lointains et des visages sur lesquels il est incapable de mettre un nom. Ils sont venus lui rendre un dernier hommage. Jean-Paul espère qu'ils n'engageront pas la conversation au moment d'échanger la paix du Christ. Et s'ils s'adressaient à lui ? « Bonjour, quel est votre lien avec le défunt ? » Il ne leur répondrait pas, feindrait une trop grande émotion.

Jean-Paul fourrage la barbe blanche qui a mis des mois à s'épaissir, rabaisse sa casquette sur le haut du visage, ajuste ses lunettes noires et s'enfonce dans l'imperméable informe et gris dont il a fait l'acquisition la veille. Par chance, le soleil brille avec insouciance. Outre un chagrin compréhensible, Jean-Paul n'a pas à justifier le port de lunettes qui, sous une météo moins clémente, eût paru incongru.

Les retardataires se sont massés au fond de l'église. Jean-Paul entend leurs messes basses. Des bribes de phrases lui parviennent, « terrible accident », « veuve courageuse », « très étrange », « en détresse » et ce mot, souvent répété : « le corps ». La présence hostile de ces gens le contrarie. Leurs regards, tels des vautours, se posent sur sa nuque. Et puis, il y a cette petite fille au serre-tête en plastique noir et aux souliers patinés qui se retourne sans cesse et lui lance des œillades accusatrices. À moins qu'elle en veuille à ses voisins de banc ? Depuis que Jean-Paul a commis l'irréparable, ces séquences paranoïaques se multiplient.

Sophie, son épouse, a fait décorer l'allée principale de l'église avec les fleurs qu'elle a ramassées dans son jardin dépareillé. Le résultat n'est pas très concluant. Elle aurait pu me demander mon avis, estime Jean-Paul, non sans un fond de mauvaise foi ; il n'a jamais partagé sa passion de la permaculture et si elle lui avait posé la question, il aurait répondu par un laconique « c'est toi qui sais » qu'on aurait pu traduire par « je n'en ai rien à cirer ».

Sophie est entourée de ses copines de la chorale qu'elle retrouve à la salle des fêtes une fois par semaine. Elles y chantent un peu, y pérorent beaucoup. Jean-Paul ne se fait pas d'illusions. La chorale sert d'exutoire à leurs difficultés conjugales. Quant à l'utilité des répétitions, il en aura bientôt un aperçu. Chacun ses expédients. Lui, c'est au bar des Mouettes Rieuses de Saint-Pierre-Quiberon qu'il se défoule. Au cinquième verre de rosé-glaçons, il lui arrive de pousser la chansonnette sur des paroles qui n'ont pas leur place dans une église.

La débauche de bouquets fantaisie fait ressembler la maison de Dieu à un jardin désordonné. Jean-Paul comprend pourquoi cette décoration l'ennuie. Parce qu'elle invite l'assistance aux réjouissances, et non au recueillement. À moins qu'entre ces murs de granit, personne n'ait envie de le pleurer. S'il avait pu étudier le visage de chacun, en deviner l'expression, y déceler les sentiments, il en aurait eu le cœur net, mais il ne s'autorise pas à bouger de sa chaise et doit se contenter de leurs dos anonymes. C'est frustrant. Qui n'a pas rêvé d'assister à ses propres funérailles, et d'y découvrir qui sont ses vrais amis ?

À quelques mètres de l'autel, Jean-Paul a reconnu Eliott, son fils, et Gus, l'ami de celui-ci. Gus tente de résister à la tentation de se retourner pour voir la tête qu'il fait dans son déguisement, puis il finit par craquer. Il lui adresse un clin d'œil appuyé que son entourage immédiat a remarqué. Par chance, une nièce de Jean-Paul est sur la trajectoire de sa grimace. Elle agite mollement la main pour le saluer. Elle est un peu simplette, elle a cru que le message était pour elle. Il s'en est fallu de peu. Jean-Paul n'en attend pas moins de ce gaffeur de Gus. Dieu sait pourquoi, le commissaire Pinchard ne l'a pas interrogé séparément d'Eliott après l'accident. Un coup de pouce du sort qui ne se reproduira pas deux fois.

Un air de cor édulcoré retentit dans l'église. Une musique douce et mélancolique que Jean-Paul identifie sans peine : la *Pavane pour une infante défunte* de Maurice Ravel. Sophie l'a donc écouté. C'était l'année dernière, alors qu'ils marchaient côte à côte dans l'allée centrale du cimetière après les obsèques de son oncle. Elle lui avait demandé quelles musiques il voulait pour sa cérémonie funèbre. La question ne l'avait pas offusqué. Ils étaient coutumiers de ces jeux morbides. Jean-Paul avait fait jurer à Sophie qu'elle proscrirait les requiems. « Je veux quelque chose de plus guilleret, une chanson populaire, un air entraînant ! *On ira tous au paradis* de Polnareff, ça aurait de la gueule, non ? » Sophie lui avait répondu que le prêtre aurait son mot à dire et que, dans ces conditions, elle n'était pas certaine d'accéder à sa demande. « Et puis, de toute façon, tu ne seras pas là pour me donner ton avis, mon chéri. »

Je m'en sors bien avec Ravel, pense Jean-Paul, j'ai échappé à la *Marche funèbre* de Chopin. À la moitié du morceau, alors que s'envolent les flûtes éthérées, Eliott et Gus se lèvent. Sophie leur emboîte le pas. Jean-Paul est fébrile. Il ne connaît pas les détails de la cérémonie. Après l'accident, il a demandé à son fils de limiter ses communications. Il les reçoit au compte-gouttes sur une messagerie sécurisée. La dernière était la suivante : « Opération messe du souvenir pour ta pomme – samedi à 11 heures – soigne ton déguisement. »

La *Pavane* s'épuise sur une dernière complainte de violons. Eliott et Gus regagnent l'autel, chargés d'une photo géante sur laquelle Jean-Paul prend la pose devant la maison familiale. Il a fière allure dans sa gabardine bleu marine, sa crinière noire et triomphante malmenée par le vent. Son panache a résisté au temps mais il a pris une teinte argentée. Ce fut un crève-cœur de le raser pour les besoins de la clandestinité. On installe son portrait à la place normalement attribuée au cercueil. Jean-Paul sait que Sophie aurait préféré la photo où il est habillé en marin, celle où il est

« super hot ». Mais vu les circonstances de sa disparition, c'eût été de mauvais goût.

Sophie est accoudée au pupitre, elle tergiverse avant de prendre la parole. Ses yeux sont humides, injectés de sang. Elle remercie l'assistance d'une voix inaudible, avant d'inviter ses copines de la chorale à la rejoindre pour entonner le premier chant de la cérémonie. Jean-Paul endigue une déferlante d'adrénaline, amplifiée par le remords et la honte. Il n'a pas vu sa femme depuis des mois. Elle ne regarde personne en particulier et pourtant, il a l'impression qu'elle le dévisage avec intensité. Il se sent tout à coup méprisable. Sa blague a pris le vernis d'une immense connerie. Il en mesure l'étendue alors que ses voisins de banc s'émeuvent à leur tour. Sa mort factice insulte les vivants. Jamais on ne lui pardonnera.

Sophie attaque le refrain d'un chant religieux mélodieux que l'assistance reprend sans entrain. La culpabilité entame la sérénité de Jean-Paul et pourtant, à la voir entourée de ses amies, représentantes d'une espèce mutante entre furie et walkyrie, son orgueil reprend le dessus. Il ne peut oublier ses longues semaines de convalescence à l'EHPAD, sa solitude, son ennui, sa souffrance, l'apparente indifférence de sa femme.

Les amies de la chorale unissent leur voix à celle de Sophie pour chanter le premier couplet. Les fausses notes s'accumulent. Jean-Paul a la confirmation de l'inutilité de leurs répétitions. Les voilà qui s'époumonent et se répandent. Quelles actrices ! Elles vont chercher leur commisération dans les aigus, dans le souvenir d'enfance d'un chien disparu ou du final lacrymogène d'un roman à l'eau de rose. Jean-Paul ne les aime pas. Son mariage s'était dégradé bien avant son opération, mais les copines n'ont jamais rien fait pour le rapprocher de sa femme. Bien au contraire.

La chorale s'est éclipsée derrière l'autel. Le père Kervenn s'avance vers le pupitre. Jean-Paul le connaît depuis son ordination. Il est dépositaire d'un secret sans gravité, mais qui aurait pu porter préjudice au curé Le père Kervenn était tombé fou amoureux d'une fille au début de sa vocation. C'est pour cette raison que Jean-Paul le respecte. Parce qu'il parle de l'amour de Dieu, tout en ayant connu celui d'une femme. Il n'a jamais oublié la violence et la beauté des sentiments qu'il avait éprouvés. Quelque chose d'absolu, d'inexplicable, d'inextinguible. Devant Jean-Paul, il le comparait au mystère de la foi. Jean-Paul ne discute pas avec le père Kervenn à travers la grille d'un confessionnal. À la mise en scène du lieu de culte, à l'hypocrisie des aveux, il préfère l'intimité d'une conversation, à siroter du rosé ou de l'eau-de-vie locale. Les spiritueux libèrent les âmes.

Le père Kervenn a été le grand témoin et le maître de cérémonie de tous les événements qui ont jalonné la vie de Jean-Paul. Son mariage avec sa première femme, Viviane, puis l'enterrement de celle-ci, dix ans plus tard. Le baptême de leur fils, Eliott. Son mariage avec sa deuxième femme, Sophie. Et le voilà aujourd'hui qui célèbre les obsèques de Jean-Paul, ignorant tout de la farce qui se joue.

Sa voix posée ne trahit pas l'émotion qui le submerge. La fonction dépasse l'homme, le sens du devoir abroge le chagrin. Le père Kervenn ne voit pas le portrait de son ami placé devant lui, et l'absence de cercueil éloigne l'hypothèse de sa mort. Seuls les visages effondrés du premier rang pourraient lui arracher son masque de circonstance.

— Mes chers amis, nous sommes ici pour honorer la mémoire de Jean-Paul, disparu dans des conditions tragiques…

Jean-Paul se liquéfie. Il a failli renoncer à son projet à cause du père Kervenn. Il ne voulait pas le décevoir en se vautrant dans le mensonge, et Dieu n'a rien à voir là-dedans. Il a bien songé à informer son ami, mais ce dernier n'aurait pas accepté d'être le confident d'une telle mystification.

— … Jean-Paul aimait la vie. Je me tourne vers son épouse, Sophie, son fils, Eliott, sa famille, ses amis, vous ici rassemblés. En regardant ce portrait de lui, mille souvenirs heureux vous assaillent…

Jean-Paul est sous tension. Il devine ce que ses complices du premier rang ressentent à cet instant. Son fils pense qu'il a exagéré, que cette histoire finira mal. Gus se remémore les bons moments qu'ils ont passés ensemble et, s'il entendait une phrase comme « Jean-Paul n'est plus parmi nous », il serait capable de se lever et de s'écrier : « Mais si, il est là, assis au dernier rang ! »

— … Retenez sa bonne humeur, retenez son sourire quelque part, au fond de votre cœur. Il n'en partira plus. Non, mes amis, ce n'est pas au cimetière, sur un amas de pierres, que vous irez vous recueillir. Il vous suffira de convoquer sa mémoire…

Voilà au moins un point sur lequel ils étaient tombés d'accord : ne pas enfouir sa dépouille sous une tombe. Le père Kervenn préfère l'humilité de la crémation. Jean-Paul, lui, déteste l'idée de se faire bouffer par les vers avec lesquels il va pêcher toute l'année. Le père Kervenn a eu beau objecter qu'il ne s'agissait pas des mêmes vers, il n'a rien voulu savoir, il avait sa fierté. Plutôt finir en cendres.

— … Mon cher Jean-Paul, toi et moi n'entretenions pas le même rapport avec l'Église. C'est pourquoi, je serai bref, je ne m'étendrai pas sur la bonté de Notre Seigneur. Tu me le reprocherais. Il faudra pourtant que tu te fasses une raison, Il t'accueillera bientôt en sa maison. Qui sait ? À l'heure où je parle, tu sièges peut-être à ses côtés…

Le type assis à la droite de Jean-Paul n'a pas grand-chose à voir avec notre Seigneur. Il est petit, mal habillé, chauve et bourré de tics. Pas vraiment l'image qu'on se fait du sauveur du monde, d'autant qu'il dégage une insupportable odeur de friture à laquelle Jean-Paul, le nez enfoui dans son imperméable parfumé à l'eau de Cologne, essaye de se soustraire. La petite fille au serre-tête en plastique noir et aux souliers patinés se retourne et le foudroie de ses mirettes bleu javel. Entre la puanteur de l'individu et l'accoutrement de Jean-Paul, la gamine doit penser qu'elle a affaire à deux clodos en cavale.

— … Chers amis, je vous passe le relais. C'est à vous de témoigner, de lui faire un dernier adieu. Mais avant cela, prions !

On baisse la tête en signe de recueillement. Une musique triste et solennelle signifie la fin de la prière. Une musique dramatique utilisée dans les colonnes sonores de film de guerre. Jean-Paul a reconnu l'*Adagio* de Barber qu'il écoute à plein volume quand il revient bredouille de la pêche. Comme une punition. Sophie est la seule à connaître son rituel. Jean-Paul aimerait lui dire qu'il apprécie ce clin d'œil, surligné d'humour noir. L'*Adagio* fait un carnage dans les rangs de ses proches. Ses voisins de banc sortent leur mouchoir. Le petit homme qui sent la frite lui propose un kleenex.

Eliott et Gus ont pris position devant le pupitre. La manœuvre est périlleuse. Ils l'apercevront sans difficulté. Pourront-ils aller au bout de leur texte sans ciller ? Eliott a trouvé la parade. Il fixe le premier rang, à la place qu'il a laissée vide. Sa voix est chevrotante.

— Pa... Papa... Tu es le plus têtu et le plus téméraire d'entre nous. Je t'admire pour cela. Mais aujourd'hui, je te déteste. Je te déteste parce que si je ne t'avais pas écouté, nous ne serions pas dans cette église à tuer l'espoir de te revoir. Toi et tes obsessions, tes rêves impossibles, tes excentricités, tes canulars. Toi et tes complexes d'homme qui refuse de grandir. Tu as beau être mon père, je ne te considère pas comme tel. C'est toi le gamin, et je veille encore sur toi. Il faut croire que je n'ai pas été assez vigilant. Ce n'est pas la vieillesse qui nous tue, c'est la jeunesse qui nous quitte. Tous ici, nous avons ignoré le vieillard que tu es devenu, parce que nous aimons trop l'enfant que tu es resté. Ta convalescence t'a condamné. Tu faisais le malin, tu te croyais invincible. Nous n'avons pas pris au sérieux tes premières défaillances. Moi-même, je n'y ai pas cru. Et je n'ai pas su te dire non quand tu refusais de regarder la réalité en face. Voilà où ça nous mène, papa. Au néant. Oui, je t'en veux, parce que je t'aime, parce que je suis ton fils, parce qu'il y a quelque chose qui sonne faux depuis ton départ. À bientôt, papa.

Les gens ont-ils remarqué qu'Eliott parlait au présent ? Probablement pas. Ils ont dû penser qu'il le faisait exprès, pour faire comme si Jean-Paul était au milieu d'eux. Jean-

Paul, lui, a bien reçu le message de son fils : « Oui je sais que tu en veux à tout le monde depuis ton passage en EHPAD, mais c'est un peu ta faute si tu as eu aussi peu de visites, tu détestes qu'on te voie en mauvaise santé. Tu préfères te cacher plutôt que d'apparaître affaibli. Il ne faut pas en vouloir à Sophie, tu étais devenu insupportable. La blague a fait long feu, papa. Réfléchis-y à deux fois avant qu'on ne puisse plus faire marche arrière. »

C'est au tour de Gus de prononcer son discours. Il adresse un petit signe du menton à Jean-Paul, qui se raidit. La nièce un peu simplette lui répond. Eliott glisse quelques mots à l'oreille de Gus. Pas difficile d'en comprendre la teneur : « Arrête tes âneries, tu vas le faire repérer. Allez, maintenant, concentre-toi sur ton discours. » Gus tripatouille une page dactylographiée d'un seul côté, Jean-Paul est rassuré, ce sera bref.

— Mon cher Jean-Paul, j'ai choisi d'évoquer nos souvenirs communs en empruntant à José Perec sa formule, *je me souviens…*

Brouhaha dans les travées de l'église. Dans ses approximations, Gus tient du génie. Il a réussi à se tromper dans le prénom de la sportive qu'il a confondue avec le véritable auteur de la formule.

— … Je me souviens de ce jour où nous n'avions pas envie de tremper nos lignes. Tu avais promis à Sophie du maquereau pour le dîner et en fait, on a picolé sur le bateau. Il faisait un temps radieux, il y avait du saucisson, on a eu du mal à rentrer au port. Tu as appelé ton copain poissonnier, on est passés chez lui, on lui a acheté une livre de lisettes et on est rentrés chez toi. On s'est fendu la poire…

Oh, le con ! marmonne Jean-Paul dans sa barbe. Si le reste du discours est du même acabit, il va me griller. Il n'a aucun moyen de l'arrêter. Le seul qui peut intervenir, c'est Eliott, mais il ne moufte pas.

— … Je me souviens de nos parties de pétanque contre les gars du port. Tu avais le chic pour détourner leur attention et moi, j'en profitais pour rapprocher nos boules du cochonnet. On les a souvent bernés avec Eliott. Tu arrivais à les déconcentrer au moment de pointer. Ça les énervait, ils perdaient leurs nerfs. On les a mis fanny plus d'une fois, mais on n'a jamais vu leurs culs et ça, ce n'est pas fair-play…

Jean-Paul n'a pas repéré les gars du port dans l'assistance. S'ils sont présents, ils doivent bouillir.

— … Je me souviens du soir où on est rentrés bourrés de la crêperie. Quand on est arrivés chez toi, tu as dit, allez les gars, on va pisser sur les plates-bandes de Sophie, c'est du naturel ! Un mois plus tard, tout était mort. Ce n'était pas nous, c'étaient les araignées rouges mais bon, il faut que je te l'avoue, Jean-Paul, je l'ai raconté à Sophie. C'est pour ça qu'elle t'a fait la gueule pendant un mois…

Ah, c'était ça ! Jean-Paul n'avait pas compris pourquoi sa femme le boudait avec autant d'application. Quand il lui demandait des explications, elle répondait : « Tu sais très bien pourquoi. »

— … Je me souviens de la blague qu'on avait faite au père Kervenn. Désolé, curé, mais il faut que je le confesse. C'était un 23 décembre. On s'était introduits dans l'église et on avait habillé Jésus-Christ, sur la croix, en Père Noël, avec un bonnet rouge et blanc et des guirlandes lumineuses. Tout le monde a suspecté les jeunes du village d'à côté. Jean-Paul, tu nous répétais souvent que croire en Dieu, c'était comme croire au Père Noël. Désolé, curé...

Dieu sait par quel miracle, Gus n'avait pas tout balancé au père Kervenn sur ce coup-là. Peut-être avait-il craint la colère divine. Ça lui ressemblait, cette soudaine superstition. Gus est comme les vrais héros, il ne craint pas les hommes, il ne craint que les dieux. Les révélations de Gus ont fait mouche.

Le père Kervenn secoue la tête d'un air consterné pendant que les gens observent le Christ clouté sur la croix et l'imaginent déguisé. La petite fille au serre-tête de plastique noir et aux souliers patinés demande à sa mère : « Maman, Jésus, c'est comme le Père Noël ? »

— ... Je me souviens aussi de la manière dont tu te moquais des copines de Sophie. Tu disais qu'elles ressemblaient à des hyènes, parce qu'elles ricanaient tout le temps et que si tu t'en approchais, elles te mordraient jusqu'au sang. Tu disais aussi qu'elles chantaient comme des casseroles trouées... Ça nous faisait bien marrer...

Ou bien les copines de Sophie prennent la mouche, et leur dernier chant sera massacré. Ou bien, dans un sursaut d'orgueil, elles vont contredire Jean-Paul en livrant une performance de haut vol. Il penche pour la seconde possibilité. Gus arrive au terme de son discours, Jean-Paul est soulagé. Son intervention, si elle se voulait humoristique, a surtout fâché les premiers rangs. Eliott ne bronche toujours pas.

— ... Je me souviens de tes attentions, de ta gentillesse à mon égard. Je ne suis pas une flèche. Depuis que je suis petit, on se moque de moi, on me martyrise, on me tabasse.

Toi, tu m'as pris sous ton aile, tu m'as protégé, comme ton deuxième fils. Je ne comprends toujours pas pourquoi. Je sais que je t'agace parfois. Le jour où on a pris la mer, là je…

Eliott attrape Gus par le bras pour l'empêcher de continuer. Il lui murmure un mot à l'oreille. Gus revient au microphone et dit : « Au revoir, Jean-Paul », des trémolos dans la voix. Jean-Paul souffle, on a frisé la catastrophe. Pourvu que le commissaire Pinchard, présent dans les travées, n'y trouve rien d'anormal. Mais le commissaire est trop occupé à superviser la cérémonie. Il a promis à Sophie qu'il veillerait à ce que tout se déroule parfaitement.

Les deux amis retournent à leur banc. Sophie et ses copines les remplacent. L'une d'entre elles donne un petit coup de pied au portrait de Jean-Paul. Elle pense avoir été discrète. Certains se gaussent, d'autres manifestent leur indignation. Sophie les dévisage une à une pour s'assurer de leur attention. Elles ont choisi un chant d'une grande beauté pour conclure la cérémonie. Jean-Paul a du nez, les hyènes s'appliquent, elles veulent lui donner tort. Leur interprétation est admirable.

Sophie s'approche du prêtre, se saisit du micro et s'adresse à l'assistance :

— Du fond du cœur, je vous remercie d'être venus rendre un dernier hommage à Jean-Paul. En sortant, vous aurez la possibilité de laisser un mot sur le registre. Je vous attends à la maison. J'ai préparé un buffet avec ce que Jean-Paul préférait : des fruits de mer. Je vous invite à le partager avec nous.

Alors que les premiers rangs s'ébrouent, un air de musique remplit l'église, une version instrumentale au kazoo de *On ira tous au paradis*. Un habile compromis. Jean-Paul se hâte. Il faut qu'il soit dehors avant la famille. Il a laissé sa canne chez lui, il éveille moins les soupçons, mais comme il n'est pas encore tout à fait rétabli, il lui en coûte de marcher droit. Tant bien que mal, il atteint le perron de l'église où, sur une table en bois, un grand livre ouvert attend les témoignages d'affection. Jean-Paul ne se fait pas prier. Il écrit : « Moi, je sais que tu n'es pas parti », et il signe « Viviane », le prénom de sa première femme. Avant de s'autoriser cette boutade, il a bien vérifié que personne ne lisait dans son dos. Un VTC l'attendra à l'angle du cimetière, à quelques centaines de mètres de l'édifice religieux. Jean-Paul se réfugie derrière une file de véhicules stationnés autour desquels des anonymes commentent la cérémonie.

Mars 2019 – cinq mois plus tôt

Le temps est idéal pour s'adonner à la pétanque, pas trop chaud, avec cette brise du large imprégnée de goémon. La configuration, elle, est des plus classiques. L'équipe adverse a placé deux boules près du cochonnet dont l'une, vicieuse, leur obstrue le passage. Jean-Paul parlemente avec Eliott et Gus et choisit finalement de la dégager. Sous les encouragements de ses partenaires, il se baisse et ajuste la sphère métallique. Quand il lance le projectile, il reçoit une décharge dans le bas du dos, une douleur si aiguë qu'il doit se relever, ce qui donne à sa boule une trajectoire parabolique et la précipite dans le décor. Jean-Paul pousse un cri dont il minimise la portée en tirant une bordée de jurons. Gus, hilare, lui dit qu'il a fait n'importe quoi. Eliott comprend qu'un événement inhabituel vient de se produire mais il se borne à lui demander s'il va bien. « Bien sûr que je vais bien, qu'est-ce que tu crois ? J'ai foiré ma boule, ça arrive aux meilleurs, non ? » Une boule de Jean-Paul qui file six mètres derrière son objectif, de mémoire de bouliste, on n'a jamais vu ça.

Jean-Paul ne pensait pas que la maladie le rattraperait si vite. Gus l'avait pourtant prévenu : « Le corps, c'est comme une bagnole. Tu n'y fais pas attention, quelques égratignures par-ci par-là, tu le cabosses, tu le répares, rien de grave. Un jour, sans crier gare, tous les voyants passent au rouge, tu deviens le meilleur ami du garagiste. Tu vis avec ta carcasse rouillée jusqu'à ton dernier souffle. » Jean-Paul en avait rigolé parce que, n'en déplaise à Gus, son corps ne montrait aucun signe d'épuisement.

« Allez, Jean-Paul, arrête ton chiqué ! » Gus regrette sa remarque, il comprend que sa prophétie est en train de se réaliser. Il n'en est pas à sa première boulette. C'est même sa spécialité. Privé d'inhibition et d'une nature enthousiaste, il est doué pour les bourdes. D'un regard éloquent, Eliott lui intime d'adopter un profil bas, pour une fois.

Jean-Paul est tordu de douleur. Il se relève avec peine et leur adresse un sourire crispé. D'un mouvement brusque de la main qui traduit son agacement, il les somme de continuer sans lui. On reprend la partie, comme si de rien n'était. Eliott se charge de tirer la boule de l'équipe adverse et la dégomme du premier coup.

Jean-Paul a refusé que son fils le raccompagne. En tout état de cause, l'« opération rosé-glaçons aux Mouettes Rieuses » qui conclut l'« opération pétanque » est reportée *sine die*. Gus se moque toujours de lui parce qu'il utilise le mot « opération » à tort et à travers. On ne sort pas en mer, on fait une « opération grand large ». On n'organise pas un barbecue, on prépare une « opération grillades ». Un tic de langage qu'il tient de sa longue carrière dans l'événementiel.

Quand Jean-Paul apprend que le commissaire Pinchard est, lui aussi, aux Mouettes Rieuses, il regrette un peu moins d'avoir plombé l'ambiance. S'il y a bien une personne à qui il n'a pas envie de causer, c'est Pinchard, pardon, Monsieur le commissaire Pinchard, qui se présente en précisant : « Comme le poisson, mais avec un P. »

Jean-Paul souffre le martyre. Tant qu'il a eu du monde autour de lui, il a feint la blessure sans gravité, parvenant même à divertir la galerie avec ses imitations de grand invalide. Maintenant qu'il est seul, il s'abandonne à la souffrance. Il se traîne, se voit contraint de faire une pause sur le banc qui surplombe l'école de voile où travaille son épouse.

Sophie a quinze ans de moins que lui. Elle est spectaculaire, du genre de celles qui monopolisent l'attention. Elle n'a pas seulement une chevelure de feu, elle a aussi des formes généreuses et des yeux langoureux. Quand il l'a rencontrée pour l'organisation d'un séminaire, elle ne l'a pas séduit, de l'aveu de ceux qui étaient sur les lieux, elle l'a renversé.

À cette époque, Jean-Paul se remettait doucement du décès de sa première femme, Viviane, emportée par un AVC dans sa quarantième année. « Quand Sophie est apparue... c'était le bon timing », avait-il justifié après coup, utilisant un vocabulaire qui sied davantage à l'intervention d'un commando qu'à la naissance d'une histoire d'amour. C'est vrai que c'était le bon timing. Son fils, Eliott, venait d'atteindre la majorité. L'agence d'événementiel dont il était le patron avait atteint sa vitesse de croisière. Tout concourait à un nouveau départ.

Sophie est entrée dans sa vie sans crier gare. Ses origines catalanes y sont pour quelque chose. Outre sa conception volontariste de la vie en couple, elle a des idées très précises sur l'art lyrique, l'épanouissement personnel, l'alimentation et l'entretien du jardin. Concrètement, Madame a une libido très exigeante, chante dans une chorale, pratique le yoga, ne mange pas de viande et se passionne pour la permaculture. Encore plus concrètement, cela a contraint Jean-Paul à commencer une cure de vitamines, à supporter ses amies de la chorale, à faire des travaux dans le garage, à griller les saucisses en catimini chez son fils et à laisser son jardin jadis si soigné se transformer en jachère expérimentale.

Pour ce qui est de la permaculture, Sophie ne fait pas les choses à moitié. Pratiquante, elle est aussi militante. Sur Instagram, on la connaît sous le nom de *superma*. Jean-Paul la suit avec le compte *perma.nantes* qu'il a créé moins pour l'espionner que pour tenter de comprendre en quoi consiste toute cette agitation. Il ne lui a pas dit qu'il la suivait, et encore moins qu'il avait pris l'identité d'une femme. Il like régulièrement ses photos, l'encourage par des émoticônes

« pouce levé » quand elle pose devant ses patates bio. Lui aussi est actif sur Instagram. Sur son compte *capitaine.achab*, il poste les photos de ses parties de pêche. Sophie le suit avec son deuxième compte, *louve.de.mer*. Jean-Paul n'est pas au courant.

Jean-Paul ne s'est jamais trop demandé pourquoi une femme aussi jeune et jolie qu'elle l'avait choisi. Elle était amoureuse. Ce n'était pas une raison suffisante, c'était la seule raison qui vaille. Et quand bien même il eût fallu faire abstraction des sentiments, Jean-Paul avait de très bons arguments : c'était un bel homme, et il avait réussi sa vie professionnelle. Il cochait donc toutes les cases, sauf, bien sûr, celle de la jeunesse, mais quand ils s'étaient mariés leur différence d'âge n'était pas si flagrante.

Jean-Paul est recroquevillé sur son banc. Dans un effort surhumain, il se déploie et scrute la plage de l'école de voile dans l'espoir d'y repérer Sophie. Elle est bien là, mais elle n'est pas seule. Elle parle à un type très bronzé dont la chemise hawaïenne est ouverte sur une indécente tablette de chocolat. Jean-Paul prend son smartphone et compose le numéro de sa femme. Il la voit hésiter, vérifier qui l'appelle, s'excuser auprès du type, puis reprendre normalement la conversation.

Dans les semaines qui suivent cette première alerte, Jean-Paul est d'une humeur exécrable. Sa douleur aux lombaires persiste quand il se baisse ou lorsqu'il s'accroupit pour jouer à la pétanque. Il préfère endurer plutôt que de rater une partie, mais son niveau de jeu se dégrade, au grand dam de ses coéquipiers. Pour ne pas les entraîner dans sa chute, il déclare forfait, prétextant un épuisement général que son médecin ne trouve pas alarmant, mais qu'il juge bon de combattre en lui préconisant un repos forcé. Jean-Paul refuse d'admettre la gravité de son état. D'abord passagère et clandestine, la douleur l'accompagne officiellement dans tous ses déplacements. Elle le harcèle sans relâche.

Son généraliste se veut rassurant avant de l'examiner. Il le compare aux menhirs de la région. Éternels. Il lui demande de répéter les mouvements qui l'indisposent. Les exercices sont de courte durée. Jean-Paul hurle. Refusant de hâter ses conclusions, son médecin lui recommande une IRM. De mauvaise grâce, Jean-Paul se rend au centre hospitalier près d'Auray. Sophie l'accompagne. Dans la voiture, ils parlent de tout sauf de la raison qui les a contraints à se lever si tôt. Sophie lui décrit les avancées de sa permaculture. Jean-Paul lui fait le récit de sa dernière sortie en mer que la houle et la prise inattendue d'une lotte ont rendue épique. Sophie a vu qu'il en avait fait un gros plan sur *capitaine.achab*. Elle fait mine de s'extasier.

Un jeune homme à la carrure de videur conduit Jean-Paul à la cabine où, après s'être dévêtu, il enfile une tunique de papier ridicule. En s'apercevant dans la glace, il se félicite d'avoir laissé Sophie dans la salle d'attente. Elle y serait allée de son petit commentaire sarcastique. Le videur lui procure les bouchons d'oreille qui l'aideront à mieux supporter l'assourdissant vrombissement de l'appareil. Il l'invite ensuite à s'allonger sur une planche protégée par une alèse. Il lui donne une petite poire en caoutchouc qu'il a l'autorisation de presser en cas de désagréments. Jean-Paul s'abstient d'en demander davantage sur les causes éventuelles de ces désagréments. La planche se surélève et s'insère dans le caisson futuriste. On dirait la parodie d'un film de science-fiction à petit budget. Mécontent de jouer le premier rôle, Jean-Paul est soulagé d'entendre le caisson soupirer comme une grosse bestiole fatiguée. Il peut se rhabiller.

Le spécialiste se pâme devant les résultats et semble y déceler des détails d'importance qui échappent à Jean-Paul et Sophie. La séance de contemplation s'éternise. Comme on n'est pas au musée et qu'il s'agit de son intimité, même résumée à des ossements, Jean-Paul interrompt la rêverie d'une voix cassante qui donne la mesure de son exaspération. À l'attention que le spécialiste accordait à l'IRM, on se serait attendu à ce qu'il se lance dans une longue explication scientifique. Or il se contente d'un commentaire lapidaire : « Il faudrait opérer. » L'usage du conditionnel rassure Jean-Paul. Il sous-entend une alternative et, surtout, il ôte tout caractère d'urgence à l'intervention. Satisfait de son effet, le spécialiste étaye sa démonstration. Les mots s'entrechoquent dans la tête de Jean-Paul. Fêlure probable, dysfonctionnement, aggravation prévisible, début d'arthrose, douleurs chroniques, s'il s'était agi d'un autre que lui il aurait trouvé la tirade poétique. Comme Jean-Paul s'en tient à une moue dubitative et que Sophie se fait discrète, le spécialiste leur propose de consulter un confrère.

Sur le chemin du retour, Sophie entre dans le vif du sujet sans se préoccuper de l'état d'abattement de son mari.

— Ça devait arriver, Jean-Paul. Tu te comportes comme un gamin irresponsable… Tu dois t'y résoudre, tu n'as plus vingt ans… La pêche, la pétanque…

— Jouer aux boules, tremper des lignes, ce ne sont pas les activités d'un type qui vit dangereusement.

— Tu te lèves aux aurores, tu bois trop… Si ce n'était que la pétanque ! Tu t'imposes des cadences infernales, et ton corps te lâche. Tu ne fais plus attention à toi… et tu ne fais plus attention à moi… Tu te rappelles que tu m'avais promis qu'on irait vivre à Barcelone un jour, que tu étudierais la question… T'as étudié que dalle !

— Je ne sais pas si le moment est opportun…

— C'est quand le moment, Jean-Paul ?

— C'était qui le jeune type qui discutait avec toi sur la plage, l'autre jour ?

Sophie marque un temps d'hésitation.

— Quel jeune type ?

— Baraqué, chemise hawaïenne qui se repère à dix milles nautiques…

— Ah oui, Bilal… C'est le nouveau moniteur de l'école de voile.

— Vous aviez l'air de bien vous entendre…

— Il est très sympa, en effet. Tu nous observais ?

— Penses-tu ! Je passais par là. Tu sais, c'est le jour où j'ai eu ma première alerte. Je t'ai appelée et tu ne m'as pas répondu.

Sophie s'installe dans un silence hostile. C'est la porte de sortie qu'elle privilégie quand leurs disputes vont trop loin. Eliott a bien résumé la situation : « Avant que tu vendes ton affaire, Sophie et toi vous ne faisiez que vous chamailler. Maintenant, vous vous prenez la tête. » Le père Kervenn, lui, a été beaucoup plus pragmatique : « Quand tu vieilliras, Sophie regardera des hommes plus jeunes. Tu ne peux pas lutter contre le temps, mon ami. »

Jean-Paul est sceptique. Ce n'est pas le fait qu'elle minaude avec un jeune type musclé qui l'a dérangé, c'est le fait qu'elle n'ait pas daigné répondre à son appel. Il se demande quel est le pire des compromis. Maintenir son couple en vie quitte à se déchirer de temps à autre ? Ou le plonger dans un coma artificiel en évitant toute forme de confrontation ? Il ne peut s'empêcher de penser à Viviane, sa première femme, si douce, si patiente. Il a conscience de l'idéaliser, comme une star de cinéma morte avant que la vieillesse n'abîme sa réputation.

L'autre spécialiste livre un diagnostic moins catégorique. « Une opération du dos, à votre âge, ce n'est pas une sinécure. Cela comporte des risques. J'attendrais un peu si j'étais à votre place. » En clair, ces messieurs de la médecine ne sont pas capables d'accorder leurs violons alors qu'ils déchiffrent la même partition. Jean-Paul ne va quand même pas potasser des manuels de chirurgie pour apprendre leur solfège ! Combien de rhumatologues, de prothésistes, de chirurgiens doit-il solliciter ? Cela ne servira à rien, si ce n'est à creuser un peu plus le trou de la Sécu.

Jean-Paul ne parvient pas à se décider. Il fait semblant d'aller bien jusqu'au jour où une sortie en mer a raison de ses dernières hésitations. Il fait un faux mouvement et tombe à l'eau. Plus de peur que de mal. Ou plutôt, plus de mal que de peur. Eliott et Gus le repêchent mais sa douleur persiste. Il se gave d'antalgiques. Il ne peut plus reculer. Les deux amis dédramatisent la situation en lui expliquant qu'il reviendra plus fort après une « opération'tion » – parce qu'« opération opération », c'est beaucoup trop long.

Jean-Paul exige d'être seul dans sa chambre d'hôpital. Il est hors de question qu'il la partage avec un inconnu dont il devra supporter les jérémiades. La grande fraternité des malades, ce n'est pas son truc. Lui, d'habitude si prompt à socialiser, n'aspire qu'à la tranquillité, dans ce moment de faiblesse qui ne lui ressemble pas. Rosalie, son infirmière de référence, le trouve bourru, économe de sa parole. Au début, il lui obéit de mauvaise grâce et lui balance des sarcasmes qu'elle feint de ne pas entendre. Ça n'affecte pas Rosalie, qui en a vu des plus récalcitrants, des plus désagréables, des plus agressifs même. Rodée à la psychologie des patients, elle a compris quel genre d'animal est Jean-Paul, un hyperactif, un grand fauve à qui on a soudainement confisqué sa liberté.

Elle s'étonne que personne de sa famille ne lui tienne compagnie. « Et votre épouse, elle ne reste pas avec vous ? » Embarrassé, il lui répond qu'elle n'aime pas les hôpitaux, qu'elle a peur d'y attraper des virus. C'est un mensonge. C'est lui qui lui a demandé d'attendre son réveil pour lui rendre visite. Une épouse qui n'est pas au chevet de son mari ? L'infirmière manifeste sa réprobation par un « tss, tss » sifflé entre ses dents. Elle autorise Jean-Paul à l'appeler autant de fois qu'il le souhaite. « Moi, je suis payée pour être dérangée », glousse-t-elle. Rosalie a la peau noire et des Crocs d'un violet défraîchi assortis à une blouse aux coutures fatiguées qui peinent à contenir son corps XXL. Un corps sur lequel les aigreurs et les ingratitudes des patients rebondissent. Elle exerce son métier depuis vingt ans et jamais Jean-Paul n'aura le sentiment de l'exaspérer ou que ses malheurs l'indiffèrent. Pour elle, il n'est pas la « grande gueule » ou « l'opéré des lombaires » de la chambre 127, il devient « son » Jean-Paul.

L'opération s'est bien passée. Jean-Paul a la bouche pâteuse. Son premier réflexe est de tâter le bas de son dos. Y trouver des points de suture lui procure des sensations contradictoires, entre le soulagement d'avoir été opéré et la terreur que les chirurgiens se soient trompés d'os. C'est idiot mais c'est la première chose qui lui traverse l'esprit. Internet regorge de ces bourdes médicales. La femme qu'on n'a pas inséminée avec le sperme du donneur qu'elle a choisi. Le cancéreux auquel on retire le testicule sain. La sujette à des maux de ventre qui découvre une paire de ciseaux dans son abdomen. Des anecdotes qui font hurler de rire en fin d'apéro. Jean-Paul donnerait un rein pour qu'on lui retire ses tubes et ses pansements.

Sophie est là. Elle l'observe avec plus d'étonnement que de pitié. Elle n'a jamais vu son mari aussi vulnérable. Il ressemble à l'oisillon tombé du nid qu'elle a sauvé des griffes de leur chat, et dont le corps palpitait au rythme de son cœur affolé. Jean-Paul garde les yeux fermés et ne cherche pas à communiquer, il en est pourtant parfaitement capable. Il déteste qu'elle le voie dans cet état, fragile et dépendant d'une machine. Il est presque soulagé quand Rosalie arrive en trombe dans la chambre. Elle ne prend pas la peine de saluer Sophie. Tout en vérifiant les appareils de mesure qui entourent son mari, elle lui dit sèchement : « Donnez-lui un verre d'eau quand il se réveillera. »

Au bout de deux semaines de soins et de repos postopératoires, Jean-Paul est autorisé à quitter l'hôpital. Au total, Sophie est passée le voir une dizaine de fois, mais elle a gardé un souvenir amer de sa dernière visite. Jean-Paul était dans un mauvais jour. La récupération commençait à lui peser. Il ne supportait pas d'apparaître diminué devant sa femme. Il s'est énervé, et lui a conseillé d'aller voir ailleurs tout en soulignant que la compagnie du nouveau moniteur de l'école de voile était plus agréable que celle d'un vieux type alité. Sophie l'a traité d'imbécile, puis elle est partie en claquant la porte.

Jean-Paul n'est pas mécontent de quitter l'hôpital. Il étouffait. Seule Rosalie lui manquera. Gentillesse, ponctualité, bon esprit, « je l'aurais engagée sur-le-champ si j'avais encore ma boîte ». Eliott lui fait remarquer que, malgré toute la bonne volonté du monde, Rosalie n'a pas les qualifications requises. Jean-Paul lui répond qu'il n'en a cure, que son sérieux et sa qualité d'écoute valent tous les diplômes des incompétents qu'il a supportés par le passé. Et de souligner, rageur, que la dame en question ne gagne pas plus de deux mille quatre cents euros par mois. « Bruts ! » a précisé Rosalie dans un sourire si grand qu'il peut guérir toutes les blessures.

Eliott désapprouve la manière dont son père a traité Sophie. Elle ne méritait pas ça, elle n'est pas responsable de ce qui est arrivé. Le jeune homme avait bien accepté l'arrivée de Sophie dans leur existence, probablement parce qu'il ne l'a jamais considérée comme sa deuxième mère, mais plutôt comme une grande sœur qui s'ajoute à la famille. Il s'entend bien avec elle. Il lui raconte ses problèmes de cœur : du fait de son âge, il a l'impression qu'elle les comprendra mieux. Même s'il a de l'affection pour elle, il ne l'a pas laissée prendre trop de place dans sa vie, par respect pour sa mère, et en raison du lien indéfectible qui le lie à son père contre vents et marées.

Le chirurgien conseille à Jean-Paul d'aller se reposer dans un établissement où il entamera sa rééducation. L'établissement lui plaira, il est proche de la mer. Il omet de l'informer qu'il s'agit d'un EHPAD.

L'arrivée est un choc. Une vingtaine de momies en fauteuil roulant stationnent dans l'entrée. Alors que Jean-Paul s'enregistre à la réception, des nuées d'aides-soignantes se précipitent sur les fauteuils et les guident jusqu'au réfectoire. « C'est comme ça tous les soirs ? » demande Jean-Paul à l'hôtesse qui finalise son dossier d'admission. « Jolie chorégraphie, n'est-ce pas ? » Eliott tapote sur l'épaule de son père, qui s'énerve en essayant d'attraper ses béquilles. Installé dans sa nouvelle chambre individuelle, Jean-Paul éclate. « Le chirurgien ne m'a pas dit que c'était un établissement spécialisé en gériatrie ! Un EHPAD, putain ! Je n'ai rien à faire avec ces zombies. Eliott, sors-moi de là. »

Chaque fois que Jean-Paul s'aventure dans les couloirs, il croise un équipage composé d'une vieillarde accrochée aux accoudoirs du fauteuil que pousse une infirmière. Il se barricade dans sa chambre. Il s'abrutit avec des émissions de télévision ou des grilles de Sudoku. Il se complaît dans son calvaire. Il ne sort de son « bunker » que pour les séances de rééducation. Le hasard étant cruel, Jean-Paul ne peut jamais apprécier le calme et la sérénité de l'ascenseur. Il est systématiquement occupé par des nonagénaires acariâtres qui, dans la meilleure des hypothèses, bavent ou soliloquent. Il est plus fréquent qu'elles le fixent avec des yeux passés dans l'autre monde, ou qu'elles l'insultent, profitant de l'indolence du personnel qui les escorte. Elles l'auraient frappé si elles en avaient eu la force. Jean-Paul se demande ce qui, chez lui, inspire autant d'acrimonie. Peut-être le fait qu'il n'ait pas perdu sa dignité. La vision d'un homme qui marche, même diminué, doit leur être insoutenable. Au royaume des fauteuils roulants, les béquilles sont reines.

Une pesante routine s'installe. 8 heures, réveil pénible ; 8 h 30, petit déjeuner innommable ; 10 heures, séance de torture (rééducation) ; midi, déjeuner immonde ; 14 heures, sieste relative ; 16 heures, ennui total ; 19 heures, dîner abject ; 21 heures, zapping télé pathétique ; 23 heures, lecture forcée ; minuit, tentative d'endormissement. Eliott et Gus s'invitent dans sa chambre avant le dîner, aux heures creuses, quand il broie du noir. Ils tentent de rompre son isolement, de le faire marrer, de le ramener au village par des histoires de pêche ou de pétanque. Leurs efforts ne sont pas récompensés. Jean-Paul se morfond, les gratifie de ses grognements insatisfaits. Il peste contre Sophie qui a espacé ses visites. L'accrochage de l'hôpital a laissé des traces.

Eliott et Gus le raisonnent par l'absurde. « L'opération aurait pu échouer », « Tu aurais pu être éclopé à vie », « Tu n'es pas le plus à plaindre ». Sur ce dernier point, ils ont raison. Qu'est-ce qui fait la détresse d'un homme vaincu par la vieillesse ? La prise de conscience de sa dépendance, la certitude d'avoir perdu le contrôle de soi. Jean-Paul n'en est pas là. Il mange, se soulage, se lave, se rase sans l'aide de quiconque. Il mesure sa chance et le privilège de sa relative autonomie. Mais il leur a fait jurer : « Le jour où l'infirmière devra me torcher, les gars, vous me balancez par la fenêtre. On est au cinquième étage, je ne me raterai pas. »

Quand il ne déprime pas, Jean-Paul rêve que Sophie le retient, qu'elle dissuade Eliott et Gus de commettre l'irréparable et hurle : « Jean-Paul, ne fais pas ça, je t'aime, idiot... » Sophie... Il fut un temps où elle le stupéfiait. Pour ses soixante ans, elle avait organisé un week-end en amoureux dont elle avait tenu la destination secrète jusqu'au départ. Quand Sophie lui communiqua la date de leur voyage, Jean-Paul pâlit. Pile le jour des championnats du monde de pétanque à Marseille, ça ne pouvait pas plus mal tomber. Il monta dans le taxi sans entrain particulier. Son comportement avait de quoi énerver Sophie qui, pourtant, paraissait sereine. Jean-Paul crut s'étrangler quand elle lui apprit qu'ils allaient près de Nice. Ils arrivèrent à l'hôtel Cap-Éden-Roc le lendemain. Alors que Jean-Paul s'imaginait sur la terrasse du restaurant à suivre l'évolution du score sur son smartphone, Sophie lui proposa d'aller dîner du côté de Marseille. Il faillit lui demander si son but n'était pas, *in fine*, de le pousser à bout. Mais ils n'allèrent jamais au restaurant. Le taxi les déposa devant l'entrée du Championnat du monde de pétanque. Jean-Paul était sidéré. On les installa au premier rang, en bordure de piste. Quand il fut assis, Sophie fouilla dans son sac à main et lui dit : « Tiens, voilà ton sandwich au foie gras. » Elle avait bien caché son jeu. Jean-Paul n'avait rien vu venir. Il en fut un peu vexé mais n'en laissa rien paraître, préférant lui déclarer qu'elle était extraordinaire.

Au terme de quatre semaines de convalescence, le chirurgien estime que Jean-Paul peut rentrer chez lui. Il poursuivra sa rééducation avec un autre kinésithérapeute. Pour Jean-Paul, c'est un soulagement. La proximité des morts-vivants l'affectait. Pas plus tard qu'hier, l'infirmière de garde l'a réprimandé parce qu'il avait insulté une octogénaire, certes pas commode, mais son état psychique n'autorisait pas de violence verbale. L'octogénaire lui avait ordonné de l'emmener dans la salle commune. Jean-Paul avait refusé, alors elle l'avait traité de tous les noms. Il lui avait répliqué : « Va crever, la vieille. » Elle s'était mise à hurler comme une damnée. Alerté par ses cris, le personnel avait déboulé en catastrophe.

Jean-Paul est persuadé que son comportement a précipité son départ de l'établissement. Une incertitude demeure : comment Sophie accueillera-t-elle la nouvelle de son retour ? La dernière fois qu'elle lui a parlé au téléphone, elle n'a pas semblé pressée de le revoir. Elle est restée évasive, distante. Rien n'indiquait dans le ton de sa voix qu'il lui manquait ou, du moins, qu'elle espérait son retour.

Le temps d'un week-end, il semble à Jean-Paul que sa vie de couple a repris un cours ordinaire. Chacun vaque à ses occupations. Sophie récolte le compost, désherbe ou photographie les fruits de son travail, qu'elle postera sur Instagram avec une légende comme « Laissez faire la nature », ou « Si on aime la nature, elle vous le rend au centuple ». Jean-Paul, lui, est pendu au téléphone. Il admire sa splendide collection de nautiles tout en discutant avec Eliott et Gus des prochaines « opérations pétanque » dont il sera un spectateur attentif et frustré.

Il croise Sophie au moment des repas. Conscients de traverser une période délicate, ils évitent les sujets qui fâchent, essayent tant bien que mal de se réhabituer à la présence de l'autre. Le *statu quo* ne durera pas. Jean-Paul la connaît par cœur, tôt ou tard elle explosera.

Lundi matin, Sophie conduit Jean-Paul à sa première séance de rééducation. Ils sont accueillis par une belle femme d'une quarantaine d'années que Sophie dévisage avec une hostilité flagrante, d'autant qu'elle a surpris la mine comblée de son mari. Sophie, dont le physique avantageux provoque des torticolis, abhorre toute forme de concurrence. De ce point de vue, la chorale la rassure. Les femmes qui la composent ont renoncé à séduire depuis longtemps.

Le cabinet se trouve à une trentaine de kilomètres. Comme la séance ne dure qu'une heure, Sophie est obligée de poireauter dans la salle d'attente. Elle fulmine. Elle déchire les pages des magazines en les tournant, réalise que son rôle d'ambulancière occupera toutes ses matinées. « Ça va me gâcher la moitié de mes journées », déplore-t-elle dans la voiture. Jean-Paul est tenté de lui demander si elle a mieux à faire ou si, en tant qu'épouse légitime, il n'est pas logique qu'elle l'accompagne. Il fait le dos rond, se réfugie dans le doux souvenir de sa séance de rééducation. La kinésithérapeute n'est pas seulement ravissante, elle est douée. Entre ses mains, il se laisse manipuler, il accepte la torture, il redouble d'efforts, il améliore ses chances de guérison.

La soirée est mouvementée. Sophie a décidé d'en découdre. Elle attend la fin du repas pour lui flanquer sa première banderille.

— Elle était comment, la kinésithérapeute ?

— Attentive et professionnelle.

— Comme Rosalie, l'infirmière ?

— Voilà.

— L'infirmière, la kiné… Pourquoi les trouves-tu toujours meilleures que moi ?

— Elles ne sont pas meilleures que toi, elles s'intéressent à moi. C'est différent.

— C'est toi qui ne voulais pas que je vienne te voir à l'hôpital, Jean-Paul. Tu es de mauvaise foi.

Il s'ensuit de longues semaines d'escarmouches. Jean-Paul est inquiet. Ils se sont toujours querellés, mais ils se réconciliaient tout aussi rapidement. Cela faisait partie du jeu. Pour la première fois, il s'interroge sur la viabilité de leur mariage. Il a toujours estimé qu'on épousait quelqu'un pour ses défauts, et non pour ses qualités. La beauté, le charme, l'intelligence, l'humour, la générosité… c'est ce qui nous attire chez l'autre. Mais vivre ensemble, cela suppose l'acceptation de l'altérité et de l'imperfection. Les problèmes surgissent le jour où les défauts deviennent la preuve irréfutable de l'incompatibilité, la pierre angulaire de toutes les incompréhensions, la justification d'une éventuelle rupture. De telles réflexions lui auraient paru inconcevables il y a encore un an. Sa femme l'aime pour ses excès, sa fantaisie. « Je ne m'ennuie jamais avec toi », lui répétait-elle au début de leur relation.

Il lui répondait qu'elle n'était pas mal dans son genre. Ils en riaient.

Ils se supportent de moins en moins. Ils vivent séparément, sous le même toit. Ils ne partagent plus que l'habitacle de leur voiture. Jean-Paul le déplore. C'est moins l'absence de sexualité qui le gêne que la rareté de leur intimité. Ne pas dormir dans le même lit que Sophie le trouble. C'est comme s'il n'avait jamais quitté l'EHPAD. N'y tenant plus, un matin, alors qu'ils font route, il avale une grande bouffée d'oxygène et l'interpelle :

— Sophie, tu veux qu'on se sépare ?

— On est déjà séparés, Jean-Paul, tu n'as pas remarqué ?

— Je veux dire, est-ce que tu veux divorcer ?

— J'y réfléchis.

Sa réplique lui éclate en pleine figure. Elle semble si sûre d'elle.

Ce jour-là, la kinésithérapeute interrompt la séance un quart d'heure avant son terme. Jean-Paul lui demande si quelque chose ne va pas.

— C'est vous qui n'allez pas, Jean-Paul. Vous stagnez.

— Vous m'aviez dit que je progressais.

— Trop lentement, selon mes critères. Vous arrivez tendu, je le sens. Y a-t-il quelque chose qui vous stresse ?

— Non, enfin…

— Avec votre femme, ça se passe comment ?

— Ça va.

— Vous me mentez. Ça aussi, je le sens. Elle vous adresse à peine la parole. Ses regards, sa démarche, son attitude…

— Depuis que je suis rentré à la maison… je l'exaspère. Pour elle, je suis devenu un étranger.

— Un ennemi plutôt, d'après mes observations.

— Je n'irai pas jusque-là. Un ressort s'est cassé depuis que je suis à la retraite. Et moi qui croyais que l'opération allait tout réparer. Je ne sais pas quoi vous dire d'autre.

— Ce n'est pas mon rôle d'en entendre plus. Vous avez pensé à voir un spécialiste ?

— Un psy ? Commencez par me remettre le dos d'aplomb.

— Tout est lié, Jean-Paul. Tant que vous subirez la tension de votre couple, vous différerez votre rétablissement.

Sophie laisse Jean-Paul devant la maison et file déjeuner avec ses copines de la chorale. Il ne s'en plaint pas. Pour « réfléchir », il a besoin de solitude. Il s'installe sur le petit banc de pierre, sous le tilleul que sa première femme, Viviane, a planté à la naissance d'Eliott. Il a consacré sa vie à organiser des événements pour les autres. Des colloques, des fêtes, des remises de prix, des anniversaires, des pots de départ. Il excellait dans cet exercice. On l'appelait « Monsieur Plan B » parce qu'il avait toujours une solution de rechange. Un animateur tombé malade ? Un artiste peu scrupuleux ? Un orage imprévu ? Une défection du restaurateur ? Un micro défaillant ? Une panne de courant ? Rien ni personne ne le prenait au dépourvu. Le célèbre dicton des cordonniers les moins bien chaussés lui revient en mémoire. Cette fois, il n'a aucun plan B. Charybde ou Scylla, pire option contre pire option. Il gît dans une impasse.

Eliott et Gus retrouvent Jean-Paul au bar des Mouettes Rieuses. Ils devinent, à son air sombre, qu'un avis de gros temps est annoncé. Il boitille encore un peu.

— Vous avez vu, je ne vaux pas mieux qu'un crabe amoché.

— Bon, papa, si tu nous as convoqués, c'est qu'il y a urgence.

— Je suis dans le pétrin, les gars. La kiné m'a dit que mes séances de rééducation ne servent à rien tant que je reste à la maison. La mauvaise passe que je traverse avec Sophie compromet mon rétablissement. C'est son analyse.

— Qu'est-ce qu'elle t'a conseillé ? De changer de femme ?

— Non, de changer d'air.

— Toi, tu veux quoi ?

— Me volatiliser.

C'est la conclusion à laquelle Jean-Paul est parvenu sous son tilleul. Il veut tout changer. Il se souvient de ces touristes rescapés du tsunami de 2004 qui, profitant de la confusion générale, ont nettoyé leur passé dans les eaux du Pacifique et refait leur vie sous d'autres latitudes. C'est indécent à dire, mais il les envie. Ne pouvant compter sur l'éventualité d'un tsunami sur les côtes bretonnes, il examine toutes les autres possibilités, comme s'il planifiait l'« opération disparition » d'un client.

Et s'il prenait un train, un matin, sans se retourner ? Jean-Paul observe Eliott et Gus se chicaner à son propos et se dit qu'il ne peut pas les abandonner de cette manière. C'est trop cruel de laisser ses proches se débrouiller avec le vide, avec l'inexplicable.

Eliott n'écoute plus Gus qui déblatère sur le cas d'une célébrité disparue. Il sonde le regard de son père. Il comprend qu'il ne plaisantait pas.

— Papa, qu'est-ce que tu entends par te « volatiliser » ? Tu veux t'en aller, te mettre au vert, c'est ça ?

— Je veux qu'on me foute la paix, en finir avec tout ce bordel, mes problèmes de santé, Sophie, toute cette comédie, je n'en peux plus…

— Ça passera, papa, tu as la vie devant toi.

— Eliott, j'ai soixante-cinq ans, donc statistiquement il me reste…

— Dix-sept ans à vivre.

— Merci Gus, ta rigueur et ta précision me sont d'un grand soutien moral. Je disais donc qu'étant plus près de la fin que du début de mon existence, j'ai tendance : un, à devenir nostalgique ; deux, à me laisser emmerder le moins possible.

— C'est pour ça que tu veux te « volatiliser » ? Pour profiter de tes dernières années ? Tu n'as qu'à faire une grosse connerie, comme ça tu iras en prison. Personne ne t'y dérangera.

— Tu n'as pas une meilleure idée, Gus ?

— Peut-être… mais il faut qu'on se mette d'accord sur ton véritable objectif. Tu veux disparaître sans qu'on sache où tu es, n'est-ce pas ?

— Exact.

— Combien de temps ?

— Aussi longtemps que nécessaire.

— Et tu ne veux plus voir personne ?

— Personne, à part vous deux.

— Et si tu allais vivre à l'étranger ?

— Mais je n'ai aucune envie de m'exiler, moi !

— Tu pourrais te planquer dans le coin. Ce serait plus facile de te voir.

— Et plus risqué. Non, il me faut quelque chose de définitif.

— J'ai la solution, Jean-Paul ! Il faut que tu meures !

— Gus, arrête tes conneries…

— Attends, Eliott, Gus a raison. Si je meurs, personne n'ira fouiller.

— Mais qu'est-ce que tu racontes ? Ça y est, la kiné t'a torché ? C'est le signal ? On te défenestre ?

— Je pourrais mourir pour de faux. Gus n'a pas tort. Il faut définir comment.

Eliott suggère à son père de différer cette discussion macabre, il espère qu'une nuit de repos le fera changer d'avis. Gus, lui, trouve l'idée géniale. Il y voit l'opportunité de ressortir la criminologie d'autodidacte qu'il a constituée au fil de ses lectures compulsives et d'un visionnage obsessionnel de séries policières.

Le lendemain matin, Jean-Paul reçoit la visite impromptue du père Kervenn. Son ami prêtre a le don de s'inviter aux moments les plus critiques, surtout quand il s'écarte du droit chemin. Jean-Paul est devenu un brin superstitieux et prend très au sérieux ses apparitions inopinées. Aussi, quand il le voit dans l'embrasure de la porte, il se crispe. En termes de connerie potentielle, on a largement franchi la cote d'alerte. Il a ressassé le projet pendant sa nuit d'insomnie. Ce qu'il complote est indescriptible. Feindre sa mort pour réapparaître ensuite ? Jean-Paul préfère ne pas lui en parler. Il sait que son ami chercherait à le dissuader et qu'il saurait se montrer persuasif s'il le croyait en danger.

À la minute où il le voit accoudé au bar, Eliott comprend que son père est resté sur ses positions de la veille. Pire, il semble plus déterminé encore. Gus est impatient de faire étalage de ses connaissances. Jean-Paul ne le fait pas trépigner plus longtemps.

— Alors, Gus ?

— Le secret de la réussite de l'« opération disparition », c'est que tout paraisse inscrit dans l'ordre des choses. Je sais que tu ne le souhaites pas, mais en l'occurrence, le suicide serait l'option la plus crédible.

— Pourquoi ? J'ai l'air déprimé ?

— Non, parce que ce coin de Bretagne, avec les Hauts-de-France, a le taux de suicide le plus élevé du pays. Je te donne les modes opératoires, dans l'ordre de préférence des candidats au grand départ : pendaison, auto-intoxication médicamenteuse, arme à feu, noyade, saut dans le vide, collision intentionnelle, objet tranchant, exposition aux fumées ou gaz et flammes. Regarde, c'est là, dans ce rapport de Santé publique...

— Papa, tu plaisantes ? C'est quoi cette discussion ?

— Laisse-le terminer sa démonstration, Eliott.

— Le hic, c'est qu'on se suicide très peu à ton âge.

— Tu m'étonnes, la vieillesse est plus efficace ! Tu proposes quoi, alors ?

— Si j'exclus la première cause de mortalité, à savoir la maladie, je ne vois plus qu'une solution envisageable : l'accident.

— Quel genre d'accident ?

— On n'a pas trop le choix, Jean-Paul. Si tu veux disparaître, on ne doit pas retrouver ton corps. On doit planifier un crime parfait. Il faut que tout semble normal, que le pépin survienne dans un contexte et un environnement qui te sont familiers.

— C'est-à-dire ?

— Une sortie en bateau.

Eliott cache mal sa nervosité. Il martyrise sa bouteille d'eau minérale. La détermination de son père l'effare. Pourquoi en est-il arrivé à ces extrémités ? Par exaspération ? Non, c'est quelque chose de plus inquiétant que la fatigue ou le découragement. Il s'amuse. Il joue avec le feu, avec sa vie, avec sa mort, avec ceux qui lui font confiance. Il n'a pas changé, pas d'un iota. Sur sa fin de carrière, on lui a reproché les dangers qu'il faisait courir à ses clients. L'un d'entre eux a failli perdre la vie dans une descente de rivière dont il avait mal évalué les risques. Le canoë s'est retourné dans les rapides. Jean-Paul a largement contribué au sauvetage, mais sa réputation en a pâti. On l'a dit inconscient, désinvolte. Son audace, si maîtrisée qu'elle lui avait valu son surnom de « Monsieur Plan B », est devenue son talon d'Achille. Ses détracteurs ont raconté qu'en vieillissant, Jean-Paul devenait moins fiable, qu'une trop grande estime de lui-même le privait de sa lucidité. Un nouveau surnom s'est propagé, Monsieur Plan A, avec un A comme dans Accident.

Eliott en est convaincu, son père prépare un baroud d'honneur, sans se soucier de la peine qu'il va causer. Pour lui, il n'y a pas plus grand défi à relever que d'organiser sa propre disparition. Rien ne le fera plus reculer. La seule chose qu'Eliott peut tenter, à la rigueur, c'est de limiter la casse. Il le critiquera, il le freinera, mais il ne pourra plus l'abandonner en cours de route. Il devra rester dans la course, au cas où ça dérape.

— Jean-Paul, tu sais ce que tu es ?

— Laisse-moi deviner, fiston. Un connard, un égoïste ?

— Un manipulateur.

— Tous les dirigeants sont des manipulateurs. J'ai fait ça toute ma vie.

— Tu n'es plus dirigeant, papa, et tu n'organises plus d'événements. Tu te rends compte du mépris que tu as pour les gens qui t'aiment ? Tu n'en as rien à carrer. Tu es plus lâche que le mec qui se suicide. Lui, au moins, ne triche pas.

— Du mépris pour qui, bon sang ? Pour vous ? Vous êtes dans ma combine. Pour Sophie ?

— Papa, tu t'es mal comporté avec elle…

— Elle ne me parle plus depuis des semaines, alors donne-moi une bonne raison de la plaindre.

— Elle t'aime.

— Qu'en sais-tu ? Elle te l'a dit pendant une de vos petites causeries ?

Eliott apprécie moyennement le ton que son père a employé. Il y devine un peu plus que de l'agacement.

— Quand tu l'as virée de l'hôpital, elle est venue me trouver. Elle était désemparée. Elle m'a parlé du bon temps, de vos projets…

— C'est-à-dire ?

— Changer de vie, aller vivre à Barcelone. Tu lui as promis que tu y réfléchirais…

— Mais pas du tout, elle délire. Qu'est-ce que vous avez tous à vouloir me faire partir ?

— Il n'y a pas que Sophie que tu méprises.

— Qui d'autre ?

— Le père Kervenn.

Jean-Paul accuse le coup. Il baisse la tête et prend quelques secondes avant de réagir.

— Le père Kervenn, c'est son boulot de pardonner. Il comprendra. Où veux-tu en venir, Eliott ? Tu me fais la morale ?

— Je suis au-delà de la morale, papa, et je ne fais pas concurrence au père Kervenn. Mais si tu avais un minimum d'éthique, tu t'interrogerais sur les conséquences de ton acte. Tu n'es pas seul dans cette histoire !

— Tu as les jetons, tu ne veux pas m'aider, c'est ça ?

— Ce n'est pas le sujet, papa. Si tu es porté disparu trop longtemps, ce sera compliqué de revenir.

— Quelques mois, pas plus.

Eliott demande à Gus de faire vite. Quelles sont les conséquences juridiques de leur plan ? Quelles démarches pèseront sur la famille ? Quelle peine Jean-Paul encourt-il à simuler son décès ? Gus bosse toute la nuit et le lendemain, il commence son exposé.

— Il y a deux cas de figure, la « disparition » ou l'« absence ». La « disparition », c'est quand le décès est certain, ou quasi certain, mais que le corps n'a pu être retrouvé. C'est le cas d'une catastrophe aérienne. On présume que la personne n'a pas survécu. Tu m'étonnes, à dix mille mètres d'altitude, il faut avoir des super pouvoirs pour en réchapper…

— OK, Gus… Et l'« absence », c'est quoi ?

— L'« absence », c'est quand la personne a cessé de paraître à son domicile. Au bout de dix ans, elle est considérée comme décédée.

— Bon…

— Il y a un truc qui réglerait le problème, c'est l'*habeas corpus*.

— C'est-à-dire, Gus ?

— Pour entériner la « disparition », il faut la preuve que tu sois mort, que ton cadavre a entamé sa décomposition. Pour étayer cette thèse, on pourrait te couper un doigt, le laisser croupir dans l'eau de mer et le déposer sur une plage de Quiberon. Un promeneur le trouve, appelle les flics et hop...

— Il est hors de question que vous me coupiez un doigt.

— Alors, il faut que ton corps soit introuvable.

— C'est plausible ?

— Ouais. Tu pars à la pêche avec nous, tu tombes à l'eau, tu te noies, tes poumons se remplissent d'eau, tu coules, tu es emporté par les courants, tu es entraîné par le fond et tu t'encastres sous un rocher, pour le plus grand plaisir des loups de mer. Ce serait justice, après toutes les victimes que tu as faites dans leurs bancs.

Gus réfléchit encore à la manière dont Jean-Paul se volatilisera. Il pourrait se planquer dans la cale. Dans le feu de l'action, il est peu probable que les secouristes se mettent à fouiller le bateau. Qui mettrait en cause la parole d'un homme qui a perdu son père ? « Il faudrait que les garde-côtes soient des putain de tarés », triomphe Gus alors qu'Eliott devient tout blanc. « Les putain de tarés, c'est nous », objecte-t-il. Ils évaluent une autre possibilité. Jean-Paul pourrait quitter le bateau avec un pneumatique qu'ils auraient gonflé à bord. Plus discret, mais plus risqué. Il faudrait qu'ils se rapprochent des côtes avant de donner l'alerte et Jean-Paul, encore diminué, n'est pas certain d'avoir la force de ramer jusqu'à la rive. La mer agitée, condition *sine qua non* de l'« opération disparition », pourrait l'empêcher de rallier la terre ferme. À jouer aux cons, ils finiraient par le tuer pour de bon. Par deux voix contre une (celle d'Eliott) ils décident de garder Jean-Paul à bord du bateau. S'ils lui trouvent la cachette idéale, le plan fonctionnera.

Il leur reste à fixer la date de l'accident. Jean-Paul renonce au 1er avril. La plaisanterie a suffisamment mauvais goût. Ils se décident pour le 15, jour de la Saint-Paterne de Vannes, estimant qu'une figure tutélaire leur portera chance. Et puis, c'est un dimanche, on ne pourra pas les accuser d'avoir choisi un jour de semaine pour limiter le nombre des témoins. Gus prend un malin plaisir à consigner dans son carnet les réponses qu'ils donneront si la police ou la gendarmerie les interrogent. Eliott, lui, n'en mène pas large. Plus ils peaufinent leur plan, plus il se sent mal.

Les choses se compliquent quand il faut imaginer ce qu'il adviendra de Jean-Paul après sa supposée disparition. À l'ère du tout-numérique, la clandestinité devient une gageure, on n'a jamais été autant fliqués. Il devra vivre sous de multiples contraintes, comme payer en liquide, ne pas utiliser les transports en commun où le contrôle d'identité est fréquent. Il aura surtout l'obligation de s'établir dans une ville où il n'est pas connu.

— Il faut que tu ailles t'installer à Paris, décrète Eliott.

— Par pitié, pas la capitale.

— Un de mes potes est parti en expatriation. Il n'a pas eu le temps de mettre son appartement en location. Il m'a dit que je pouvais l'occuper.

— Il y a beaucoup de monde à Paris...

— Justement, tu y vivras incognito, mais tu devras te raser la boule à zéro, te laisser pousser la barbe et changer tes fringues, explique Eliott.

— Tu es sûr ?

— Tu dois devenir invisible, papa.

À trois semaines de son accident présumé, Jean-Paul fait des progrès. La kinésithérapeute en déduit qu'il s'est rabiboché avec sa femme. Eliott s'inquiète pour son père qui fonce droit devant lui avec l'irresponsabilité, la légèreté et la témérité qui mènent aux grandes catastrophes. Il agit comme un joueur de black jack qui mise toutes ses économies sur le même numéro. En vérité, ce n'est pas le gain qui l'intéresse, c'est le frisson létal, cet instant, glaçant comme une balle qui frôle la tempe, où tout peut basculer. Après avoir passé sa vie à conjurer les risques, il les prend tous, d'un coup, grisé par la sensation de liberté qu'ils lui procurent. L'issue du faux drame du 15 avril lui importe peu. Il ne mentait pas quand il affirmait que la sanction, même sous la forme d'une peine de prison, ne l'effrayait pas. Eliott en arrive à ce constat révoltant : avec la perspective de sa future mort, son père ne s'est jamais senti aussi vivant.

Sophie ne l'accompagne plus chez le kiné. Eliott et Gus se relayent. Jean-Paul n'en souffre pas trop. Il est galvanisé par des préparatifs qui lui rappellent le bon vieux temps. Il passe à la banque, y retire une grosse somme en liquide. Le banquier qu'il connaît depuis trente ans a participé à toutes les augmentations de capital de son entreprise. Il est du genre taiseux. Il a construit sa carrière sur sa discrétion. Une qualité qu'il tient de sa mère originaire de Suisse, un pays où l'on vous apprend à fermer les yeux quand l'argent brille trop fort.

Si leur plan se déroule sans accrocs, ils partiront en voiture, trois jours après l'accident. En attendant, Jean-Paul ira se cacher chez son fils, à l'intérieur des terres. Il aura l'obligation d'y rester cloîtré jusqu'au départ. Ils prendront la route au milieu de la nuit. Ils atteindront Paris au petit matin. Pour ne pas éveiller les soupçons, Jean-Paul devra tout racheter sur place. Ce détail le contrarie. Il se rend compte qu'il est attaché à des objets qui, jusqu'à maintenant, n'avaient d'autre intérêt que de remplir une fonction précise. Le stylo écrit sur le papier. Le fauteuil réceptionne le postérieur. Le pull tient chaud. Le savon rafraîchit. Pourtant Jean-Paul rechigne à l'idée de les remplacer. Il leur attribue une valeur sentimentale dont Gus se moque allègrement. « Alors, monsieur ne peut pas dormir sans son vieux pyjama ? »

Au matin du 15 avril, le ciel est nuageux, et la mer agitée. Il faut croire que la nature a eu vent de leur projet et qu'elle a réuni toutes les conditions nécessaires à sa réalisation. Ils ne changent pas leur rituel, café au bar des Mouettes Rieuses, plaisanteries éculées avec les pochtrons du coin, rêves de pêche légendaire et discussion animée avec le patron qu'on informe d'un retour en fin de journée, en fonction de la météo. Le patron s'inquiète de l'état de santé de Jean-Paul, qui le rassure en exécutant un pas de danse ridicule mais convaincant. « Faites quand même attention, les gars ! Eliott, t'es sûr que tu ne veux pas d'un petit remontant ? Tu es tout pâlot. »

Une fois montés à bord, Jean-Paul reproche à son fils sa tête de déterré. « Fais un effort, merde, je ne suis pas encore mort. » Eliott s'affaire à la préparation des lignes. Gus s'introduit dans le fût de plastique bleu qui servira de cachette à Jean-Paul. Eliott leur demande s'ils ont trouvé leur idée dans un épisode de Lucky Luke. Le fût bleu est le truc le plus voyant du bateau. « Et voilà pourquoi ça va marcher, rétorque Gus, plus c'est gros, plus ça passe. » Il suffira de dissimuler Jean-Paul sous leur poubelle du jour, des chiffons tachés du sang des poissons et de tous les détritus qui leur tomberont sous la main. C'est au prix de cette couverture répugnante que Jean-Paul passera inaperçu.

Ils équipent leurs lignes des nouveaux leurres que Gus a dégotés au magasin d'articles de pêche. Le marchand en a vanté le réalisme et c'est vrai qu'ils ressemblent à s'y méprendre à la blanchaille dont raffolent les bars. Le succès est immédiat. À 11 heures, ils ont déjà remonté trois spécimens. Eliott n'a pas la tête aux pêches miraculeuses, il ne cesse de penser à la conclusion de cette journée périlleuse. Il ne dit rien durant tout le casse-croûte. Gus et Jean-Paul dévorent la charcuterie tout en devisant sur leurs exploits. Ils ont eu des matinées tout aussi mémorables, c'est vrai, mais celle-ci a une saveur particulière.

Le ciel s'assombrit, la mer se creuse, ce qui complique leur retour mais corroborera la thèse de l'accident. Les bars aiment le gros temps. Le nouveau leurre fait un malheur. Jean-Paul respire les embruns à pleins poumons, pousse des cris de victoire et gratifie Gus de grandes accolades viriles. Eliott, en retrait, se demande comment son père va tenir dans un fût si étroit. Il regarde sa montre et donne le signal de l'« opération disparition ». Jean-Paul réclame le droit de lancer sa ligne une dernière fois. Permission qu'Eliott lui accorde à regret. D'un geste solennel, Jean-Paul fait passer la canne derrière son épaule et, d'un coup sec, envoie voltiger le leurre au ras des flots. Son dos douloureux l'empêche de lui donner une impulsion plus violente. Il compte sur les vagues pour inspirer au petit poisson de métal blanc les ondulations désirées. Quelques minutes s'écoulent et puis, tac, la cane se courbe d'un coup. Jean-Paul comprend qu'il a quelque chose de colossal au bout de son hameçon. Il souffre, courbé derrière son moulinet. Eliott et Gus arrivent à la rescousse. Il n'y a pas si longtemps, il les aurait repoussés, fâché qu'on ne le croie pas capable de l'effort demandé. Mais en ce jour, l'orgueil fait place à la communion. Il éprouve un plaisir indicible à les voir se joindre à lui. La bataille est rude mais l'issue est à la hauteur de la peine. « Ce truc fait au moins cinq kilos ! » s'exclame Gus, la voix pleine d'émotion. Eliott est abasourdi, et presque dépité, il aurait aimé se laisser porter par le bonheur que procure cette prise d'exception. « Vas-y, Gus, on fait un selfish ! » hurle Jean-Paul qui tend son visage vers la bouche du poisson sanguinolent. « Ça va liker sec sur *capitaine. achab*, les mecs ! Gus, arrange-toi pour qu'elle ne soit pas floue, c'est la dernière photo qu'on aura de moi vivant. »

Ils se rapprochent de la côte. L'obscurité s'impose, il fera bientôt nuit. Jean-Paul utilise une caisse en bois comme marchepied et se faufile dans le fût. Il doit se plier autant que sa colonne vertébrale le permet. À cause de sa grande taille, même accroupi, on distingue le haut de son crâne. Il est contraint de se baisser pour disparaître totalement. « Putain, t'es souple ! t'as pris des cours de yoga avec Sophie ? » plaisante Gus. Eliott lui protège la tête avec un bout de nappe en plastique, et déverse les restes de leur déjeuner. Jean-Paul ne dit plus rien. Peut-être que dans cette position inconfortable, il prend conscience de la gravité de son acte ? Eliott saisit la barre, fait des dizaines de boucles et de virages, simule la détresse d'un équipage à la recherche d'un marin passé par-dessus bord. Après un gros quart d'heure de ces manœuvres désespérées, il appelle les garde-côtes.

Les gars se rendent rapidement sur les lieux, accostent leur bateau comme s'ils allaient à l'abordage. Dès qu'Eliott, hurlant, leur a résumé la situation, ils repartent pleins gaz, allument d'énormes lampes torches et balisent la zone. La houle leur complique la tâche, mais ils ne s'avouent pas vaincus. Eliott et Gus se placent dans leur sillage et s'efforcent de scruter la crête écumante des vagues. Plus les minutes passent et plus Eliott se sent gagné par la honte. Gus a perdu son air débonnaire. Quant à Jean-Paul, à l'étroit dans son tonneau, il a déjà vomi deux fois.

Les deux bateaux rentrent au port. Sur le quai, il y a un attroupement de badauds, au milieu duquel Eliott aperçoit sa belle-mère, Sophie, encadrée de Pinchard et du père Kervenn. Gus demande à Jean-Paul s'il tiendra le coup. Eliott le supplie de la boucler.

Ils descendent du bateau avec des mines décomposées. Ils ne sont pas prêts à affronter toute cette tristesse, toutes ces larmes qui coulent sur des visages familiers. Le patron des Mouettes Rieuses les apostrophe. Ils font non de la tête. Le chef des garde-côtes vient à leur rencontre. Il demande à Eliott de lui raconter à nouveau ce qui s'est passé. « Chaque détail est important. Nous reprendrons les recherches dès demain matin, explique-t-il. Avec un peu de chance votre père aura regagné la rive par ses propres moyens, mais je n'y compterais pas trop. De toute façon, vivant ou mort, il faut que nous retrouvions son corps. »

Sophie adresse un regard plein de reproches à Eliott, comme si elle cherchait à lui signifier qu'il n'est pas son fils, et qu'il vient d'en apporter la preuve irréfutable.

Nicolas Pinchard a un grade de commissaire et un physique disgracieux. À l'école, ses yeux globuleux lui ont valu le surnom de « Tête de poisson ». Son nom de famille n'a rien arrangé. Sa femme, quant à elle, l'appelle « mon lapin », oublieuse de ses lèvres trop minces et de ses oreilles décollées qui l'apparentent à la famille des léporidés. L'un dans l'autre, petit maquereau ou gros garenne, la comparaison n'a rien de flatteur mais le commissaire Pinchard, hermétique aux sarcasmes, tire sa fierté de sa fonction, convaincu qu'elle lui confère un pouvoir de nuisance illimité. Avec cette histoire de disparition en mer, il tient peut-être l'occasion rêvée de l'exercer.

Il convoitait la première femme de Jean-Paul, Viviane. Il ne lui en veut pas d'avoir choisi le plus grand d'entre eux. C'est une loi de la nature qui se vérifie chez toutes les espèces. Mais l'homme étant doué d'intelligence, il peut aussi dominer son rival sans faire usage de la force physique. La décision de Viviane lui fendit le cœur, même s'il n'en laissa rien paraître. Avec le sentiment diffus d'y trouver réconfort et matière à prendre sa revanche, il décida de faire carrière dans la police.

Pinchard a gravi les échelons un par un. On lui prédisait une brillante carrière mais il refusa les mutations qui lui auraient permis d'atteindre les sommets. Dans sa Bretagne natale, il se contenta des disputes conjugales qui tournent mal, des beuveries fatales, des rodéos mécaniques et des décrochages de pendus, surtout pendant les fêtes de fin d'année. Il épousa une amie de Viviane, aussi stupide qu'il était laid. Selon la formule consacrée : « Ils s'étaient trouvés. »

La facilité avec laquelle Jean-Paul séduisit la pétulante Sophie lui déplut. Non pas qu'il désirât la jeune femme mais il trouvait ça injuste, c'est tout. Pinchard s'est apaisé parce que sa compagnie ne semble pas déplaire à Sophie. Il la croise quelquefois devant l'école de voile, ils partagent les nouvelles du pays. Il pense même qu'elle apprécie son sens de l'humour.

La mort présumée de Jean-Paul ne l'arrange pas. C'est trop facile, un peu comme le quartier de viande qu'on jette au lion alors qu'il n'attend qu'une chose, chasser par lui-même et planter ses crocs dans les flancs de sa proie.

Pinchard reçoit Eliott et Gus dans le bureau qu'il parfume avec des bâtons d'encens de qualité médiocre. Pinchard n'aime pas le fils de Jean-Paul. Il le trouve prétentieux, avec cet air de celui que rien ni personne ne peut affecter. Et surtout, il est l'incarnation de Viviane, de ce bonheur que Jean-Paul a confisqué. Mais bizarrement, ce matin-là, Eliott a perdu de sa morgue. Quant à Gus, il n'en pense rien, un brave gars, gauche au point d'en paraître demeuré. Gus a des cernes sous les yeux et ses jambes tremblent sous la table d'interrogatoire. Pinchard le remarque mais il n'en tire aucune conclusion hâtive. S'il coffrait tous les types qui perdent leurs moyens devant les forces de l'ordre, il devrait agrandir la cellule.

— Alors, messieurs, qui va m'expliquer ce qui s'est passé sur le bateau ?

Eliott prend d'emblée la parole :

— Mon père venait de piquer un bestiau de cinq kilos. Un monstre…

— Oui, je sais, je l'ai vu sur son compte Instagram. Beau portrait…

— Il était surexcité. Moi, j'étais à la barre, je l'ai lâchée quand j'ai vu la taille du poisson. Le bateau a fait un écart et il est passé par-dessus bord.

— Et vous, Gus, vous étiez où ?

— Moi, j'aidais Jean-Paul à remonter le poisson.

— Vous n'avez pas pu le retenir, l'empêcher de tomber ? C'était quand même pas Moby Dick au bout de la ligne ?

— Ça s'est passé si rapidement, intervient Eliott.

— Et après ?

— On a paniqué, la mer grossissait, la nuit tombait… On a fait plusieurs passages dans la zone, on ne l'a pas vu… On a fini par appeler les secours.

— Il y a un truc qui m'étonne. Jean-Paul était encore convalescent, n'est-ce pas ?

— C'est exact.

— Et vous ne lui avez pas déconseillé de prendre la mer ? Êtes-vous certains que sa condition physique lui permettait de vous accompagner ?

— Vous connaissez Jean-Paul, pour le faire changer d'avis, quand il a un truc dans la tête…

Le commissaire Pinchard se souvient du zèle avec lequel Jean-Paul avait fait du gringue à Viviane. Quand il a quelque chose dans la tête, oui…

— Vous aviez forcé sur la boisson ?

— Pas plus que d'habitude.

— Je sais que ma réflexion vous surprendra, peut-être même qu'elle vous indignera, mais c'est mon devoir de vous la livrer. Est-ce que Jean-Paul pensait au suicide ?

— Qu'est-ce qui vous fait croire ça ?

— On m'a dit qu'il était déprimé ces derniers temps, que Sophie ne lui parlait presque plus.

— Oui, c'est vrai, ça n'allait pas fort entre eux, mais ils se sont toujours disputés, c'était comme un jeu. Et puis, Jean-Paul n'était pas un candidat au suicide. Ce n'était pas dans son tempérament.

— Je suis d'accord.

— Il était heureux sur le bateau, vous savez. Il retrouvait la mer et sa liberté, pour ainsi dire…

— Expliquez ça à Sophie. Elle ne partage pas votre lyrisme. Bon, écoutez, les recherches ont repris ce matin, mais notre affaire se présente mal. La mer est mauvaise. Je ne vous retiens plus, messieurs. Restez dans le coin, je pourrais avoir besoin de vous recontacter, je n'ai pas fini mon enquête de routine.

Une fois dans la voiture, Eliott et Gus poussent un bruyant soupir de soulagement. Ils retrouvent Jean-Paul dans la remise, emmitouflé sous une couverture, secoué par la toux, le nez dégoulinant dans un grog. Les gelées nocturnes l'ont cueilli alors qu'il était immobilisé dans son tonneau, attendant que son fils vienne le chercher. Il tremble de fièvre et, pourtant, il insiste pour que le plan se poursuive comme prévu. Ils prendront la route le surlendemain. Le faux accident, l'arrivée des secours, l'exfiltration à 3 heures du matin, l'entretien avec le commissaire, le plus dur est passé. Ce n'est pas la crève qui l'arrêtera.

Vivre à Paris se révèle plus pénible que Jean-Paul l'avait imaginé. L'appartement de l'ami d'Eliott se situe dans une petite rue du Sentier, au cinquième étage d'un immeuble un peu vétuste dont la concierge brique le hall d'entrée comme si sa survie en dépendait. Le quartier a beaucoup changé. Il a le vague souvenir des grossistes en tissus, des camions de livraison garés en double file et des gens qui gueulent de partout. Tout est beaucoup plus calme. Les restaurants bio et les espaces de coworking ont remplacé la fripe. Colonisée par les bicyclettes et les trottinettes, la rue a rajeuni. Il a l'impression d'être le témoin d'une époque révolue. Une relique.

La mer lui manque. De la fenêtre du salon, il a vue sur une vaste étendue de toits gris et de cheminées rouges. Non pas qu'il en snobe l'indéniable charme, mais l'absence d'horizon le plonge dans une profonde mélancolie. Il ne sait pas quoi faire de sa solitude. Il a quitté sa maison pour un quartier où il n'a pas de repères. Eliott et Gus lui rendent visite régulièrement. Ensemble, ils font la tournée des brasseries de fruits de mer, ils vont aux courses ou tapent la boule au jardin du Palais-Royal. Ils occupent Jean-Paul comme ils peuvent, mais ils savent que son exil ne pourra pas durer.

Les nouvelles de Bretagne ne l'égayent pas davantage. Semaine après semaine, l'espoir de le retrouver vivant s'amenuise. En accord avec la famille, on renonce à poursuivre les recherches. Son amour-propre en prend un coup. Si logique soit cette décision, elle montre que, tôt ou tard, on apprendra à vivre sans lui. Gus, dont le tact n'est plus à démontrer, en rajoute une couche en insistant sur l'exceptionnelle empathie du commissaire Pinchard à l'égard de Sophie. Jean-Paul s'assombrit. Ce n'est pas tant le manège de Pinchard qui le dérange que le constat d'être aussi rapidement remplacé.

Les envies de liberté qui l'animaient lors de sa fuite perdent de leur sens et font place à l'impatience, à la colère. Combien de temps devra-t-il dompter son ennui et supporter la frénésie de cette ville tout en faisant semblant d'y participer ? L'été approche et, avec lui, des journées trop longues pour rester à l'écart. Rentrer à Saint-Pierre-Quiberon, reprendre la mer, voilà ce à quoi il aspire désormais. Et puis il y a Sophie. Elle lui manque, mais il a bien trop de fierté pour en parler à Eliott. Et Pinchard ? Pourquoi devrait-il laisser ce charognard agir en toute impunité ? Absurde !

Trois mois jour pour jour après son faux accident, son fils le délivre.

— Papa, les choses se précipitent. On a validé l'hypothèse de ta disparition.

— Je croyais que la jurisprudence ne valait que pour les catastrophes aériennes.

— L'argument retenu, c'est le faisceau de présomptions. On a pensé qu'elles étaient suffisantes. Tu n'es pas le premier corps que la mer engloutit, tu sais. J'imagine qu'ils ont dû fouiller les registres de la région et constaté que pas mal de gens avaient disparu en mer.

— Qu'est-ce qui va se passer ?

— C'est là que ça se complique. Sophie a prévu une messe du souvenir dans deux semaines, on n'a pas encore la date, probablement un samedi. C'est le père Kervenn qui la célébrera.

— Oh, putain !... Je ne pensais pas qu'on y arriverait si vite.

— La nature a horreur du vide, tout comme Pinchard.

— Pourquoi tu dis ça ?

— C'est Pinchard qui a fait le forcing pour que Sophie se décide. Elle n'est pas au mieux, il a su la convaincre...

— Et vous, qu'est-ce que vous foutiez ? Vous ne lui avez pas demandé d'attendre ?

— Attendre quoi, papa ? Que tu t'ennuies ? Que tu te décides à rentrer chez toi, comme si de rien n'était ? Depuis l'accident, Sophie ne me porte pas dans son cœur. Elle me tient pour responsable de ce qui s'est passé sur le bateau.

— En tout cas, deux semaines, c'est un peu court pour organiser un bel enterrement...

— Qu'est-ce que c'est que cette remarque à la con ? C'est plus ton problème, tu es incorrigible. Sophie veut commencer son deuil, c'est légitime. Et puis elle ne sera pas seule, Pinchard va l'aider à tout préparer...

— Quoi ! Je dois rentrer...

— Juste avant l'enterrement ? Ça va faire un d'ces scandales !

— Parce que tu crois que ce sera mieux après ? Jean-Paul meurt et ressuscite... Tu vois le tableau ?

Sur la route du retour, Eliott en est persuadé, même si cela paraît insensé : son père assistera à ses obsèques. Il est trop joueur pour y renoncer. Organiser sa propre mort, ce n'était pas mal, mais être en vie pour la commémorer, c'est une prouesse. Eliott peut lire dans les pensées de son père : « J'assiste à mes obsèques en cachette, je fais naître le doute, je donne des signes de vie et je ressurgis. » Et puis ça ne lui ressemble pas de revenir la queue entre les jambes et de faire amende honorable. Pas le genre à se laisser déborder par les événements. Monsieur Plan B garde la main.

Jean-Paul dort très mal cette nuit-là. Comme au bon vieux temps, quand il fallait se sortir d'une opération qui tournait au cauchemar, il couche méthodiquement sur le papier les tenants et les aboutissants de son affaire, en restant le plus factuel possible. Qu'est-ce qui se passe ? Ma femme a déclaré ma disparition et programmé mes obsèques. Pourquoi ça me gêne ? Parce que je n'ai pas prévu de rentrer si tôt, parce que ce connard de Pinchard va me faire cocu par contumace. Qui m'en voudra ? Sophie, ses copines de la chorale, Pinchard et les gens du village. Qui me soutiendra ? Mon fils, Gus et le père Kervenn.

Il aligne sur la table les feuilles A4 qui résument la situation. Il n'a pas le choix, et il a horreur de ça. S'il n'aime pas Paris, il enrage de le quitter contre son gré. Quant aux obsèques, il esquisse un sourire ambigu qu'un témoin étranger à ses affaires interpréterait comme le signe avant-coureur de la folie.

Jean-Paul se lève plus tôt que d'habitude. Il descend la rue du Nil et ses boutiques bio calibrées pour les bobos. Il constate une fois de plus que les choux-fleurs y sont trois fois plus chers qu'en Bretagne. Il prend un café serré dans l'établissement où Jaurès a été assassiné, fait un détour par le passage des Panoramas, longe les boulevards jusqu'à la rue Sainte-Anne, puis s'engouffre dans la rue Montpensier. Arrivé au Palais-Royal, il s'installe sur le banc, à côté d'une partie de pétanque acharnée. Il consulte le compte

Instagram de Sophie, en like les derniers posts – elle n'a aucune chance de savoir que c'est lui. Un bruit de clochette le prévient à l'arrivée d'un courriel. C'est si rare depuis sa mort. Le message dit : « Opération messe du souvenir pour ta pomme, samedi à 11 heures. Soigne ton déguisement. »

Avec la fausse modestie qui le caractérise, Pinchard expliquera qu'il a eu de la chance mais au fond de lui il pense le contraire. Le hasard n'a pas sa place chez les bons flics. Tout est question de flair, d'intuition et de présomption. La chance n'est qu'une récompense.

L'entretien qu'il a eu avec Eliott et Gus l'a laissé perplexe. Ils ne se sont pas comportés comme deux familiers du défunt éperdus de tristesse, mais plutôt comme deux imbéciles venus constater le carambolage de leur embarcation. Il ne les suspecte pas encore, mais leur conduite l'a intrigué.

En plus d'un don certain pour aller fouiller là où il ne faut pas, Pinchard détient une arme redoutable : du temps à perdre. L'arme absolue. Les assureurs, les services du contentieux ou les promoteurs immobiliers se méfient comme de la peste des individus qui ont du temps, parce qu'ils vont jusqu'au bout de leurs démarches. La retraite de Pinchard approche. Les affaires les plus intéressantes sont confiées aux jeunes loups pour qu'ils se fassent les dents. On lui a passé celle de Jean-Paul, c'était logique. Il connaît bien la famille du disparu et très franchement, personne d'autre n'avait envie de se coltiner cette histoire de noyade.

Pinchard, lui, n'a que ça à faire. Et puis les trucs glauques, les cas irrésolus, les impasses, il adore ça.

Environ deux mois après l'accident, Pinchard croisa Eliott au bar des Mouettes Rieuses. Il aurait été normal que ce dernier lui offre un verre. Après les épreuves traversées, et au-delà de toute courtoisie, ils avaient de bonnes raisons de s'entretenir. Eliott feignit pourtant de ne pas l'avoir vu et s'éclipsa en toute hâte. Pinchard lui laissa de l'avance et le prit en filature. Au bout de quelques kilomètres, il comprit qu'Eliott rentrait chez lui. Il gara son véhicule banalisé de l'autre côté du champ qui le séparait de la maison, derrière l'imposant calvaire qui marque l'intersection de trois petites routes.

Dix minutes plus tard, la voiture de Gus se gara à son tour dans la cour. Pinchard, conscient de l'absurdité de son initiative, aurait pu remonter dans sa voiture, revenir au bar et diluer son ennui dans le rosé. Mais il choisit d'attendre. Au bout d'une heure, Pinchard vit les deux hommes monter dans la voiture d'Eliott. Pinchard se dit qu'au point de non-sens où il était rendu, il pouvait se permettre de les suivre. Rien ni personne ne l'obligeait à renoncer à son projet. Il restait le maître absolu du temps qu'il dilapidait.

Quand la voiture d'Eliott dépassa Rennes et qu'elle s'engagea sur l'autoroute A11, Pinchard fut convaincu de tenir une piste. Il regarda la jauge de son réservoir et calcula, avec satisfaction, qu'il avait de quoi faire un trajet assez long. Vu la tournure des événements, il était peu probable qu'Eliott fasse une halte à la station-service. Leur voyage semblait prémédité. Il espérait seulement qu'ils s'arrêteraient pour boire un café ou pour changer de conducteur. Lui aussi aurait besoin de faire un break. Il dut patienter jusqu'à la sortie du Mans. Sur l'aire de repos, les deux amis firent montre d'une grande décontraction.

Quand ils entrèrent dans Paris, Pinchard puisa dans ses réserves de patience et de carburant. Il craignait d'être obligé de faire le plein et de les perdre. Il fut rassuré de voir leur voiture s'engouffrer dans un parking public du côté de la Bourse. Que sont-ils venus faire à Paris ? Des achats, du tourisme, quelque chose de plus inavouable encore ? Il était incapable de formuler une explication convaincante.

Parvenus à destination, les deux amis sonnèrent à l'interphone d'un immeuble du bout de la rue du Nil. Pinchard décida d'y faire le pied de grue, jusqu'à la nuit s'il le fallait. Une bonne planque, il n'y a rien de mieux pour requinquer un flic en mal de terrain. Il fut déçu de les voir redescendre un quart d'heure plus tard, mais ils n'étaient pas seuls. Un grand barbu se traînait en claudiquant derrière eux. Il se dégageait de cet inconnu une expression familière. L'homme parla d'une voix puissante et grave que Pinchard reconnut immédiatement. Il n'en crut pas ses oreilles.

Dans les semaines qui suivirent, Pinchard travailla d'arrache-pied, avec la détermination du flic qui abhorre les dossiers entrouverts – encore plus quand il s'agit de cercueils. Il éplucha tout ce qu'il avait sous la main, les archives, les témoignages et les informations en rapport avec l'accident, le peu de vidéos de surveillance dont il disposait, les mouvements sur les comptes bancaires, jusqu'aux racontars de sa femme qui pensait détenir la vérité sur le couple de Jean-Paul et Sophie. Les pièces du puzzle s'assemblaient. Il tenait son coupable, ses complices mais le mobile de ce simulacre de noyade lui échappait. Il aurait dû prévenir Sophie et lui réserver la primeur de sa découverte. Il préféra la garder secrète. Quels bénéfices aurait-il tirés de ses révélations prématurées ? Pour que Jean-Paul plonge dans le ridicule, il fallait le laisser aller au bout de sa mystification. Aussi Pinchard conjura-t-il Sophie de déclarer l'indéniable disparition de son mari. La messe qui serait célébrée en son honneur parachèverait l'affront. C'est bien mort et non enterré qu'il provoquerait le scandale le plus retentissant.

Août 2019

Si le chauffeur privé qu'il a commandé n'apparaît pas dans les cinq minutes, Jean-Paul se trouvera en fâcheuse posture. Les dernières silhouettes font leur apparition sur le parvis de l'église. Jean-Paul constate qu'on ne s'attarde pas devant le registre du souvenir. Le commissaire Pinchard, pourtant, en feuillette les pages avec attention. Il a dû remarquer sa mauvaise plaisanterie et pensé qu'elle lui était destinée. Il a relevé la tête et scrute la foule que l'église a régurgitée sur un débit lent et régulier. Quand son regard pointe dans sa direction, Jean-Paul a juste le temps de se retourner et d'apercevoir le chauffeur qui lui fait des appels de phare. L'homme d'une trentaine d'années le salue poliment. Il n'a pas l'air du coin et ça vaut mieux comme ça. Jean-Paul sait qu'il court de grands risques en revenant vivre à Saint-Pierre-Quiberon, mais il tient à rester maître du jeu aussi longtemps qu'il le faudra. Il n'a pas apprécié de quitter Paris sous la contrainte. Cette fois, il choisira le jour de sa sortie.

Eliott et Gus font leur apparition en fin de matinée le lendemain de la messe. Ils ont apporté les restes d'un buffet qu'ils qualifient de pantagruélique. Sophie ne s'est pas moquée de ses invités qui, d'après Gus, ont vite oublié la raison de leur visite.

— Il ne manquait plus que toi.

— Très spirituel, Gus. Dis-moi, Eliott, qu'est-ce que vous avez entendu ?

— Tes oreilles ont dû siffler. Tes anciens collaborateurs ont commenté les exploits de Monsieur Plan B. Tes clients n'ont pas tari d'éloges. Tes amis t'ont placé sur un piédestal. Tu fais l'unanimité.

— Et Sophie ?

— Elle affichait un sourire de façade. J'ai senti qu'elle se forçait à faire bonne figure, mais le cœur n'y était pas.

— Tu t'es occupé d'elle, j'espère ?

— Oui, mais je n'étais pas le seul.

— Pinchard ?

— Omniprésent. Il m'a collé toute la soirée. Il m'a bassiné avec des « puisque vous êtes son fils, Eliott… ».

— Eh bien quoi ?

— Il m'a dit « Puisque vous êtes son fils, et que vous étiez avec lui, expliquez-moi comment un homme aussi athlétique, même diminué, a pu tomber à la mer et se trouver dans l'incapacité de remonter à bord ? » Je m'en suis tenu à notre version des faits. Tu es buté et malgré ta fragilité, tu as insisté pour que nous fassions cette partie de pêche. Il est revenu à la charge plusieurs fois dans la soirée, sur des sujets différents, ta relation avec Sophie, ta retraite compliquée après tant d'années à diriger ta boîte, ta santé mentale, maman…

— Comment ça, il t'a parlé de Viviane ?

— Il l'aimait bien, tu sais, alors il était un peu nostalgique… mais il m'a surtout parlé de Sophie.

— Quel fouille-merde…

— Je n'ai pas été à l'aise quand il m'a demandé pourquoi j'avais parlé de toi au présent dans mon discours. J'ai répondu que c'était une figure de style.

— Il était très émouvant ton texte, fiston, mais Pinchard a raison, il était perturbant aussi.

— Et le mien, tu l'as trouvé comment ?

— Magnifique, Gus ! Je m'étonne qu'on n'ait pas davantage médit sur moi après tes révélations.

— Le père Kervenn ne t'en veut pas pour l'histoire de Jésus en Père Noël. Quant aux gars de la pétanque, ils ont prétendu, magnanimes, qu'ils savaient tout.

— Pour ne pas passer pour des cons.

— Eliott dit vrai, Jean-Paul, c'est Sophie qui accusait le coup…

S'il s'est gardé d'y faire allusion, Gus est pourtant bien placé pour le savoir. Il est resté auprès de Sophie bien après que les derniers convives l'avaient saluée. Il l'a aidée à débarrasser les tables, à faire la vaisselle, à la ranger dans la grande commode en bois massif. Au terme de cette pénible corvée, Sophie lui a proposé un verre de calva qu'il n'a pas refusé. Tant qu'elle était occupée à remettre la maison en ordre, elle semblait sûre d'elle mais quand elle a été désœuvrée, assise dans le fauteuil qu'affectionnait Jean-Paul, elle a craqué. De longs sanglots ont brisé le silence qui la séparait d'un Gus ébranlé, paniqué de la voir s'écrouler ainsi.

Ne sachant pas trop comment réagir, Gus lui a posé la question la plus stupide qui puisse exister en la circonstance :

— Sophie, ça ne va pas ?

Elle l'a regardé avec un air interdit, partagée entre l'envie de le remercier et celle de le traiter d'abruti. Elle a opté pour un entre-deux.

— Non, mon Gus, bien sûr que ça ne va pas.

— Jean-Paul te manque ?

— À quoi rime cette question, Gus ? Jean-Paul partageait ma vie. Vous autres, les jeunes, vous avez une conception erronée du mariage. Un couple, ça se construit sur la durée, ça s'éprouve… Tu comprends ?

— Oui mais, quand il était à l'hôpital, tu…

— Quand il était à l'hôpital, j'ai réalisé que j'avais besoin de respirer, de prendre du recul. Cela ne signifie pas que j'avais cessé de l'aimer. Jean-Paul est un être délicieux, mais il a tendance à phagocyter son prochain.

— Jean-Paul nous a dit que tu songeais au divorce.

— Je voulais qu'il prenne peur, qu'il se remette en question.

— Tu l'as blessé. C'est normal qu'il ait voulu se venger de toi, qu'il…

— Qu'est-ce que tu viens de dire ? De quelle vengeance parles-tu ?

— Enfin, pas exactement une vengeance, mais…

— Gus, de quoi parles-tu ?

Sophie le tient en joue. Il sait qu'il ne soutiendra pas longtemps son regard que des traces de rimmel ont rendu menaçant. On dirait qu'elle porte un masque guerrier. Gus aurait pu mentir, inventer quelques médisances, un complot contre les copines de la chorale, une énième farce de son invention, mais la détermination de Sophie le paralyse. Il déballe tout, la détresse de Jean-Paul, sa folle décision, les détails de leur plan, le déroulement du faux accident, l'installation à Paris, le retour précipité, les remords tardifs et son intention de réapparaître. Sophie ne dit rien, se lève et se dirige vers la vitrine où Jean-Paul garde sa précieuse collection de nautiles. Elle se saisit du plus beau spécimen, originaire de la mer d'Andaman, et le fracasse sur le mur en hurlant : « Connard ! » Puis c'est le tour du fidjien, de l'australien… L'intégralité de la collection est détruite. Gus n'a pas bougé du canapé. Sophie s'emporte au point d'enrouer sa voix.

— Comment ? Comment a-t-il pu me faire ça ? Tu peux me l'expliquer ?

— Il était désespéré…

— Jean-Paul, désespéré ? Tu te fous de moi, Gus ? Jean-Paul est l'homme le plus optimiste que je connaisse.

— Il ne s'est pas rendu compte…

— Il s'est très bien rendu compte, Gus ! Jean-Paul a passé sa vie à organiser des trucs au millimètre, à la seconde près. Il s'est foutu de moi !

— Je te jure que non, Sophie. Ça lui faisait de la peine que tu souffres.

— Et maintenant, où se cache-t-il, ce salaud ?

— Il est à Paris.

Gus n'a pas tergiversé. S'il avait songé à ce qu'il disait, il aurait trahi son ami.

— À Paris ?

— Oui. Qu'est-ce que tu vas faire, Sophie ?

— Je vais réfléchir.

— Donc tu vas divorcer ?

— Au moment où je te parle, j'ai juste envie de le tuer.

Une semaine s'est écoulée depuis la messe donnée en l'honneur de Jean-Paul. L'office dominical s'achève. Jean-Paul attend que les derniers paroissiens soient sortis de l'église pour aller trouver le père Kervenn dans la sacristie. Il doit y mettre les formes. On ne sait jamais comment les gens réagissent à la vue d'un fantôme. Occupée à ramasser les missels, Bernadette, la paroissienne qui aide le père à entretenir l'église, le salue distraitement. D'une voix de fausset, il lui demande où est la sacristie. Elle lui indique la porte. Il toque. Le prêtre l'invite à entrer. À cause de la barbe, il ne le reconnaît pas tout de suite, alors Jean-Paul prend la parole, décline son identité et lui annonce d'emblée qu'il n'est pas mort. Le père Kervenn cherche un appui, parvient à s'asseoir et répète « Bordel de Dieu ! » C'est la première fois que Jean-Paul l'entend blasphémer en cinquante ans d'amitié.

L'amitié. Sans elle, le père Kervenn l'aurait chassé de son église. Il n'aurait pas retrouvé son calme ni pris la peine d'écouter ses explications. Plus Jean-Paul raconte, plus le père Kervenn enfouit sa tête entre ses mains, comme s'il voulait échapper à l'énormité de ce qu'il entend. Le prêtre demande pourquoi il ne s'est pas confié à lui. S'il avait des désirs de fuite, aussi insensés soient-ils, c'est à lui seul qu'il aurait dû en parler. S'il y a bien quelqu'un dans son entourage qui ne le juge pas, c'est lui. Alors pourquoi ? Parce qu'il planifiait sa mort et sa résurrection et qu'il n'était pas sûr que ce soit du goût de son ami. Le père Kervenn acquiesce.

Il aurait tout fait pour l'empêcher de mettre ses plans à exécution.

— Et Sophie ? Comment vas-tu la récupérer, Jean-Paul ?

— Ça prendra du temps. Il faut que je l'approche avec tact.

— C'est-à-dire ?

— Je vais utiliser les réseaux sociaux. Tu sais qu'elle est passionnée de permaculture. Je suis son compte Instagram. Il se trouve que j'ai pris l'identité d'une femme. Ça tombe bien, elle se méfiera moins de moi. Je la solliciterai, j'échangerai avec elle et, le moment venu, je réapparaîtrai…

— Tu crois que ça peut marcher ?

— Je peux compter sur toi ?

Le père Kervenn a serré son ami dans ses bras. Son étreinte est brusque, du registre de la lutte plus que de celui de l'accolade. Il fait peser sur ses épaules le poids de son reproche. Jean-Paul veut qu'il garde son secret aussi longtemps que nécessaire. Le père Kervenn n'est ni ingrat ni rancunier. Il sait ce qu'il doit à la discrétion de son ami mais il a une certitude : s'il n'intercède pas auprès de Sophie, elle n'acceptera jamais le retour de son mari.

Le lendemain, le prêtre décroche son téléphone et appelle Sophie :

— Bonjour, Sophie.

— Bonjour, mon père.

— Comment… comment vas-tu depuis le week-end dernier ?

— Mieux que je pensais. Je peux enfin songer à me reconstruire…

— Justement, Sophie, c'est pour cela que je t'appelle… Comment te l'annoncer ?

— La résurrection de Jean-Paul ? Je sais, Gus m'a tout déballé.

Le père Kervenn marque un temps d'arrêt. Il est pris de court.

— Est-ce que je peux m'entretenir avec toi, Sophie ?

— C'est Jean-Paul qui vous envoie, mon père ?

— Non, et je crois qu'il m'en voudra d'avoir pris l'initiative de te rencontrer.

— Dans ce cas, j'accepte. Je passerai à la sacristie demain, vers 18 heures.

En écoutant le père Kervenn, Sophie peut comparer deux versions de la même histoire, celle de Gus et celle que son mari a donnée au prêtre. Si elles divergent sur d'infimes détails, elles concordent sur les motivations de Jean-Paul, ses questionnements, ses errements, ses agissements et les tourments qui l'ont poussé à revenir. Mais il y a une chose que Sophie a apprise de la bouche du père Kervenn : son mari réside désormais chez Eliott, et non plus à Paris. Ça change la donne.

Jean-Paul est concentré sur *perma.nantes*. Il a posté une trentaine de photos qu'il a soigneusement commentées avec les hashtags appropriés et les noms des abonnés qu'il veut interpeller. *Superma* est l'un d'entre eux. Sophie ne réagit pas tout de suite. C'est seulement quelques jours plus tard qu'elle se décide à liker certaines de ses images. Mieux, dans un de ses messages, elle fait allusion à leur proximité géographique et s'imagine qu'un jour « elles » parleront de permaculture autour d'un thé. Jean-Paul n'y voit rien d'anormal, il ignore qu'elle a été informée de sa méthode de rapprochement.

Sophie reçoit un message du commissaire Pinchard. Rien qu'à l'intitulé de son courriel, « Ton mari et toi », elle devine qu'il a pu être averti du retour de Jean-Paul. Il a écrit : « Sophie, je ne voulais pas encore t'importuner au sujet de ton mari, tu as assez souffert comme cela, mais des événements extraordinaires nous amènent à reconsidérer ta situation. Il est urgent que je te voie. Je viendrai à ton domicile demain, vers 11 heures, si ça ne te dérange pas. » Sophie se retient de l'envoyer au diable. Elle a une désagréable impression, comme si son mari la trompait et qu'elle était la dernière au courant. Elle recevra Pinchard et il devra lui expliquer comment il a su pour le retour de Jean-Paul.

Pinchard sonne à la porte de Sophie, il a l'assurance d'un lauréat qui vient chercher son prix d'excellence. Sophie douche rapidement son enthousiasme. Elle lui ouvre sans cérémonie, l'invite à s'installer sur la terrasse, ne lui propose pas de café et prend les devants.

— Le père Kervenn n'a rien d'une balance, alors explique-moi comment tu sais pour Jean-Paul. Gus t'a dit quelque chose ?

— Non, je l'ai suivi. Lui, et Eliott.

Sophie est furibonde. Pinchard comprend qu'en l'absence du mari fautif, elle pourrait se défouler sur lui avec la débauche d'énergie qui la caractérise. Sur un ton posé, attentif à chacune de ses paroles, il lui fait le récit de sa filature en occultant les détails qui seraient de nature à fâcher. Sophie l'interrompt aux deux tiers de ses exploits.

Elle ne s'intéresse pas au comment de cette histoire, mais au pourquoi.

— Pour quelles raisons Jean-Paul a-t-il agi de la sorte, d'après toi ?

— Je ne sais pas, Sophie, qu'en pense le père Kervenn ?

— C'est à toi que je pose la question, Nicolas.

— Selon moi, il en avait marre, il se sentait amoindri, un avant-goût de la vieillesse qui le guette… Et ça n'allait plus entre vous, il a voulu faire un coup d'éclat. Tu sais comment il est… un peu taré parfois… Il a voulu aller jusqu'au bout…

— Je pensais pas qu'il était capable… de telles extrémités…

— Moi non plus, Sophie.

— Maintenant explique-moi, Nicolas. Ça fait plusieurs semaines que tu sais que Jean-Paul est à Paris. Pourquoi ne m'as-tu rien dit ?

— J'ai pensé que le choc serait trop grand pour toi. J'ai préféré attendre…

— Attendre qu'on l'enterre, pour me dire qu'il était encore vivant ?

— Je n'avais pas prévu qu'il rentre aussi vite à Quiberon… C'est compliqué, Sophie…

— C'est très simple, au contraire. Tu as toujours été jaloux de Jean-Paul, avoue-le. Tu as trouvé le moyen de lui donner une leçon et sur ce point, je te rejoins, il en mérite une bonne.

Jean-Paul a ajouté deux nouvelles images sur son compte *perma.nantes*. Deux photos qu'il a piquées dans la galerie d'un gourou de la permaculture allemand que la Toile semble respecter pour la pertinence de ses partages. Si

Sophie le connaît, elle verra qu'il a triché. Mais Jean-Paul parlerait plutôt d'emprunt ou d'admiration. Une heure plus tard, Sophie a aimé les images et le lui a fait savoir par une émoticône « bravo » dans son commentaire. Jean-Paul est satisfait, son plan fonctionne à la perfection. Encore quelques semaines à ce rythme-là et madame sera prête à recevoir son ultime requête.

Devant Gus et son père, Eliott s'inquiète du temps qu'il faudra pour que tout rentre dans l'ordre. Plus les jours passent et plus le risque augmente. Il suffit d'une visite impromptue de Sophie, d'une perquisition du commissaire Pinchard ou d'une parole malheureuse de Gus pour que le pot aux roses soit découvert. Gus a rougi aux propos de son ami. Il n'a pas revu Sophie depuis leur discussion, le soir de l'enterrement. Ils se sont parlé juste une fois au téléphone. Sophie lui a demandé de se tenir prêt. Prêt à quoi, il n'en sait rien. Pour ne pas être en reste et lui prouver sa loyauté, Gus lui a révélé comment Jean-Paul projetait de la reconquérir. Avec son compte Instagram. « Encore mieux », avait-elle commenté.

Gus sursaute à l'appel de son nom.

— Je vais avoir besoin de toi.

— Tout ce que tu veux, Jean-Paul. Qu'est-ce que je dois faire ?

— Je voudrais que tu suives Sophie et que tu me racontes comment elle occupe ses journées.

— C'est vraiment nécessaire, papa ?

— Écoute, Eliott, il faut se tenir prêts. Il faut que je comprenne quel moment sera le plus opportun pour me présenter à elle. L'observation de Gus va m'être fort utile.

Qu'est-ce qu'ils ont tous à vouloir être prêts ? se dit Gus, pas très à l'aise dans son rôle de barbouze. Et si Sophie le repère ? Ça n'a pas été difficile. Un type qui porte un tee-shirt camouflage en plein mois d'août, tout le monde le remarque. Chez Gus, le mot « camouflage » désigne un style, plutôt qu'une méthode de dissimulation. Sophie s'est d'abord offusquée de ses allées et venues maladroites et puis, après réflexion, elle a compris tout le parti qu'elle pouvait tirer d'un mouchard aussi scrupuleux.

Au bout d'une semaine, Jean-Paul, Eliott et Gus se réunissent dans la grange. Gus fait son rapport :

— C'est toujours le même rituel, Jean-Paul. Le matin, elle part travailler à l'école de voile. Elle discute beaucoup avec le nouveau, celui qui s'appelle Bilal. Ensuite, elle va grignoter un morceau aux Mouettes Rieuses avec Pinchard. Quand elle a fini sa journée, Pinchard passe la prendre en voiture et la ramène chez elle, enfin chez toi. Voilà…

Jean-Paul bondit du rocking-chair dans lequel il s'était affalé.

— Comment ça, il la ramène chez moi ? Et il reste ?

— Oui, ça lui arrive…

— Et il en sort à quelle heure ?

— Je ne sais pas, moi, ça dépend – 11 heures, minuit, une fois jusqu'à 3 heures du matin.

— Oh le salaud. Le sa…

— Ça ne veut pas dire qu'ils font des trucs, Jean-Paul.

— Oh, Gus, ta gueule pour une fois ! À ton avis, ils font quoi ? Ils jouent aux échecs, ou à la Playstation ?

— Écoute papa, Gus a raison, ça ne prouve rien.

— Ce n'est pas toi qui m'as dit qu'ils s'étaient rapprochés ? Putain, mais qu'est-ce qu'elle lui trouve, à ce type ?

— Des fois, il est drôle…

— Gus, s'il te plaît, boucle-la.

Jean-Paul a craqué. Il est déterminé à jouer le tout pour le tout. Il consulte *superma*, le compte Instagram de Sophie. Elle a continué à poster des images de son jardin, de sa section « herbes aromatiques » en particulier. Jean-Paul inspire profondément. Il écrit : « Bonjour Superma. J'ai vu vos dernières photos, votre menthe est extraordinaire. Comment faites-vous ? La mienne est malingre, une honte… Nous n'habitons qu'à une centaine de kilomètres l'une de l'autre pourtant ! Y aurait-il un microclimat sur Saint-Pierre-Quiberon ? Si vous me répondez que oui, je ne vous croirai pas, tous les Bretons disent ça. Ah ah ah… »

Sophie a vu le message de Jean-Paul. Il est mûr. Elle jubile en lui répondant : « Chère Perma.nantes, non je ne vous ferai pas le coup du microclimat breton. Je n'ai pas de recette miracle. J'applique scrupuleusement les principes de la permaculture. En l'occurrence, le proche voisinage de mes plants de tomates lui convient parfaitement, sans parler de l'ombre que lui procure mon tilleul. Puisque nous parlons d'herbes, pourquoi ne pas me rendre visite ? Je vous ferai déguster mon thé à la menthe. » Et Sophie de penser : Oui, c'est certain, tu vas déguster.

Jean-Paul se réjouit d'avoir réussi son coup. Elle a vite mordu. Il est tellement habitué à réussir ce qu'il entreprend qu'il n'en conçoit aucune méfiance. Il attend quand même le lendemain pour lui donner sa réponse, histoire de ne pas apparaître comme quelqu'un de trop envahissant.

« Chère Superma, votre invitation m'enchante. Si vous êtes disponible, je pourrai venir vous trouver samedi prochain, vers 15 heures. Est-ce que cela vous convient ? » Sophie panique. C'est dans trois jours. Elle attend la fin de la journée pour accepter sa proposition et lui donner un lieu de rendez-vous. « Chère Perma.nantes, samedi à 15 heures, c'est parfait. Je vous retrouverai devant l'église. » Jean-Paul s'étonne un peu qu'elle ait choisi la place du village pour le rencontrer. Il aurait préféré la revoir dans un endroit plus calme. Il sera contraint de garder sa barbe afin de garantir son anonymat.

Samedi, 14 h 30. Un VTC attend Jean-Paul devant le portail. Une heure plus tôt, Eliott est parti retrouver Gus au village pour une affaire urgente dont il n'a pas cherché à connaître les termes. Il s'habille comme Sophie le préfère, simplement, d'une chemise blanche jetée par-dessus un jean bleu marine. Il a fait l'effort de tailler sa barbe, d'en égaliser les contours. Il s'est parfumé avec la fragrance de citrus qu'elle adore.

Le chauffeur dépose Jean-Paul devant l'église à l'heure convenue. Il consulte *perma.nantes* et constate que sa femme n'y a laissé aucune instruction supplémentaire. La porte de l'église s'entrouvre et Bernadette en surgit. Elle fonce droit sur lui. Sa démarche d'ordinaire si mesurée est volontaire. Jean-Paul se retourne en pensant qu'elle se dirige vers quelqu'un d'autre. Mais il est seul.

— Vous êtes bien Perma.nantes ?

— Euh… oui.

— Alors, suivez-moi, s'il vous plaît, Superma vous attend dans l'église.

Tout va très vite dans son esprit. Moins vite que ses deux jambes qui le portent à la suite de la bonne du père Kervenn. La voilà qui se dirige vers la sacristie. Elle ne dit pas un mot. D'un mouvement de tête, elle l'invite à entrer.

Jean-Paul franchit le seuil de la sacristie. Il est stoppé net par la vision d'un aréopage étrange et familier, un groupe de personnes qu'il a rarement vues réunies au même endroit. Sophie est debout, serrée de près par le père Kervenn. À leur droite, le commissaire Pinchard est flanqué de Gus et d'Eliott qui font des têtes d'enterrement. Sous l'effet de la surprise, l'être humain improvise, et ce n'est pas toujours heureux. Jean-Paul en est la parfaite illustration.

— Mais qu'est-ce que c'est que ce cirque ?

— Je te demande pardon ? réplique Sophie, courroucée. Ce serait plutôt à moi de te poser cette question. Nous ne sommes pas là pour causer permaculture, Jean-Paul.

— C'est un procès ?

— En ce qui me concerne, j'ai une petite idée du verdict. Tous ceux qui sont ici peuvent témoigner de ta mauvaise plaisanterie. Ils seront les seuls à en connaître la chute.

Pinchard a un air satisfait. Gus et le père Kervenn ont des mines désolées. Eliott paraît le plus tendu.

— Qui a vendu la mèche, Sophie ?

— C'est tout ce qui te préoccupe ? Tu sais à qui tu me fais penser ? Au mari dont la femme a les preuves de son adultère et qui ne trouve rien d'autre à lui dire que : « Comment as-tu su ? » Pathétique…

Jean-Paul se souvient que le but de cette rencontre était de reconquérir Sophie. Il se souvient aussi d'un congrès sur le management, de l'intervention d'un patron du GIGN, spécialiste en négociation. Il n'en avait retenu qu'une leçon : avec la partie adverse, il faut montrer de l'empathie, sans réserve.

— Sophie, je te demande pardon. J'ai merdé sur toute la ligne…

— C'est le moins qu'on puisse dire, Jean-Paul. Tu te rends compte du mal que tu m'as fait ?

— Je peux t'expliquer… peut-être pas devant tout le monde.

— Commence donc par les remercier.

— Comment ça ?

— Sans le père Kervenn, je n'aurais pas su que tu étais à Saint-Pierre-Quiberon. Sans Gus, je n'aurais rien su de tes intentions et sans la complicité du commissaire Pinchard, je n'aurais pas réussi à te rendre aussi jaloux. Tu es si prévisible, Jean-Paul, je savais que tu sortirais de tes gonds en le voyant me faire la cour.

— Eliott ?

— Il n'a pas participé.

— Mon fils… Le plus loyal d'entre tous.

— Ou le plus inconscient… Bon, mes amis, laissez-moi avec mon mari, nous avons un certain nombre de points à éclaircir.

Dans le petit local qui sent la poussière et l'encens, les questions de Sophie s'enchaînent. Jean-Paul lui répond sans rien dissimuler. Il comprend qu'elle teste sa sincérité et que l'avenir de leur couple en dépend. Il aime leur confrontation, malgré les coups de gueule et les atermoiements de Sophie. Elle lui rappelle l'intimité de leurs confidences passées, quand ils avaient conclu et qu'ils s'étaient raconté leur flirt à rebours, ce qu'ils avaient pensé, ignoré, espéré, rêvé de l'autre.

Quand Sophie en a fini avec son interrogatoire, elle marque une pause et prend un air plus grave.

— Ils me disent tous que tu n'as jamais cessé de m'aimer et que tu as fait cette connerie pour que je te replace au centre de ma vie. C'est vrai ?

— Tu ne m'adressais plus la parole, tu faisais comme si je n'existais plus. J'ai voulu t'exaucer, disparaître pour de bon. Jauger ton indifférence.

— Un peu risquée comme stratégie…

— Je suis désolé, Sophie.

— Tu me l'as déjà dit. Bon, écoute, voilà ce que nous allons faire. Tu réalises qu'il te sera difficile de réapparaître aux yeux de tous, comme si de rien n'était ?

— C'est compliqué, oui.

— Alors, on va partir, toi et moi.

— Comment ça ?

— On loue la maison de Saint-Pierre-Quiberon et on va vivre à Barcelone.

— Pour toujours ?

— Le temps qu'il faudra pour qu'on oublie ta supercherie et que je retrouve le plaisir d'être avec toi, si c'est encore possible.

La porte de la sacristie s'ouvre enfin. Voilà deux heures qu'ils s'entretiennent, a calculé le père Kervenn. Sophie est agitée mais elle n'est plus cette furie, toute contenue, qui peut éclater d'un instant à l'autre. Jean-Paul a l'expression du rescapé d'un grave accident, toujours sous le choc. Le père Kervenn leur demande s'il peut encore leur être utile ou s'ils veulent prendre un rafraîchissement, à l'abri des regards. Ils déclinent tous les deux son invitation.

Pas un fil de vent. Le bateau vogue sur les flots, comme dans la chanson. Eliott agrippe sa canne à pêche et fixe le bouchon qui plongera quand le maquereau comprendra qu'il est pris au piège. Jean-Paul se désintéresse de sa ligne. Gus ne les a pas accompagnés. Honteux, il n'assume pas sa trahison. Jean-Paul l'a pourtant absous. Si lui et le père Kervenn ne s'étaient pas confiés à son épouse, il n'aurait jamais pu l'approcher.

— Quand est-ce que vous partez à Barcelone ?

— Dans trois semaines.

— Il va encore falloir que je te cache, alors ?

— Profites-en, tu vas t'ennuyer sans moi. Au fait, on a trouvé des locataires pour la maison, une famille de Parisiens qui veut s'installer en Bretagne.

— Et vos voisins, ils en disent quoi ?

— Ils disent qu'après tout ce que Sophie a subi, il est normal qu'elle cherche d'autres horizons. « Ce doit être éprouvant de vivre dans la maison d'un mort. »

— Ça se goupille bien, dis-moi.

— Ouais, tu viendras me voir à Barcelone ?

— Ça dépend. On y pêche quoi ?

— Ce sera moins sportif qu'ici, ça reste la Méditerranée.

Un rafiot de la taille de leur embarcation les dépasse. Ses occupants les hèlent en faisant de grands moulinets avec leurs mains. Jean-Paul baisse la tête pour ne pas être reconnu.

— C'était qui ?

— Aucune idée, des touristes… Tu sais, j'y repensais… Elle t'a bien eu, la Sophie !

— Tu as vu ça ? Elle a fini par y arriver… Ma trogne en Catalogne !

— Je ne te parle pas de ça. Tu n'avais pas trop le choix, papa…

— Alors de quoi parles-tu ?

— Bah, pour une fois, c'est toi qui t es fait manipuler dans les grandes largeurs ! Retour précipité à Saint-Pierre-Quiberon, compte Instagram démasqué, Pinchard qui se fait passer pour son amant, réunion au sommet sans que tu sois dans la boucle… Du grand art !

Son père se tait. Eliott a raison. Il n'avait pas vu les choses sous cet angle. Pour la première fois de son existence, il n'a pas su anticiper. Aucun plan B. Il est resté à la merci de son épouse, sans échappatoire possible.

Jean-Paul secoue la tête comme quelqu'un qui s'avoue vaincu puis il met la main sur l'épaule de son fils et lui dit, avec le même sourire un peu fou qu'il avait quand il a décidé d'assister à son enterrement : « La partie n'est pas finie. »

Laisse entrer la lumière

Hiver

Cécile n'a pas quitté François, elle l'a congédié comme on le ferait avec un domestique. Ce n'est pas faute de l'avoir prévenu. Le peu de famille qu'il a, son ami Stéphane, et même la concierge, tous avaient prédit le destin funeste de cette union contre nature. Trop de différences le séparaient de Cécile, son éducation, sa situation financière, ses origines sociales et, par-dessus tout, sa conception du bonheur.

François l'avait rencontrée dans le bar du 8e arrondissement de Paris où il travaillait depuis peu. Il lui avait juré qu'il n'était pas serveur par vocation. Un peu éméchée, engourdie par ses plaisanteries, charmée par ses grands yeux noirs, elle lui avait promis de revenir le lendemain. François ne l'avait pas crue mais quand il l'aperçut dans un trench cintré à la taille, plantée devant le rideau métallique du café qu'il descendait, il comprit qu'il sécherait bientôt ses cours de mixologie.

Cécile habitait un vaste appartement en plein cœur du triangle d'or, rue de Marignan. Elle s'en était excusée auprès de lui : « C'est pratique, tu comprends, mon bureau est sur les Champs-Élysées. » Ce que je comprends, avait pensé François, c'est qu'au prix du mètre carré, cette fille doit posséder quelques économies. Elle était l'héritière d'une richissime famille de négociants en cognac depuis deux cents ans. Les spiritueux, parce qu'ils consolent des catastrophes, font d'excellents investissements ; ils ont survécu aux guerres et aux crises économiques. Cécile appartient à cette catégorie de Français privilégiés qui ne connaît pas le besoin depuis six ou sept générations. Elle en a l'insouciance et l'arrogance. Par orgueil, elle avait refusé de prendre les rênes de l'entreprise familiale. Une fois oubliée la déception de ne pas voir sa fille unique lui succéder, son père l'avait encouragée sans réserve et « montait » à Paris dès qu'il en avait le loisir. Il dînait en tête à tête avec elle, la ramenait à son appartement, après quoi, jusque tard dans la nuit, il s'étourdissait dans un manège de cabarets clinquants et de clubs de strip-tease que sa femme persistait à ignorer.

Cécile ne tolérait plus que sa mère discute son mode de vie et son célibat persistant. Elle allait bientôt avoir quarante ans, l'horloge biologique tournait. « Et qu'est-ce que tu veux que ça me fasse ? » mentait Cécile, que la perspective de ne pas faire usage de son utérus angoissait. Nous en étions là quand François avait débarqué dans sa vie. Il avait une belle gueule mais surtout, il la dépassait de trente centimètres. Elle en éprouvait une forme de fierté comme si, malgré son petit gabarit, elle avait remonté un gros espadon à bord. Quand, suspicieuses, ses copines lui faisaient remarquer qu'il était fauché, Cécile insinuait que son endurance au lit méritait qu'elle l'entretienne.

Le jour où Cécile avait fait part à François de son désir de maternité, ce dernier avait dit « OK », comme il aurait approuvé l'achat d'un réfrigérateur dernier cri ou celui d'un billet en première classe pour les Bahamas. Non pas que François manquât de caractère, mais à quoi bon lui résister s'il était d'accord avec elle ?

Avec la venue au monde de leur fils, Gabin, ils avaient trouvé un sujet commun. Quand il le voyait dormir dans les bras de sa mère, François se disait qu'il avait peut-être trouvé ce dont la vie l'avait privé jusque-là : une famille. Gabin était le nom d'un ancêtre de Cécile et même si François avait pensé que ça sonnait trop « acteur disparu », il s'en était tiré à bon compte en le surnommant « Gab » à sa naissance.

Elle me quitte… François vient de raccrocher. Il pense à Gabin au moment d'évaluer les effets collatéraux de leur séparation. Il n'est pas surpris de la décision de Cécile. Il l'a sentie venir. Les séjours à New York qui s'éternisent, les parties de jambes en l'air qu'elle expédie, ses prétextes tordus pour ne pas rester en sa compagnie. Il connaît Cécile, une femme organisée et pragmatique qui gère sa vie avec le même souci d'efficacité que ses affaires. Gabin vient d'avoir huit ans. Elle doit entretenir des liaisons depuis que le gosse existe, mais elle a préféré ne pas le perturber tant qu'il était petit. Elle a dû se dire que le père ferait un meilleur boulot qu'une nounou philippine payée une fortune. Elle a lu Dolto, elle a appris que tout se jouait dans l'enfance.

Cécile a tous les torts mais François n'est pas en position d'exiger quoi que ce soit. Il est dur de négocier quand on est dépourvu de tout. Ça n'invite pas à la bravade, plutôt à la discrétion. Il accepte toutes ses conditions.

— Je te laisse l'appartement de la rue Marignan. Ce n'est pas pour toi que je le fais, c'est pour Gabin. Je ne veux pas que son environnement change, son école, ses copains… C'est encore un gamin. Je m'installerai pas loin d'ici, ce sera plus facile pour la garde alternée. Une semaine sur deux, ça te convient ?

— Bien, Cécile.

François acquiesce tout en sachant qu'il dépassera largement son quota. Elle aura des empêchements, des avions retardés, des séminaires en province, des imprévus de dernière minute. Elle poursuit son monologue :

— En début de mois, tu recevras un virement qui devrait suffire à couvrir tes dépenses courantes. Et pour les vacances, on s'arrangera. Je n'ai que cinq semaines de congé par an mais toi, tu n'as pas de contraintes. S'il le faut, je vous paye le voyage, d'accord ?

François hoche la tête machinalement. Il sait pourquoi il l'aime encore, pour son incroyable vitalité, à la limite de l'agressivité, prête à vous bouffer au moindre mouvement. Elle a du chien, ce qui inclut les coups de gueule et les morsures. Tout le contraire de François, l'indolent, le paisible que rien ne démonte. C'est grâce à des hommes comme lui que sept cents personnes ont pu réchapper du naufrage du *Titanic*. Ça devait paniquer à tous les étages mais lui, il aurait sorti les chaloupes. Les femmes et les enfants d'abord.

Cécile a insisté pour qu'ils soient côte à côte au moment d'annoncer à leur fils qu'ils se séparaient. Elle a lu ça chez une psychiatre disciple de Dolto. Ils sont tous les trois dans le salon, télévision éteinte, assis bien sagement. Gabin comprend que quelque chose cloche à la manière dont sa mère s'adresse à lui, avec un excès de précautions qui ne lui ressemble pas. Son père a le nez dans ses chaussures, il attend.

Cécile reprend sa respiration. Elle explique à son fils que son papa et sa maman ne s'aiment plus, et donc qu'ils ne vivront plus sous le même toit. François arbore une expression ahurie qui horripile son « ex ». Mais moi, je t'aime encore, veut-il protester. Cécile poursuit. « Papa et maman ne s'aiment plus, mais papa et maman t'aiment toujours. Pour toi, Gabin, ça ne changera rien. Tu resteras dans l'appartement avec papa, et moi je te verrai dans une autre maison, tous les quinze jours. » Le silence qui suit déplaît à Cécile. Elle a bien assimilé les recommandations de la psychiatre, il faut que les mots sortent pour éviter que de plus grands maux s'enracinent. Elle s'impatiente, demande à son fils de s'exprimer. Gabin résume : « C'est pas grave, maman, on te voit jamais à la maison, tu es toujours en voyage. » Cécile accuse le coup, François feint d'être choqué.

Gabin ne souffre pas de leur nouvelle vie. Par la grâce de la garde partagée, il voit sa mère régulièrement, quand elle n'est pas collée à son smartphone pour finir de rédiger un courriel. La plupart du temps, elle le confie à YouTube, culpabilise mais voit arriver le dimanche soir avec soulagement. Quand elle referme la porte de l'appartement de la rue de Marignan, elle entend son fils manifester sa joie. Chez son père, il est chez lui. Le cœur de Cécile est serré par la douleur de ne pas être à la hauteur de cet amour et l'impossibilité d'y remédier.

François, lui, est de toutes les batailles, se préparer pour l'école, imaginer un menu original à chaque repas, aider à faire des devoirs de maths qu'il ne comprend plus, confectionner un goûter pour une horde de gosses affamés, se traîner jusqu'aux Tuileries malgré la pluie, visionner le DVD des *Minions* pour la dixième fois consécutive, se réveiller en pleine nuit pour consoler un vilain cauchemar ou attraper l'intégralité des maladies que son fils ramène de l'école.

Il n'a pas compris les attaques de Cécile, sa peur de tomber dans la routine. Lui cuisiner de bons petits plats, lui faire souvent l'amour, lui donner sa bénédiction chaque fois qu'elle part en voyage, lui pardonner ses accès d'humeur et ses caprices, lui acheter des fleurs tous les dimanches… c'est un quotidien qui lui paraissait supportable. Alors quelle mouche l'a donc piquée ? Il vaut le déplacement, le collègue du bureau de New York ? François se souvient de la chanson de Michel Jonasz que son père écoutait en boucle après son divorce : « Dites-moi, dites-moi, qu'elle est partie pour un autre que moi mais pas à cause de moi. Dites-moi ça, dites-moi ça. » François s'accroche à cette hypothèse parce qu'il n'en tolère aucune autre. Cécile l'a quitté pour un homme plus beau, plus riche et plus intelligent que lui. Malgré son mètre quatre-vingt-dix, il n'était pas de taille. Il est ce loser attendrissant que les films indépendants des années quatre-vingt-dix ont glorifié. Défait mais digne, coulé mais cool.

Cécile lui manque. Cécile et son petit corps tonique sous la couette. Il donnerait cher pour qu'un brin de nostalgie la retienne rue de Marignan, mais elle ne fera jamais une entorse à l'organisation qu'elle leur a imposée. Et puis, contrairement à lui, elle a quelqu'un dans sa vie.

Printemps

François commence son véritable apprentissage de la solitude. Quand Gabin est chez sa mère, il tourne comme un lion en cage, se gave de chips et de séries sans bouger du salon. Il devrait repartir en chasse, mais il a perdu l'appétit de séduire. Son ami Stéphane l'oblige à prendre l'air, à faire la cour à ses amies dans d'interminables dîners que l'alcool et la musique rendent pathétiques. Il est gauche et ennuyeux, il ne songe qu'à s'en aller. Il avait rencontré Cécile par hasard, il n'avait pas rencontré Cécile sur commande. Il est l'homme des aventures et des coïncidences, des malentendus et des quiproquos. Il ne trouvera personne sur catalogue, alors quand Stéphane lui conseille de s'inscrire sur une application de rencontres, il éclate de rire. Il n'y a aucune chance que ça marche, pourtant il se laisse convaincre d'essayer, par curiosité, pour le caractère ludique de l'expérience qu'on lui promet.

Ses premiers pas dans la jungle numérique sont désastreux. Il a bâclé son profil avec une photo déjantée, drôle mais ridicule. Il a juste l'air d'un imbécile. Résultat, personne ne le swipe à droite. Il est transparent, comme s'il interpellait des filles dans la rue et qu'elles le snobaient. Loin de lui redonner confiance, l'application le désespère. Il ne s'amuse pas, il gamberge. Et s'il était devenu trop vieux pour ce jeu-là ?

Un soir, constatant que ses tentatives d'approche *via* l'application ont encore échoué, François se rabat sur un réseau social qu'il maîtrise. Sur Facebook, il reçoit une suggestion d'abonnement de la part de la page des Amis du 8e arrondissement de Paris. Il se lance. Au point où il en est… Le mur de l'association est tapissé de messages en tous genres, de la publicité déguisée d'un restaurateur de tableaux à la pétition contre le chantier de la piste cyclable des Champs-Élysées, en passant par l'annonce d'un thé dansant organisé rue du Colisée. Au milieu de ces ringardises, il remarque la photo noir et blanc d'une femme au dos intégralement nu. Si la photo recueille beaucoup de suffrages, ce n'est pas seulement pour ses indéniables qualités artistiques. François fait comme les autres amis du 8e, il like. La photo a été mise en ligne par une dénommée Alma. Il cherche à en savoir plus sur elle mais son compte est privé, verrouillé. Sans conviction, François lui envoie une invitation.

Une femme l'a swipé à droite sur l'application de rencontre. Dans son message, elle a écrit : « Comme toi, je suis spéciale. On se voit vendredi soir ? » François ne se méfie pas, trop heureux d'avoir établi son premier contact. Elle a pour nom Arielle. Il s'étonne de la célérité avec laquelle elle répond à ses textos, comme si elle les anticipait. Il ne sait pas grand-chose d'elle. Sur son profil, on ne voit que ses cheveux, un carré blond qui encadre un visage trop lisse et trop parfait, poli par les filtres photographiques. Elle a déclaré un âge proche du sien. Elle a précisé qu'elle aimait le cinéma, les voyages et le sport. Ça ne la rend pas très spéciale, juge François. À l'ère de l'image triomphante, il n'y a pas plus consensuel que le cinéma. Les voyages accréditent la version d'une femme dynamique, sinon entreprenante. Quant au sport, ça laisse à penser qu'elle prend soin de son corps et donc qu'elle possède un physique attrayant. François sent le traquenard mais il a décidé qu'il irait jusqu'au bout.

Arielle lui a donné rendez-vous devant la boutique de l'équipe de football du PSG, sans savoir qu'il habite à deux pas. Le romantisme attendra. Si elle porte un maillot de l'équipe parisienne avec son nom marqué dans le dos, François lui posera un lapin. Ça y est, il l'a repérée qui l'attend sous le portrait géant du footballeur vedette de l'équipe. Il prend le temps de l'observer. Le même carré blond encadre un visage alourdi par le maquillage. Elle fait plus âgée que sur la photo de l'application mais il doit reconnaître qu'elle ne manque pas d'allure. Ses jambes sont fines, fichées dans des bottines à la mode. Son chemisier, bombé sur la poitrine, est une invitation. Elle porte un tailleur de couleur sombre qui se prête mal au flocage d'un nom de joueur. François hésite. Une seconde de trop. Un sourire sur ses lèvres rouges, Arielle vient à sa rencontre.

— François ? Bonjour, je suis Arielle.

— Bonjour, je ne savais pas que vous aimiez le football.

— Oh, pas du tout. C'est juste qu'il y a plus de salles de cinéma sur les Champs-Élysées. Ça vous dit d'aller voir un film ?

— Euh, oui…

— Et puis je dois vous avouer un truc, j'ai un faible pour Pizza Pino.

Elle a tout prévu. François n'aura pas à prendre d'initiatives. Il en est soulagé. Cette femme qui veut tout contrôler lui rappelle son ancienne compagne. Certes, Cécile ne lui aurait jamais proposé d'aller dîner chez Pizza Pino.

— Moi, je prends la pizza quatre fromages. Et vous ?

— Euh, comme vous.

François regrette son choix. Il aura soif à en crever. Il ne s'intéressera ni au film ni à sa voisine, il n'aura qu'une obsession : boire. Arielle ne lui pose pas de questions. Elle abreuve la conversation pour deux. François s'en accommode, il n'a aucune envie de s'épancher. Il se contente de la relancer quand le flux de paroles se tarit. Au moment du café, il sait tout d'elle, ou presque. Elle sort d'un mariage chaotique, travaille dans une compagnie d'assurances où prime la bienveillance, adore Venise, ne s'est jamais remise du film *Pretty Woman*, n'est pas prête à s'engager, elle aime les hommes tendres et forts à la fois.

Arielle a choisi la dernière séance d'une comédie à l'eau de rose qui se joue en haut des Champs-Élysées, près du restaurant danois. Sur le chemin, elle s'enhardit et lui prend la main. François ne la repousse pas, conscient des risques encourus. Elle voudra aller plus loin, elle profitera de la pénombre de la salle pour l'entreprendre. Il a si soif. Il rêve d'être chez lui, une bière à la main, surfant sur la Toile. Il repense à cette Alma. Avant de partir à son rendez-vous, il a consulté la page Facebook des Amis du 8e arrondissement. Alma avait posté une autre image de femme, tout aussi osée.

Arielle a posé sa main près de la sienne, sur l'accoudoir. Elle va lui faire le coup des doigts qui se touchent. Les lumières s'éteignent, le projecteur s'allume, une musique assourdissante sort les spectateurs de la torpeur où des spots publicitaires d'un autre temps les avaient plongés. Le film hollywoodien s'étire en longueur. Son scénario visite pour la énième fois le mythe de Roméo et Juliette. Godard avait raison, les Américains produisent toujours le même film. N'y tenant plus, Arielle a saisi la main de François. Il sait qu'elle tentera de l'embrasser au moment où les héros feront leur déclaration. Il a horriblement soif. Coincé au milieu de la rangée, il n'a aucun recours possible. S'il décide d'aller aux toilettes, Arielle le suivra en invoquant le même besoin. Elle a trop peur qu'il s'en aille. Elle n'a pas tort.

Sur l'écran, les amants sont blottis l'un contre l'autre. Arielle l'interpelle. François ? Il se tourne, elle se jette sur lui et l'embrasse avec la délicatesse d'un Lavomatic. Elle ne peut contenir sa fougue. Il y a des mois de frustration dans ce baiser-là. Elle se détache enfin. François reprend son souffle. Il lui manque l'essentiel, l'air, l'eau, la lumière. Il regarde discrètement sa montre. Encore vingt minutes. François maudit le réalisateur qui n'a pas souhaité une fin plus expéditive. Sur l'écran, les amants s'en donnent à cœur joie. Arielle ne lui laisse aucun répit. Elle le retient par le bras, elle refuse de quitter son siège avant la fin du générique.

L'ouvreuse ferme derrière eux. Ils se retrouvent sur un trottoir luisant d'une pluie récente. Arielle s'agrippe toujours à lui.

— Alors, qu'est-ce qu'on fait, mon chéri ?

— Je ne sais pas…

Chéri, elle a bien dit « chéri » ? François la dévisage avec pitié, l'embrasse sur le front et prononce distinctement ces trois mots : « Je suis désolé. » Arielle le fixe, interdite, et lui, sans crier gare, prend ses jambes à son cou. Il n'a jamais couru aussi vite. Les promeneurs s'écartent sur son passage parce qu'il est hilare et qu'il exécute des petits sauts de cabri tous les cent mètres. Il ne s'est pas retourné, craignant d'être poursuivi. Il compte sur l'effet de surprise. Arielle, tétanisée par la déception, n'a pas esquissé un mouvement.

Quand il atteint la station Franklin-Roosevelt, il ralentit sa course. Le quartier est truffé de flics, il ne tient pas à être pris pour un déséquilibré en vadrouille et coffré par mesure de précaution. Les temps sont à la psychose. Ce serait rageant, si près du but. Il prend la rue de Marignan, hors d'haleine, impatient de retrouver son canapé et sa bière au frais.

À la huitième canette, il n'a plus soif mais ne tient plus debout. Avant que l'ivresse ne le terrasse, il jette un œil à la page Facebook des Amis du 8e. Alma a mis une autre image, un portrait de Louise Brooks sur lequel on devine ses petits seins qui pointent à travers un pull mohair blanc. François like et s'autorise même ce commentaire : « On savait plaire, à cette époque. » Alma ne réagira pas, elle n'a toujours pas accepté de figurer parmi ses amis. François s'affale sur son lit.

Il se réveille avec un mal de crâne contre lequel la caféine est impuissante. La sonnerie de son téléphone portable rend la douleur plus aiguë. Qui peut lui en vouloir autant à une heure pareille ? C'est Stéphane, il est déjà midi. Arielle, avec la complicité du pack de bières, l'a littéralement assommé. François lui fait le récit de sa soirée désastreuse.

— Tu n'as pas fait ça, vieux ? Tu ne l'as pas abandonnée sur les Champs… comme ça, sans explications ?

— C'était plus fort que moi, je n'ai pas pu m'en empêcher. C'est quand elle m'a appelé « chéri », j'ai pété les plombs.

— Tu vas la rappeler pour t'excuser ?

— On n'a pas eu le temps d'échanger nos numéros de portable.

— Alors, tu fais quoi ?

— Je quitte l'application. Peut-être que je devrais retourner bosser au café.

— Ne dis pas de bêtises, François. Tu dois encore essayer.

— Je trouve ça vulgaire d'essayer de se vendre.

— On est toujours en train de se vendre, mec. Dès que tu prends la parole, tu te vends.

— Hier soir, j'ai eu l'impression d'être une marchandise.

— Tu parles comme une meuf.

— Une meuf qui court vite. Ça m'a sauvé.

François raccroche. Il a besoin de prendre l'air pollué des Champs-Élysées. Les touristes ont envahi les rues avoisinantes. Les seuls véritables habitants du quartier sont des gens riches, comme son ex-compagne, ou des gens âgés, comme cette femme boiteuse et farfelue qu'il voit régulièrement du côté de la rue Marbeuf. Elle porte des tenues incroyables, comme si elle jouait dans un opéra-bouffe et qu'elle était sortie de scène sans prendre le temps de se changer. Elle a des yeux très bleus, soulignés au mascara. Quelquefois, il croise un petit papy habillé en capitaine de marine. Il fait l'aumône devant les restaurants où les victimes de la mode achètent leur sandwich végan à prix d'or. Sans parler du retraité qui s'habille en chasseur, avec des guêtres et un chapeau tyrolien piqué d'une plume de paon. Qu'est-ce qu'ils ont, tous ces vieux, à se déguiser ? Peut-être que c'est-ce une manière inconsciente de refuser ce monde auquel ils n'ont plus le sentiment d'appartenir ? François en conclut qu'il renouvellera prochainement sa garde-robe.

Il marche en direction de la Concorde, en passant devant le majestueux Grand Palais. Il arrive aux Tuileries où il passe des après-midi entières avec son fils, il en connaît chaque recoin. Sa promenade le dégrise doucement.

De retour à l'appartement, François consulte la page Facebook des Amis du 8e sans se faire d'illusions. Il y a du nouveau, pourtant. Alma s'est manifestée. Elle a apprécié le commentaire qu'il a laissé sur la photo de Louise Brooks et, surtout, elle a accepté son invitation. Ils sont désormais « amis ». Sans pudeur et sans attendre, il s'introduit dans son profil, espérant y trouver des indices. Son premier réflexe est d'examiner ses photos. Il est émerveillé, et déçu, par les dizaines de portraits qu'elle a rassemblés, Joséphine Baker, Liza Minelli, Louise Brooks, Lova Moore, Dita Von Teese, aussi belles les unes que les autres, et pour la plupart en tenue légère ou carrément déshabillées. Alma n'apparaît jamais, elle a dissimulé son identité sous ces célébrités. Sa page révèle qu'elle aime la danse, le cabaret et le music-hall. Elle se révolte contre la censure faite aux tétons sur les réseaux sociaux et, non sans humour, proclame leur libération prochaine. Elle s'insurge contre la délation encouragée par le mouvement féministe. Elle fustige les hypocrisies de tous bords. Elle s'enthousiasme pour des artistes incompris. Elle a une grande gueule. Elle lui plaît déjà.

L'imagination de François s'emballe. Alma doit avoir la trentaine, plutôt grande, les pommettes saillantes et le regard franc. Elle est libre, provocatrice. Ce n'est pas une fille délurée mais son désir est impérieux, il ne supporte pas d'être contrarié. Elle est maladivement curieuse. Elle s'aventure, elle bouscule, elle a perdu les complexes d'une génération dressée à tout respecter et donc à ne plus avoir d'avis critiques. Elle prend souvent position, au risque de se tromper. Elle ne craint pas le scandale. Elle emprunte des chemins de traverse. Elle est excessive et passionnée, elle en exaspère plus d'un. Elle ne transige pas devant l'amour. L'amour est supérieur aux lois, aux religions, à toute logique. En son nom, elle a fait pas mal de conneries sans jamais les regretter. Mieux, elle les revendique. À ses côtés, la vie est une féerie, une fascinante plongée vers l'abîme. François s'éprend de cette femme à laquelle il associe tous ses fantasmes.

Il faut qu'il se calme. Alma n'est qu'une idée, un assemblage d'images. Peut-être qu'un algorithme ou qu'un plaisantin malintentionné la pilote. François prend une douche interminable, puis décide de s'abrutir jusqu'au soir en avalant l'intégralité de la première saison d'une série dont Stéphane est fan. Il en oublie de dîner.

Vers minuit, il s'écroule de fatigue, il n'est pas encore remis de sa soirée calamiteuse avec Arielle. Avant de se coucher, il fait une dernière ascension du mur de la page Facebook des Amis du 8e. Alma vient d'y laisser un message : « J'ai un meuble dont je ne veux plus, est-ce que quelqu'un peut m'en débarrasser ? » François fonce, fait savoir qu'il est volontaire. Alma lui donne rendez-vous pour le lendemain, à 18 heures, au numéro 5 de la rue Marbeuf. Il en perd le sommeil. Il ne s'endort qu'à l'heure où Paris s'éveille.

Vers midi, la sonnerie de son téléphone le torture. Il s'apprête à engueuler Stéphane, quand il lit le nom de Cécile sur l'écran. Il lui répond avec l'élocution d'un patient sorti d'une anesthésie générale :

— Allô... oui, tu veux quoi ?

— Est-ce que je peux te laisser Gabin ? Genre, maintenant. Je passe le reprendre avant le dîner.

— Non.

— Comment ça, non ?

François prend conscience que c'est la première fois en quinze ans de vie plus ou moins commune qu'il lui oppose un véto.

— J'ai des trucs à faire... J'ai un rendez-vous à 18 heures... Ce serait compliqué.

— De quel rendez-vous tu me parles ?

— Un rendez-vous avec Alma.

— C'est qui, Alma ?

La voix de Cécile est tendue. Il sent poindre la colère, l'embrasement est proche. François a commis une erreur. Il ne devrait jamais laisser son téléphone portable allumé quand il n'est pas en état de tenir une conversation. Il n'a aucun compte à lui rendre, et pourtant la culpabilité et l'inquiétude lui nouent les tripes.

— C'est quelqu'un à qui je dois rendre un service.

— On fait comment, alors ?

— J'en sais rien, Cécile. Amène-moi Gab quand tu veux...

Elle lui raccroche au nez.

Un quart d'heure plus tard, elle martyrise la sonnette de l'appartement. Il lui ouvre la porte en peignoir froissé et caleçon douteux. Elle pousse Gabin entre ses bras ballants.

Elle part en trombe, comme si elle abandonnait un chien sur une aire d'autoroute.

Gabin a faim. François lui confectionne un classique de la grande gastronomie française, du jambon blanc avec des coquillettes au beurre. Ils mangent en silence dans la cuisine au design italien que Cécile avait voulue blanche et minimaliste. On se croirait à la morgue, avait commenté François, du temps où il se permettait encore de la taquiner sans craindre ses représailles.

Le temps est magnifique. François propose à son fils d'aller jouer au foot dans le jardin des Tuileries. Gabin enfile le maillot du PSG offert par les parents de Cécile, celui avec le nom d'une star pleurnicharde floqué dans le dos. Gabin apprécie les parents de Cécile parce qu'ils le pourrissent de cadeaux. Ses grands-parents sont des vieilles personnes maladroites qu'il entrevoit à Noël et le jour de son anniversaire. François aide son fils à nouer les lacets de ses chaussures. Il est fin prêt. Le maillot du PSG lui rappelle Arielle. Arielle et sa tonne de maquillage. Arielle et sa passion pour le mélo et la pizza quatre fromages. Un mauvais souvenir. Ce soir, il a rendez-vous avec Alma.

Gabin a retrouvé ses copains des Tuileries. La partie de football est engagée. François s'assied sur un banc où la mère de l'un des gosses le rejoint. Elle a la quarantaine bien tapée et le drague outrageusement. Il est incapable de lui donner le change. Sur son smartphone, il reluque sans cesse la page Facebook des Amis du 8e pour vérifier si Alma n'y a pas laissé d'autres messages. Il est d'une grande goujaterie, il s'en excuse en invoquant sa pauvre maman, souffrante, dont il attend d'imminentes nouvelles. Il s'en veut d'avoir déterré sa mère sous cet odieux prétexte. Elle ne s'en scandaliserait pas, elle a toujours été favorable aux mensonges blancs. François est ailleurs. Il ne réalise pas qu'on lui parle. Le ballon qu'il reçoit en pleine figure le sort de sa rêverie. La femme lui demande s'il est blessé. Il la remercie et donne le signal du départ à Gabin. Il est 17 heures. Il est clair que Cécile ne reprendra pas Gabin avant le dîner.

Pour la première fois depuis le divorce, François laissera son fils seul à la maison. Il est assez grand maintenant. D'ailleurs, quand il justifie son absence par une course urgente, Gabin réagit par un grognement distant. Le film des *Minions* qu'il regarde avec des yeux ahuris sur le grand écran plat y est pour quelque chose.

L'appartement d'Alma est à deux rues de chez lui, il n'aura pas beaucoup de retard mais, par correction, il envoie un message d'excuse. Elle habite un splendide immeuble haussmannien dont il admire les bow-windows des étages supérieurs. Après avoir composé le code à six chiffres, François s'engage dans un hall agencé à la manière d'une antichambre de pavillon royal. Des alcôves creusées dans les murs abritent des figures allégoriques de la Grèce antique. Dans le miroir à parcloses en bois doré qui trône sur le pan de mur central, il constate que son accoutrement détonne. Et puis merde, il n'est pas venu pour prendre le thé, mais pour déménager un encombrant.

Il cherche en vain l'ascenseur, se rabat sur le large escalier de marbre blanc recouvert d'un tapis rouge calé par des réglettes en laiton. Son cœur bat un peu plus fort à chaque étage.

Arrivé au cinquième, il est pris d'un essoufflement inhabituel qu'il met sur le compte de l'émotion. Il appuie trois fois, brièvement, sur la sonnette. La porte en bois vernis s'ouvre et dans son embrasure apparaît une dame âgée qui l'invite à ne pas rester sur le palier.

— Euh, bonsoir, je cherche Alma. Elle habite ici ?

— C'est moi, Alma, mon joli ! Qu'attends-tu ? Ne reste pas planté là !

Elle referme la porte derrière lui, saisit sa canne et crapahute jusqu'au salon submergé par les meubles et les bibelots, au centre un canapé et deux fauteuils bergère délimitent un îlot précaire. Elle l'invite à y prendre place.

— Ah, tu ne t'attendais pas à ça !

— Pourquoi dites-vous cela ?

— Ne me raconte pas de sornettes. Pas à moi. Avec toutes les photos de femmes à poil que je poste sur Facebook, tu t'es dit que tu allais tomber sur une jeunette. Vas-y mon joli, quel âge tu me donnais, d'après les photos ?

— Dans les cinquante…

Alma a frappé un grand coup sur le parquet avec sa canne. François a fait un bond.

— J'ai dit, pas de mensonges !

— Trente…

Alma éclate de rire, se lève avec difficulté, s'approche de François et lui tapote l'épaule.

— Si tu avais vu ta tête quand tu as compris que j'étais Alma !

Alors qu'elle se moque de lui, François l'observe avec plus d'attention. Il l'a déjà croisée quelque part. Ça y est, ça lui revient. La vieille qui claudique un peu, ces yeux très bleus cernés de noir, le maquillage, les tenues d'opérette... Incroyable.

— Qu'est-ce qui t'arrive, on dirait que tu viens de voir la Sainte Vierge ! Ce n'est pas moi... j'ai les preuves.

Et la voilà qui repart dans un éclat de rire, aussi volubile que le précédent.

— Moi aussi, j'habite le quartier. Je vous reconnais.

— Je sais bien que tu habites le quartier.

— Comment ça ?

— J'ai fait ma petite enquête. Tu crois que j'aurais pris le risque de faire monter chez moi un illustre inconnu ? Avec le nombre de psychopathes qui courent les rues !

— Alors vous savez tout de moi, s'amuse François.

— Seulement ce que tu laisses sur ton profil Facebook, mon joli. Tu n'es pas discret.

— Moi, je ne me planque pas derrière des portraits de stars de cinéma.

— Tu ne manques pas de repartie. J'aime ça. On va faire une bonne équipe, toi et moi.

François la regarde de travers. Qu'est-ce qu'elle insinue avec sa bonne équipe ? Elle ne lui laisse pas le temps de méditer sa remarque.

— Viens à la cuisine, je te fais un café.

Ils traversent des pièces aussi lourdement chargées que le salon. Les objets se chevauchent et se soutiennent dans un équilibre incertain. François n'est pas antiquaire mais il devine des babioles de grande valeur dans ce bric-à-brac. Il manque de trébucher sur un cale-pied, se rattrape comme il peut à un tambour avant de tomber nez à nez avec un sabre d'apparat, la poignée en ivoire est une œuvre d'art. Un hibou empaillé et le crâne d'un petit mammifère le toisent du haut de leur promontoire. Si cette pièce n'était pas la proie de l'anarchie, elle aurait tout d'un cabinet de curiosités.

Il entend la voix d'Alma depuis le fond de la cuisine : « Ne fais pas attention au désordre, essaye quand même de rester vivant, j'ai besoin de toi. » Et la voilà qui se remet à glousser. Après avoir franchi une imposante muraille de livres anciens, il enjambe un grand vase en céramique, une cage à oiseau de style oriental et un ballon de football pelé. La cuisine est tout aussi bordélique. Sur la table, cinq cafetières italiennes de couleur différente sont alignées.

— Je t'ai attribué la rouge. Ça te convient ?

— J'adore le rouge.

— Tant mieux, parce que tu n'avais pas le choix. Les autres cafetières sont prises. La verte c'est mon Paulot, la jaune ma Jeannette, la bleue ma Stella et la noire, ce couillon d'Albert.

— Ce sont vos amis ?

— Des intimes.

François se demande dans quoi il s'est embarqué. Lui qui venait juste pour récupérer un meuble. « Toi qui brûlais d'impatience de rencontrer Alma », réplique sa mauvaise conscience. Alma lui sert un café serré dans une petite tasse en aluminium.

— Tu prends du sucre avec ton café ?

— Jamais.

— J'aime les puristes. Je suppose que tu ne mets pas de glaçons dans ton whisky ?

— Dans quel but ?

— Tu me plais, mon joli. Allez, ce n'est pas le tout mais tu as du boulot. Suis-moi.

Ils arrivent dans une autre pièce, un débarras de luxe, un capharnaüm où les objets se sont entassés au fil des années et dont la date d'acquisition se déduit de la couche de poussière qui les recouvre. Sur le mur de droite est affichée la photo gigantesque d'une rangée de sept paires de fesses uniquement revêtues d'une lumière suggestive. François retrouve le style des photos qu'Alma poste sur Facebook. Il n'ose pas lui demander pourquoi elle s'intéresse au burlesque. Ça le met mal à l'aise. Et si elle n'était qu'une vieille nymphomane en quête de sensations fortes ? Son imagination débordante fait de lui le figurant d'un film expressionniste allemand. Dans la scène d'ouverture, il est pris au piège d'une toile tissée par une affreuse mygale dont la tête est le portrait craché d'Alma. Des mandibules poilues avec quatre yeux ronds et bleus.

— Allez, mon joli, on va chercher le monstre.

Alma désigne à François un petit meuble, rudimentaire et compact, qui a l'aspect d'un coffre-fort. Sûr de son fait, François le prend à bras-le-corps pour le soulever. Il renonce après trois tentatives.

— Ça pèse un âne mort, ce truc !

— Je ne t'aurais pas dérangé si j'avais pu le déplacer moi-même.

— Qu'est-ce qu'il y a là-dedans ?

— Rien. Il est fait d'un bois d'Afrique du Sud, le plus dense du monde. Et puis il doit y avoir un peu de plomb aussi…

— Alma, je n'y arriverai pas tout seul.

— C'est embêtant.

— Ou alors, je reviendrai avec un diable.

— Voilà qui me plaît davantage. Allons fêter ça au salon.

Alma ouvre les portes d'une armoire imposante qu'elle appelle sa « cage aux vérités ». Elle contient tout un arsenal d'alcools et de spiritueux. Il doit bien y avoir une centaine de bouteilles là-dedans.

— T'as vu ça ? Il y a de quoi tenir un siège ! Je te rassure, ce n'est pas que pour mon usage personnel. Mes amis ont une bonne descente. Tu ne dois pas être en reste, monsieur le barman.

— Je n'étais que serveur dans ce café, rectifie François qui préfère ne pas savoir d'où Alma tient ses informations.

— Qu'est-ce que je te sers ?

— Un whisky, japonais de préférence.

Sans la moindre hésitation, Alma sort de sa commode un de ses trésors, un Karuizawa de 1960. François en reste bouche bée.

— C'est un cadeau de Lucien… Un admirateur fortuné.

— Vous ne semblez pas être dans le besoin, vous non plus.

Alma fait la grimace. La remarque de François l'a blessée.

— L'argent, c'est vulgaire. C'est pour cela que je le dépense, pour qu'il devienne inoffensif. Je déteste les spéculateurs, les épargnants, les gens qui thésaurisent. Moi, je claque, je matérialise ce damné pognon. Et c'est comme ça que je me retrouve avec cinq cafetières dans ma cuisine…

— Pourquoi vous me faites confiance, Alma ? Je pourrais vous cambrioler.

— Je t'ai dit que je m'étais renseignée. Tu n'as pas de problèmes d'argent. Je sais pourquoi tu es venu me voir au premier chef.

— Pourquoi ?

— Tu es venu avec l'idée de me sauter. Tu ne t'attendais pas à tomber sur une vieille dame de soixante-dix ans, voilà tout.

François rougit jusqu'aux oreilles.

— Nous, les vieux, on se fait arnaquer par tout le monde. Par les plombiers, les électriciens, les banquiers, les assureurs, les livreurs en tous genres… Dans le quartier, c'est encore pire. Ils nous croient non seulement séniles, mais richissimes, alors ils en profitent. On reste sur nos gardes. Tu m'as l'air d'un bon petit gars. Tu reviendras avec le diable ?

— C'est promis, Alma.

Le lendemain, François a texté à Alma qu'il passerait en fin de matinée. Elle a répondu par un déconcertant « youhou ! ».

Gêné par le diable, François souffre dans les escaliers. Il s'attend à en baver encore plus quand il les descendra avec le meuble qui pèse sa tonne ressentie. Alma l'accueille dans un accoutrement de carnaval aux couleurs improbables, avec des paillettes des pieds à la tête.

— *Vade retro, Satanas !*

— Très drôle, Alma. Je ne vous dérange pas ?

— Entre, mon joli.

La tâche est plus compliquée que prévu. Le meuble dépasse de la base du diable. Il faudrait le fixer avec des sangles. Alma n'en dispose pas. Elle revient avec un lot de ceintures en cuir qui n'ont jamais servi mais qu'elle a conservées, au cas où. Chez Alma, l'expression « au cas où » cautionne toutes les accumulations. François harnache le meuble comme il peut. Son ouvrage est bancal, promis à la chute.

— Alma, il faudrait le protéger. C'est un meuble de valeur. Il attisera les convoitises. Vous n'avez rien pour le recouvrir ? Un genre de bâche, ou une couverture ?

— Je vais regarder ce que j'ai dans mon fatras.

Elle revient avec une couverture brodée « Hermès » qui laisse François pantois.

— Alma, il faut rester discret. Vous en rencontrez souvent des gens qui trimballent des colis précieux empaquetés dans des couvertures de luxe ?

— Il ne t'arrivera rien, tu es un grand garçon, quand même !

Elle n'a pas tort. Avec sa taille dissuasive, François n'est pas importuné, et quand c'est le cas il refuse le combat, préférant l'humiliation aux complications.

Alma lui tend un billet de cent euros pour le dérangement.

— Je ne peux pas accepter.

— Tu n'as pas d'alternative.

— Sinon ?

— Je te dénonce à la police. Le jeune homme était grand, monsieur l'agent, il habite le quartier, il a abusé de ma gentillesse pour me violer, pardon, me voler.

— Alma, vous êtes machiavélique. Bon, je l'emmène où, ce meuble ?

— Chez un ami à moi, un antiquaire de l'avenue Matignon, celui qui a la vitrine avec les statues africaines. Je ne sais pas ce qu'il leur trouve. Moi, elles m'ennuient. Enfin… Tu lui dis que tu viens de ma part, il est prévenu.

— D'accord.

— Passe prendre le café en fin d'après-midi.

— Je ne sais pas si je pourrai, je dois m'occuper de mon fils qui sera rentré de l'école.

— Comment s'appelle-t-il ?

— Gab.

— Comme Gabriel ?

— Non, comme Gabin.

— Amène le gamin Gabin si tu veux. On s'amusera bien.

Comme prévu, la descente des escaliers s'avère compliquée. Il a dû progresser marche après marche, voûté sous le diable, risquant à chaque pas d'être emporté par le poids du chargement.

Le trajet jusqu'à l'avenue Matignon est une promenade de santé, par comparaison. La couverture Hermès n'est pas passée inaperçue. Plus que d'hypothétiques délinquants, c'est une autre petite vieille, apprêtée comme si elle allait au mariage de sa fille unique, qui s'est retournée sur lui. Elle l'a longtemps suivi du regard et François a cru qu'elle le dénoncerait au commissariat du rond-point des Champs-Élysées.

L'antiquaire qui sort de sa boutique pour lui porter secours a le visage hâlé par les croisières de luxe. Le peu de cheveux qui lui reste forme une houppette ridicule sur son crâne. Il ressemble aux statuettes primitives de sa vitrine.

— Bonjour François, comment se porte cette chère Alma ?

— Comme si elle avait vingt ans.

— Ah, si tu l'avais connue à cet âge !

— Je n'ai pas eu cette chance.

— Tu en as une autre. Tiens, c'est pour toi.

L'antiquaire lui remet une enveloppe.

— Il y a trois mille euros à l'intérieur. C'est le produit de la vente du meuble. Il te revient.

— En l'honneur de quoi ? bredouille François.

— De la volonté d'Alma. Je te conseille de ne pas trop la discuter.

— Quand même… Ça fait beaucoup d'argent.

— Si tu veux lui faire plaisir, achète-lui un bouquet de roses écarlates, ça lui rappellera sa jeunesse.

L'antiquaire affiche un sourire entendu. François est tenté de lui soutirer des informations mais il ne le connaît pas suffisamment pour solliciter ses confidences.

François attend Gabin à la sortie de l'école. Il éprouve toujours la même joie à le voir surgir de la cohue. Ils ont appris à mieux se comprendre, à bâtir une complicité d'hommes. Cécile n'a jamais été un obstacle à leur rapprochement mais elle tenait un rôle important, celui du recours ultime. Même imparfaite, elle était tout de même sa mère. Désormais, c'est François le recours ultime. Quand quelque chose le préoccupe, c'est à lui que Gas vient en parler. Du coup, son père se sent investi d'une responsabilité plus grande, avec son corollaire, la peur de ne pas être à la hauteur.

François annonce à Gabin qu'il a une petite course à faire et qu'il le laissera seul à la maison pour quelques heures. « Tu fais beaucoup de courses en ce moment », lui dit son fils. S'il est trop innocent pour que sa remarque puisse être empreinte de malice, elle ne laisse pas son père indifférent. Elle avait l'accent du reproche.

En remontant les escaliers du 5 rue Marbeuf, François sourit intérieurement. Il ne va pas se mentir, il est heureux de retrouver cette infirme un peu fantasque, bordélique, généreuse à en être suspecte, mais terriblement attachante. Fidèle aux recommandations de l'antiquaire, il a apporté un bouquet de roses rouges qu'il dissimule derrière son dos.

Alma tarde à lui ouvrir. François s'en inquiète. On ne sait jamais avec les anciens, ils sont toujours à la merci d'une défaillance.

— J'étais à l'autre bout de l'appartement et je ne trouvais plus ma canne.

— Elle ne vous quitte jamais, cette canne.

— Elle est unique en son genre.

— Si vous le dites.

Alma est habillée sobrement, avec un jean délavé et un pull violet dont l'échancrure audacieuse laisse apparaître un début de poitrine plissée par le temps.

— Qu'est-ce que tu caches ?

François lui tend le bouquet. Le visage d'Alma s'illumine.

— Tout s'est bien passé chez l'antiquaire ?

— Justement, je voulais vous remercier…

— Hop, hop, hop, ne dis plus rien. Tu n'as oublié personne, par hasard ? Où est le gamin Gabin ?

— Il est encore petit, vous savez.

— Des excuses. Tu te méfies de la sorcière Alma ! Ce n'est pas grave, il viendra me voir la prochaine fois. Je te propose un verre ? Qu'est-ce que je te prends dans ma cage aux vérités ?

— Une pure vérité.

— Tiens, j'ai ce qu'il te faut.

Sans sourciller, Alma saisit une bouteille en cristal de Baccarat ouvragé qui sert d'écrin à un précieux cognac. Elle n'obtient pas la réaction espérée. François ne bronche pas.

— Ça ne te plaît pas ? Tu sais ce que c'est, au moins ?

— Hélas. Les parents de mon ex m'en parlaient souvent, de celui-là.

— Allez, raconte-moi.

— Raconter quoi ?

— Ton ex.

François hésite, mais il n'y a plus d'esquive possible. Les grands yeux bleus d'Alma, ourlés de noir, sont plongés dans son regard, y cherchent des indices, des points d'appui. Magnétiques. Ça lui fait du bien de parler à une femme de cette trempe. Il aime bien discuter avec son pote Stéphane, mais Stéphane est un mec, avec des raisonnements et des réflexions de mec. Il reste à la surface des choses.

— Depuis combien de temps êtes-vous séparés ?

— Quelques mois.

— C'est elle qui t'a quitté ?

— Oui.

— Pourquoi ?

— Elle s'est lassée de notre couple. De moi, pour être sincère. C'est… comme une suite de renoncements auxquels chacun s'est habitué et qui s'est peu à peu transformée en indifférence.

— Tu souffres ?

— De la solitude, oui. C'est compliqué de retrouver quelqu'un.

— Au point d'aller chasser les vieilles dames.

— Je ne savais pas qui vous étiez…

— J'ai bien compris ! Je te charrie. Et Gabin, comment il réagit ?

— Bien, pour l'instant. Je m'occupais beaucoup de lui avant la séparation. J'ai arrêté de travailler à sa naissance. Il n'a pas trop vu le changement.

— Méfie-toi. Sous les apparences…

François n'apprécie guère son avertissement. Quelle légitimité a-t-elle pour lui prodiguer ses conseils ? Pour donner un avis sur l'éducation des enfants, il faut en avoir élevé. C'est un sujet sensible qui ne se résume pas à des théories. Ça lui rappelle les grandes tirades de Cécile, inspirées des lectures de Dolto à laquelle François donnait crédit parce qu'elle avait eu un fils. Et pas n'importe lequel ! Un chanteur partouzard qui avait eu la délicatesse de camoufler ses textes salaces à une époque où on ne s'embarrassait pas de la morale publique. Sur la défensive, François l'apostrophe sur un ton qu'il regrette aussitôt.

— Pourquoi dites-vous cela ? Vous avez des enfants, vous ?

— Ce n'était pas envisageable.

La voix d'Alma est posée mais ses yeux ont perdu leur éclat.

— Pourquoi ?

— Mon métier me l'interdisait.

Courtisane, call-girl… des occupations lui viennent à l'esprit, chargées de sous-entendus, avant d'autres, tout aussi plausibles, comme artiste, sportive, femme d'affaires ou d'État. Il met ses a priori machistes sur le compte de son exaspération.

— Quel métier exactement ?

— Tu n'as pas deviné ?

François regarde autour de lui, hésite, s'égare dans le foutoir organisé qu'Alma appelle décoration. Elle perd patience et l'entraîne à sa suite dans la pièce d'à côté, là où se trouve la grande photo avec les fesses parées de lumière.

— Alors ?

— Photographe ? Vous avez couvert les concerts, les spectacles… vous avez travaillé dans le monde de la nuit. C'est ça ?

— Si loin, si proche… Des filles nues, le cabaret… Ça ne te dit rien ? Tu habites pourtant le quartier.

— Vous dansiez au Lido !

— Pas le Lido, mon joli, le Crazy Horse ! Tu vois le troisième cul en partant de la droite ? C'est moi, Alma Furiosa !

François n'a pu retenir son regard, descendu rapidement sur le jean d'Alma, décidé à comparer les anatomies. Alma s'y attendait. Elle se retourne, soulève son pull et lui présente un postérieur moins callipyge que dans sa jeunesse, c'est sûr, mais rudement bien galbé.

— Pas mal pour une vieille, n'est-ce pas ?

— Vous avez dansé au Crazy Horse ?

— Je te raconterai une autre fois, mon joli. Nous avons un truc à faire. Le bricolage, tu connais ?

— Ouais.

— Il y a une ampoule à changer dans ma chambre et un robinet à serrer dans ma salle de bains.

En un quart d'heure, c'est plié. François réalise que pour des personnes âgées, aussi fortunées soient-elles, une lampe qui ne s'allume plus ou un robinet qui fuit vire à la catastrophe. Alma le remercie, une enveloppe à la main.

— Tiens, mon joli, c'est pour le dérangement.
— Alma, non, déjà ce matin…
— Tout travail mérite salaire.
— Je vous ai juste rendu service.
— On ne va pas se disputer ?
À contrecœur, François accepte l'enveloppe.
— Ça te dirait qu'on aille se balader du côté du Trocadéro, samedi prochain ?
— Euh… Oui, bien sûr.
— Tu emmènes Gabin, d'accord ?
— Entendu, Alma. On passe vous chercher vers quelle heure ?
— Vers 9 heures ?
— Ça ira.
Ça ne va pas du tout. Ils ne se lèvent jamais aussi tôt le samedi. Il faudra qu'il soit très persuasif avec Gabin.

François aime l'expression d'Alma quand elle leur ouvre la porte. Elle a des yeux d'enfant, rieurs, curieux, avec un soupçon d'appréhension.
— Alors, c'est toi Gabin ?
— Oui, madame.
— Tu es un garçon poli. C'est bien.
Gabin est stupéfait par ce qu'il découvre au salon. Il s'émerveille devant les animaux empaillés, les armes de collection, la maquette d'un navire de guerre toutes voiles et tous canons dehors, la montgolfière miniature suspendue au plafond, le squelette vêtu d'un costume de clown et le terrifiant scaphandrier dont le visage, derrière la vitre du

casque, a été remplacé par un poisson-globe. C'est comme un magasin de jouets, mais pour les grands.

— Tu peux te promener dans les autres pièces mais tu ne touches à rien, d'accord ? Il y a des objets avec lesquels tu pourrais te blesser. Si tu veux les prendre, tu demandes à tante Alma.

Elle a dit tante Alma sans réfléchir mais le sourire de François vaut pour un assentiment.

— Désolé, mamie Alma ne me plaisait pas, à part la sonorité.

— Vous êtes trop jeune et trop coquette pour une mamie.

— Charmeur, va ! Ton fils, tu crois qu'il m'adoptera ?

— Tante Alma ! fait une petite voix au bout de l'appartement.

— Vous avez votre réponse.

Alma est aux anges. Elle clopine jusqu'à Gabin, en arrêt devant un vieux mécanisme de bois verni, un immense circuit à billes qu'elle s'empresse d'actionner pour lui. François les a rejoints.

— Et moi qui croyais qu'il ne s'intéressait qu'aux écrans.

— Tu me le confies quand tu veux.

— Je m'excuse pour l'autre jour… Ma remarque sur les enfants n'était pas des plus subtiles.

— Ne t'excuse pas. Tu avais raison…

Gabin s'est approché de la maquette de bateau. Il demande à Alma s'il peut la toucher.

— Je sais ce que nous allons faire au Trocadéro, triomphe Alma.

— La tour Eiffel ? suggère François.

— Tu verras.

Alma refuse de prendre le taxi. Elle veut prouver que, moyennant des haltes régulières, elle se déplace encore sans l'aide de quiconque. Mais François a l'intuition que ce sursaut d'orgueil n'est pas la raison de son entêtement. Avec Gabin, ils forment une équipée insolite. Un enfant, un grand dadais et une vieille impotente. Ils remontent la rue Marbeuf jusqu'à l'avenue George-V et son flux continu de voitures aspiré par la Seine. Alma accélère, comme si une force supérieure la poussait de l'avant. Et soudain, elle s'immobilise sur le tapis rouge qui recouvre le trottoir. François reconnaît la façade scintillante et la bouche pulpeuse géante que Gabin s'apprêtait à chevaucher avant qu'Alma ne l'en dissuade. Le Crazy Horse.

— Tu vas te faire gronder par le vigile, Gabin.

— C'est donc là que vous avez dansé.

— Oui, mon joli. Ça ne paye pas de mine, vu de l'extérieur, mais je te promets qu'à l'intérieur c'est un autre monde. Tu n'y as jamais mis les pieds ?

— Jamais. J'ai toujours pensé que c'était une attraction pour les touristes, comme monter au dernier étage de la tour Eiffel ou se faire tirer le portrait place du Tertre.

— Tu ne confondrais pas avec le Moulin Rouge, par hasard ?

— C'est un peu pareil, non ?

— Tu me provoques ?

Alma ne plaisante plus. François s'en aperçoit, et désamorce sa colère par une boutade.

— Je vous fais marcher. Je n'ai aucune expérience des cabarets parisiens.

— Nous y remédierons.

Ils prennent le métro à la station Alma-Marceau.

— Tante Alma, le métro s'appelle comme toi, s'écrie Gabin, content de sa trouvaille.

— Tu ne crois pas si bien dire, mon petit.

Ils descendent à Trocadéro. Gabin, déçu d'être arrivé à destination, sort de la rame en bougonnant. Alma s'empresse de le réconforter.

— Elle t'a plu, la grande maquette de bateau que j'ai dans mon appartement ? Celle avec les petits canons.

— Oui, répond Gabin timidement.

— Eh bien, nous allons en voir de plus grandes encore !

— Le musée de la Marine, au palais de Chaillot ? devine François.

— Puisque tu n'apprécies pas notre bonne vieille tour Eiffel.

— Non, mais…

— Trop tard. Tu l'as déjà emmené au musée de la Marine ?

— Non, nous sommes allés à celui des Invalides. Il en garde un bon souvenir.

— Alors, il va adorer. Allez, moussaillons, à l'abordage !

Alma ne s'est pas trompée. Gabin ne sait plus où donner de la tête. Il court d'un navire à l'autre et pose des milliards de questions auxquelles ils ne savent pas toujours répondre. La visite est harassante. Ils ne suivent pas le rythme de l'enfant, qui les devance d'une salle ou deux mais revient systématiquement sur ses pas pour vérifier qu'ils sont encore là. Les douleurs dans sa jambe obligent Alma à faire une pause sur l'une des banquettes à la disposition des visiteurs. Ils autorisent Gabin à s'aventurer un peu plus loin et lui donnent la consigne de les attendre à l'accueil s'il se perdait. Le gamin exulte, il part explorer sans se retourner. Quelques instants plus tard, un vieil homme, à la démarche plutôt alerte, salue Alma d'un clin d'œil appuyé.

— Vous le connaissez ?

— Oui, il a été mon amant l'année dernière.

François est médusé. Il regarde le petit vieux s'éloigner.

— Ça t'en bouche un coin, mon joli, hein ?

— Non, mais…

— Parce que tu crois que mon cul ne me sert qu'à m'asseoir !

— Je n'ai pas dit ça. Ne criez pas comme ça, Alma.

Une famille bien proprette, toute de bleu marine vêtue, s'est retournée d'un bloc sur Alma avec un air réprobateur qui la comble de bonheur.

— Les gens s'imaginent que les vieux ne baisent plus. Soit parce que ça les dégoûte, soit parce qu'ils nous en croient physiquement incapables.

— Vous avez quelqu'un dans votre vie, Alma ?

— J'ai toujours quelqu'un dans ma vie. Tu sais où je les trouve, mes julots ?

— Non.

— Au rayon outillage du BHV. S'ils bricolent, c'est qu'ils ne sont pas décatis, qu'ils sont encore habiles de leurs mains. Ils seront meilleurs dans les préliminaires. À partir d'un certain âge, la machine a du mal à se mettre en route…

— Euh… je comprends…

— Avant, j'allais les draguer à la cantine du cinquième étage, mais je tombais sur des alcoolos qui me vidaient ma cage aux vérités et s'assoupissaient dans le salon sans m'avoir touchée. Je suis redescendue au rayon bricolage.

— Si j'étais à leur place, vous m'intimideriez, Alma.

— Ce n'est pas le cas. Tu sais pourquoi ?

— Non.

— Ma canne. Ils me croient vulnérable. Ça les rassure. Et pourtant, s'ils savaient de quoi elle est capable !

— Et celui qui vient de vous dire bonjour, il était à quel rayon ?

— Oh, lui, c'est différent. C'est mon ami antiquaire qui me l'a présenté. Un type charmant mais rasoir, passionné de stratégie militaire. J'en ai eu soupé du Clausewitz et du Napoléon Bonaparte. Ses cours magistraux m'assommaient. Un jour, je lui ai expliqué que ma politesse n'excluait pas une forme de lassitude et qu'en gros, j'en avais ras le bol de ses récits de bataille. Je lui ai servi son Waterloo.

— Vous avez eu beaucoup d'hommes dans votre vie, Alma ?

— Je ne suis pas la femme fatale que tu imagines, François. Le Crazy Horse alimente les fantasmes. On voit les danseuses comme des espèces de Mata Hari, des intrigantes, des filles légères qui minaudent chez les milliardaires. Elles existent, je te l'accorde, mais tout est plus compliqué qu'il n'y paraît. La question, mon joli, c'est plutôt combien d'hommes ont partagé ma vie. Ils se comptent sur les doigts d'une main.

Gabin est venu leur raconter ce qu'il avait vu. Alma le relance autant qu'elle peut. Une fois son récit terminé, Gabin repart à l'attaque, comme il dit.

Alma n'élude pas la question de François. Le premier homme à partager sa vie était un étudiant en lettres, un apprenti écrivain qu'elle avait rencontré deux semaines après son entrée au Crazy Horse. Ils buvaient leur café à des tables voisines dans la brasserie où Alma se détendait avant sa première représentation de la soirée, celle de 20 h 30. Il fumait compulsivement des cigarettes, griffonnait sur une feuille de papier grise comme son teint. À Saint-Germain-des-Prés, il aurait fait une parfaite caricature de l'auteur en quête d'inspiration. Il l'avait intriguée, malgré son regard triste et ses dents jaunies par la nicotine. Très vite, ils s'étaient installés ensemble dans le petit appartement qu'Alma louait du côté de République, à deux pas de la ligne 9 du métro. Elle gagnait correctement sa vie pour son âge. Lui, vivotait des subsides familiaux. Son premier manuscrit n'avait pas trouvé grâce auprès des éditeurs. Il avait entamé une dépression et menacé de se supprimer. Alma l'avait consolé, encouragé, protégé, au point d'en perdre le sourire et de risquer le renvoi. La direction artistique du Crazy Horse était pourtant très claire : « Si vos histoires d'amour vous ôtent l'envie de monter sur scène, vous êtes virée. » Alors elle avait pris ses distances.

Il s'était mis à boire. Un soir, elle l'avait retrouvé chez lui, vautré dans son vomi. Elle avait appelé le SAMU, qui l'avait ranimé avant de l'envoyer dans un centre de traitement des addictions. Leur relation n'y avait pas survécu. Entre deux coups de gueule, il lui reprochait son égoïsme, oubliant que sans elle il aurait fini dans le caniveau. Elle ne lui en voulait pas. Elle avait pour lui l'indulgence qu'on réserve aux âmes torturées dont on admire le talent.

Quelques années plus tard, il avait reçu le prix Goncourt pour un roman qui racontait leur histoire. Alma lui avait envoyé un mot de félicitations auquel il n'avait pas daigné répondre, jugeant qu'elle ne méritait plus de le fréquenter.

Il appartenait désormais à des sphères qui lui étaient étrangères. Un grand écrivain donc, mais un tout petit bonhomme. Alma avait juré qu'on ne l'y reprendrait plus et qu'elle réserverait ses faveurs à des hommes pour qui le centre du monde n'était pas leur nombril velu.

Le deuxième homme de sa vie était l'antithèse du premier, un joueur de basket-ball, un athlète rayonnant qu'elle avait connu à une soirée donnée par le propriétaire du Crazy Horse. Un sportif de haut niveau que son physique animal ne prédisposait pas à la tendresse avec laquelle il lui avait fait la cour. La belle et la bête, plaisantaient ses copines de la troupe en observant le basketteur à la manœuvre. Leur idylle avait duré cinq ans. Cinq ans de fêtes ininterrompues et de voyages dans les îles. Elle aimait sa désinvolture, sa décontraction, du genre à se présenter devant Dieu en peignoir le jour du Jugement dernier. Tranquille.

Ils roucoulaient. Ils avaient même fait la couverture d'un magazine people qui les présentait comme un couple atypique. Mais l'amour, c'est d'abord une histoire de synchronie. Tout avait dégénéré avec le transfert de son nouveau mec en Italie, et leurs épuisants allers-retours entre Bologne et Paris. Alma avait découvert que, de l'autre côté des Alpes, on aimait le basket. Sa rivale s'appelait Grazia et n'était pas disposée au partage. Alma en sortit profondément meurtrie. Le Crazy lui donna un an de congé sabbatique pour se refaire le moral, et la santé.

— Le Crazy est une grande famille, elle n'abandonne jamais ses enfants.

— Même quand vous n'y dansiez plus ?

— Ils m'ont reprise un an après ma rupture, jour pour jour.

— Qu'avez-vous fait pendant tout ce temps ?

— Rien d'original. Je suis retournée vivre chez mes parents, dans le sud-est de la France. J'ai tenté de me reconstruire en essayant tous les trucs possibles, yoga, psychothérapie, méditation, natation, balades en forêt, arts martiaux, céramique, bénévolat dans une prison pour femmes, séances d'hypnose, peinture, théâtre, jardinage... tout, je te dis. Si un pseudo-coach m'avait dit que le bowling était le remède à mon spleen, j'aurais tapé de la quille.

— Vous n'avez rencontré personne ?

— Des relations passagères, pour l'hygiène. Partant du principe que les hommes étaient la cause de ma dépression, je les ai d'abord évités. Et puis... Être une belle femme, c'est comme se déplacer avec un néon au-dessus de la tête qui clignote et qui dit « le désir, c'est ici ». J'ai cédé, quelquefois.

— Comment vous vous en êtes sortie ?

— Je suis tombée sur une émission de Drucker, à la télévision. Il avait invité la troupe du Crazy Horse. En voyant mes copines danser, j'avais les jambes qui me démangeaient. J'ai pris mon billet d'avion et je suis rentrée à Paris le surlendemain.

— Vous avez parlé d'un troisième homme.

— Jean, un gentleman. Quand je me suis gravement blessée et que j'ai dû mettre un terme à ma carrière, il est venu me voir à l'hôpital tous les jours. Il m'a eue à l'usure, le coquin. Son petit manège a duré dix mois, rééducation comprise. C'était un homme en vue à Paris, dirigeant d'un gros conglomérat industriel. Mais je te promets que je n'en savais rien au moment où il m'a fait la cour.

— Pourquoi me dites-vous cela ?

— Parce que sinon tu vas croire que je l'ai choisi pour son pognon…

— Je ne crois rien du tout, Alma. C'est lui qui a commencé, non ?

— Exactement ! Il adorait mes extravagances. Il était ravi de m'avoir à son bras dans les soirées mondaines.

— Vous l'avez donc épousé ?

— Eh oui, figure-toi.

— Vous l'aimiez ?

— Assez pour accepter d'emménager chez lui, dans l'appartement que tu connais, 5 rue Marbeuf. Il voyageait beaucoup, et il m'emmenait partout. Peu avant la retraite, il a eu des problèmes cardiaques. On a tout ralenti. Ça n'a pas suffi.

— Qu'est-ce qui n'a pas suffi ?

— Est-ce que le nom de Marguerite Steinhel te dit quelque chose ?

— Non.

— La jeune femme dont les gâteries ont fait succomber un président de la République française ?

— Félix Faure.

— En cela, oui, je suis une femme fatale. Mon Jean est mort entre mes reins. De là où il me regarde, je sais qu'il m'en est reconnaissant. Il redoutait l'agonie d'une longue maladie. Il répétait qu'il voulait une fin glorieuse et fulgurante.

— Vous l'avez exaucé.

Gabin surgit devant eux, très agité, faisant des moulinets avec ses bras. À toute allure, il récite les noms des bateaux qu'il a vus. À la boutique du musée, Alma lui achète une panoplie de pirate, une maquette de la réplique du *Royal Louis* et un livre illustré retraçant l'épopée des skippers de l'ère moderne.

Ils redescendent à la station Alma-Marceau. Alma insiste pour qu'ils fassent une nouvelle étape au Crazy Horse. Ils poussent les portes du cabaret. Dans la pénombre du hall d'accueil, une jeune femme et une dame plus âgée se cachent derrière leurs terminaux d'ordinateurs. Absorbées par leurs tâches respectives, elles font peu de cas des nouveaux arrivants. Elles se redressent brusquement quand Alma les interpelle.

— C'est comme ça qu'on s'occupe des vieilles copines !

— Alma Furiosa ! s'exclame la plus ancienne des hôtesses.

— Elle-même ! Donne-moi deux places pour vendredi prochain, j'ai un petit jeune à déniaiser, dit-elle en désignant François dont le visage s'empourpre, accréditant ainsi les révélations d'Alma.

Les trois copines déroulent leurs souvenirs communs. Gabin finit par s'impatienter et tire sur la veste d'Alma qui, à regret, salue ses anciennes camarades.

Sur le chemin du retour, ils passent devant une brasserie dont la terrasse a été envahie par les touristes chinois. Alma fait mine de confier un secret à Gabin. Le petit garçon se place devant l'une des tables et pointe son index vers le ciel. Les touristes, distraits par son geste, ne remarquent pas Alma qui prend une poignée de frites dans leur assiette. Elle fait signe à Gabin de continuer sa route, comme si de rien n'était. Deux cents mètres plus loin, elle partage son butin avec lui.

— Ou vous aimez les frites, ou vous détestez les Chinois, s'amuse François.

— J'ai un contentieux avec eux.

Arrivé devant le 5 rue Marbeuf, Gabin demande s'il reverra bientôt tante Alma. Elle en trébuche d'émotion, retenue *in extremis* par sa canne.

Pour le spectacle, Alma a choisi une redingote et un haut-de-forme qui lui donnent des airs de Julie Andrews dans *Victor Victoria*. François ne s'attendait pas à ce qu'elle joue les androgynes. Il y décèle une autre facétie, peut-être une allusion au spectacle. Son accoutrement déconcerte les passants. À ses côtés, François qui a opté pour la simplicité d'un jean et d'une veste blanche passe pour son imprésario ou son *toy boy*.

Ils sont accueillis sur le tapis rouge par un vigile déguisé en garde forestier canadien. François brûle de lui demander à quoi rime son costume. Il a beau chercher, il ne comprend pas. Il veille sur les biches ? Au cas où les filles mettent le feu à la salle ? Il n'a pas le temps de réfléchir. Alma tire la manche de sa veste et l'entraîne dans le petit escalier qui mène à la salle. Guidés par les ouvreurs, les spectateurs affluent. François s'étonne de leur sexe et de leur âge. Il pensait que le spectacle était prisé par des touristes asiatiques et de vicieux grabataires. Or il y a beaucoup de jeunes couples. Certains parlent français.

Quand ils entrent dans la salle, un vieil appariteur se précipite sur Alma et la couvre de compliments désuets qui la font rajeunir de trente ans. Elle rayonne sous les regards fouinards des premiers rangs, curieux de savoir à qui on réserve autant d'égards. L'appariteur installe Alma et François aux avant-postes. Sur la petite table qui sépare leurs deux sièges, il a placé un champagne de grande cuvée. On se bouscule à leur table. Le régisseur, la directrice artistique, le producteur et même une danseuse échappée des coulisses, poursuivie par la couturière.

— Tu vas être en retard, Luna !

— Attends, il faut que j'embrasse Alma Furiosa.

La jeune femme, vêtue d'une chemisette, fond dans les bras d'Alma, déchaînant l'hilarité et les exclamations du public. Elle repart aussi vite, la couturière et le régisseur à ses trousses.

— C'était qui ?

— Luna Parkinson, une de mes petites protégées. Elle est belle, hein ?

Une voix mielleuse enrobe le fond de la salle. Un vieux beau, croisement d'Errol Flynn et du Mizou-Mizou de Bruno Carette, se dirige vers leur table. Il reprend un classique d'une comédie musicale américaine. Son accent laisse à désirer mais, comme il dit, « c'est très chic ». Alma lui fait les yeux doux. Il est tout proche d'elle. « Mesdames et messieurs, nous avons l'honneur d'avoir parmi nous une des plus grandes danseuses de l'histoire du Crazy Horse, Alma Furiosa ! » La salle applaudit à tout rompre, autant par admiration que par soulagement. On sait enfin qui est cette femme. Le crooner pousse à nouveau la chansonnette. Ça n'en finit pas. François s'occupe en faisant le service. Alma lui dit qu'il est parfait. Derrière eux, un couple manifeste son mécontentement en donnant de petits coups de pied furtifs dans leurs sièges. François se retourne, une provinciale aux joues couperosées lui désigne le chapeau d'Alma.

— Alma, je crois que vous gênez nos amis avec votre haut-de-forme.

— Oh oui, pardon !

En d'autres circonstances, Alma les aurait massacrés mais là, on est au Crazy Horse. Le spectacle avant tout ! Le crooner conclut sa sérénade sur une fausse note dont le public ne lui tient pas rigueur.

Alors que la musique du premier numéro s'élève, Alma devient soudain très grave, attentive, à l'affût. Le rideau s'ouvre sur les douze danseuses coiffées des célèbres bonnets noirs en poils d'ours de la garde impériale de Buckingham Palace. De leur tunique rouge, en revanche, les filles n'ont pas gardé grand-chose. C'est un étourdissement de seins et de fesses, d'une perfection diabolique. Elles annoncent la couleur.

Les numéros se succèdent à un rythme soutenu. Une danseuse fait l'amour avec un divan. Une autre, inspirée d'Audrey Hepburn, se joue d'une cascade de perles. Une autre encore, intégralement nue, laisse un bouquet de lasers la vêtir au gré des fantaisies du chorégraphe. Le corps de la femme est célébré, sous des lumières hypnotiques, dans des miroirs affolants, sur des cordes raides, sous des vapeurs calculées. Ce n'est jamais vulgaire, parfois poétique, souvent charmant.

La musique se fait plus suggestive, Alma s'est redressée. Le titre du numéro suivant est inscrit sur le rideau en lettres de lumière : « Strip-tease-moi ». Sur un divan écarlate en forme de lèvres, une femme habillée en homme lit son journal. Son costume est identique à celui d'Alma. Elle est rejointe par une autre femme. Elle lui tourne autour, l'effeuille, révélant un à un les atouts de son véritable sexe.

Les caresses deviennent insistantes, presque saphiques. Alma marmonne entre ses dents comme si elle supervisait les gestes des danseuses. Les spots s'éteignent sur leurs corps entrelacés et la lumière de l'entracte inonde la salle. Les yeux d'Alma sont rouges.

— Ça me fait toujours ça, François. C'était un de mes numéros fétiches, je jouais le rôle de l'homme.

— J'avais compris.

Le spectacle touche à sa fin. Alma est triste, le regard accroché à l'une des statues de femmes nues, dorées, qui encadrent la petite scène du music-hall.

— Je n'aime pas ce moment... quand les filles disparaissent derrière le rideau, quand les lumières s'éteignent.

— On rentre doucement ?

François aide Alma à se lever car elle a dû laisser sa précieuse canne au vestiaire. Quelques rangs derrière eux, il reconnaît son ex-beau-père en compagnie d'une jeune femme asiatique. La situation est embarrassante. Les deux hommes se jaugent de loin. Son ex-beau-père finit par le saluer d'un hochement de tête et d'un sourire entendu. Oui, je me tape une jeunette mais toi, ce n'est pas mieux, tu te tapes une vieille. On s'en fout. Ma femme est une emmerdeuse et ma fille ne vaut pas mieux quand elle y va de son petit caractère. Ce qui se passe au Crazy reste au Crazy. Voilà comment François interprète les mimiques de son ex-beau-père qui, poussant sa partenaire vers la sortie, n'a aucune envie d'en débattre de vive voix. Pour ne pas lui procurer cet inconfort, François ralentit le pas. Il n'a pas à se forcer. Alma fait demi-tour pour aller consulter le mur où sont inscrits tous les noms des danseuses depuis la création du cabaret, en 1951. Elle est bien là, Alma Furiosa, entre Abby Rousse et Aster Lingus.

Alma a réservé dans le restaurant de poissons qui jouxte le cabaret. Le patron, encore un ami, leur a attribué une table un peu à l'écart, idéalement située pour les confidences. Alma ne prête aucune attention au menu. Elle sait ce qu'elle veut, plateau d'huîtres et rouget-barbet. François l'imite volontiers.

— On reste sur le champagne, d'accord ?

— Ça ne se refuse pas.

— Alors, qu'as-tu pensé du spectacle ?

La question est piégeuse mais si François se dérobe, Alma lui en voudra. Autant y aller franco.

— J'ai bien aimé, mais je ne m'attendais pas à ça.

— Tu t'attendais à bander ? Décidément tu n'es pas très bon dans la programmation de ton désir, mon joli.

— Bander peut-être pas, mais...

— Nous sommes au XXIe siècle, François. Les gens n'ont plus besoin du cabaret pour s'encanailler. Il est révolu le temps où on nettoyait le foutre sur les sièges du fond de la salle.

— Ça a existé ?

— À mon époque, la nudité des femmes n'était pas si répandue. Aujourd'hui, elle est disponible sur ton smartphone, au fond de ta poche, 24 heures sur 24. Le voyeurisme collectif est dépassé, François. Les gens s'excitent à la maison, devant leur écran d'ordinateur.

— Quand la fille déguisée en homme s'est dévêtue, là, j'ai trouvé ça très érotique.

— Mon numéro ?

— Oui, enfin, joué par cette fille.

— Le fait qu'elle se déshabille ? Ton truc, c'est le strip-tease, alors.

— Je ne sais pas. C'est comme à la plage en été, toutes ces femmes exposées, les seins nus, cet étalage de chair, je ne trouve pas ça sensuel. Mais il suffit que je revoie l'une d'entre elles au bar le soir même, dans une robe légère, que je l'imagine se déshabiller…

— Toi, il te faut du contexte, une histoire… Tiens, je te ressers du champagne.

— Si ça fait moins fantasmer les gens d'aller voir des filles nues sur scène, pourquoi ce cabaret existe encore ?

— Je pense que les gens y viennent par nostalgie d'un temps où le mystère subsistait. Ils se refont une virginité, ils remettent les pieds dans le jardin d'Éden. Et puis, on dira ce qu'on voudra, le cinéma, la télévision, ça ne vaut pas le théâtre, la vraie vie…

Le serveur arrive avec un immense plateau d'huîtres.

— Bon, maintenant, vous pouvez me dire d'où vient votre nom de scène, Alma Furiosa.

Alma faisait de la danse, comme beaucoup d'adolescentes de son âge. Étudiante à Paris, elle s'était débrouillée pour intégrer un cours fréquenté par des filles comme elle, des « dilettantes avec un soupçon de talent », selon l'expression de leur prof qui prenait son art très au sérieux.

Alma sortait beaucoup, mais rarement du côté des Champs-Élysées. Un soir pourtant, lors d'une virée entre amies, elle passa devant le Crazy Horse illuminé de guirlandes rouges. Elle eut comme une révélation.

Le lendemain, elle sécha les cours et revint au cabaret. La voix étranglée par la timidité, elle demanda comment on entrait au Crazy à la dame de la billetterie qui lui répondit, avec un peu de compassion et beaucoup d'empathie :

— Vous avez une chance folle, demoiselle. La dernière audition de l'année aura lieu la semaine prochaine.

— Je dois vous envoyer un CV ?

— Non, juste une photo de vous en string. De face et de profil.

La semaine suivante, Alma se rendit à l'audition. Elle descendit les marches de l'escalier rouge au bout duquel une assistante l'attendait avec un air engageant. Elle lui prit la main et l'accompagna dans les coulisses. Elle dut se déshabiller intégralement. Face au miroir serti d'ampoules qui lui renvoyait l'image d'un petit bout de femme cachant son pubis rasé entre ses mains, entourée par les photos des créatures de rêve qui avaient fait le succès du cabaret, Alma fut saisie d'un profond complexe d'infériorité. Elle n'était pas assez belle, elle n'était pas assez souple. Elle « n'était pas ».

La tension monta d'un cran. Alma était nerveuse, elle n'aurait pas dû boire autant de café avant de venir. L'assistante s'introduisit dans la loge sans frapper et la conduisit sur scène. La salle était plongée dans l'obscurité complète. Trois spots précipitèrent sur elle une pluie de lumière blanche et crue. Une musique entraînante se fit entendre et une voix de fumeuse lui ordonna de se remuer, d'improviser une chorégraphie. Alma hésita un instant puis se lança, trouva le bon rythme. Elle avait bien fait de boire autant de café avant de venir. La musique s'arrêta inopinément. La voix dit : « Ça suffit. Maintenant, avance-toi, mets-toi de profil et cambre-toi. » Alma s'exécuta, prit la pose, alla percher ses fesses aussi haut que sa plastique le lui permettait. Elle entendit des femmes crier en chœur un « waouh » d'admiration. La salle s'éclaira sur une vingtaine de filles qui l'applaudissaient. Comme elle l'apprendrait plus tard, pour des raisons techniques, les auditions se faisaient entre deux répétitions de la troupe. La voix la remercia, l'assistante grimpa sur scène, la recouvrit d'un peignoir et la raccompagna à la loge où une autre candidate, très sexy, faisait des assouplissements. L'assistante lui confia que la fille n'était pas une novice, qu'elle dansait déjà au Moulin Rouge. « Une future transfuge », s'amusa-t-elle. Alma se dit que la concurrence était trop rude et qu'elle ne serait jamais sélectionnée.

Une semaine plus tard, elle fut convoquée à un entretien. Quand la directrice artistique lui demanda d'où elle venait, elle répondit « Alma-Marceau » sans hésiter, faisant référence à la station de métro. Elle avait hurlé sa réponse, dopée par le stress et l'enthousiasme. La directrice s'esclaffa joyeusement et la félicita. Elle était engagée. On l'appellerait désormais… Alma Furiosa.

— C'était comme une seconde naissance, François.

— Vous n'aviez pas cru à vos chances ?

— Au début, non. J'avais pourtant les bonnes mensurations, un mètre soixante-dix, cinquante-sept kilos, un long buste, de beaux nichons tout ronds, pas trop gros, bien dans les « un tiers-deux tiers ».

— Qu'est-ce que ça signifie ?

— Qu'idéalement l'arrondi doit faire un tiers de la forme du sein. Aujourd'hui, je dois plutôt être dans les « un dixième-neuf dixièmes ».

Alma part d'un grand éclat de rire qui fait se retourner la moitié du restaurant.

— Je ne savais pas qu'ils étaient si rigoureux.

— La scène du Crazy est minuscule, le moindre défaut se remarque au centuple.

— Et la chirurgie esthétique ? Certaines filles doivent y avoir recours, non ?

— La direction ne l'autorise que pour le nez.

— Comment a réagi votre famille ?

— Mes parents étaient fous de joie. La directrice artistique m'a raconté plus tard que mon cas n'était pas isolé. Les filles veulent danser au Crazy pour gagner l'admiration de leur père. Quant aux mères, elles se projettent. La machine freudienne est bien huilée. Avec le reste de mon entourage, c'était différent. Je me souviens qu'au mariage d'une cousine, les hommes n'osaient pas m'inviter à danser. J'étais devenue inaccessible.

— Tant mieux ! Une danseuse au Crazy Horse, ça doit être constamment sollicité...

— Les artistes que tu as vues ce soir, tu ne les remarquerais pas dans la rue, François. Sans le maquillage, les lumières, l'ambiance...

— Vous deviez quand même avoir quelques prétendants...

— Le Crazy Horse nous protège. À la fin du spectacle, quatre berlines attendent dans la cour d'à côté. Elles embarquent les filles et les ramènent chez elles. Elles n'ont aucun contact avec le public.

— Ça ne plaisante pas...

— C'était pas du tout « sexe, drogues et rock'n'roll », mon joli. Pour tenir la cadence, il faut garder une sacrée hygiène de vie. C'est beaucoup de travail ! Chaque représentation est enregistrée et visionnée par les propriétaires du cabaret. Ils sont perfectionnistes. Ils ont inspiré les équipes de foot avec ces techniques.

— Qu'est-ce que vous aimiez le plus au Crazy ?

— Les applaudissements, à la fin du spectacle. Je m'en grisais, comme tous les artistes. Et tu veux savoir ce que j'aimais le moins ?

— Évidemment.

— Les Chinois qui s'endormaient au premier rang. Ils débarquaient chez nous après douze heures d'avion et piquaient du nez à la première goutte d'alcool. Je les détestais.

— D'où le vol de frites…

— Entre autres… Je me venge dès que j'en ai l'occasion.

— Il y a une question qui me taraude, Alma. Que deviennent les danseuses après leur passage au Crazy Horse ?

— Profs de danse ou de yoga, chorégraphes, compagnes de gens riches et connus, ça ouvre des portes… Chacun son diplôme.

— Vous y êtes restée combien de temps ?

— Dix ans. J'aurais pu continuer quelques années supplémentaires si je n'avais pas eu ce stupide accident.

Le regard d'Alma s'embue. François lui prend la main sans réfléchir. Le serveur qui leur apporte le plat principal fait volte-face et repart fissa vers les cuisines. Le rouget attendra.

— Ça ira ?

— Ça fait quarante ans que « ça ira ». Tu veux que je te raconte ce qui m'est arrivé ?

— Ce n'est pas une obligation.

— Ça me soulage…

Il n'a pas lâché la main rêche et parcheminée d'Alma. Il s'y accroche parce qu'il est touché. Personne ne lui avait témoigné son affection et son admiration avec autant de sincérité. Le silence qui suit devient le sceau de leur complicité naissante. Pour la première fois, il a le sentiment de ne pas vivre en marge de lui-même, de se trouver au bon endroit, au bon moment, auprès d'une femme qui le comprend et l'apprécie pour ce qu'il est, sans le juger.

François est distrait par le son d'une clochette qui résonne du côté des cuisines. Il aperçoit le serveur qui s'impatiente. Il retire doucement sa main. Alma reprend le fil de la conversation là où ils l'avaient interrompue, comme si leur intimité n'avait duré qu'un bref entracte.

— Dans un des numéros de ce soir, les filles tournaient sur elles-mêmes, tu te souviens ?

— Vaguement, oui.

— Il y a une plaque encastrée dans la scène. Mon talon s'est bloqué dedans, je ne sais pas comment… La plaque a bougé, pas ma jambe. Sur le coup, je n'ai rien dit mais ma copine, Caréna Lux, elle a hurlé parce qu'elle a cru entendre mon genou craquer.

— Mon Dieu, Alma !

— Trois opérations, une longue convalescence, des mois de rééducation et l'impossibilité de danser à nouveau… Ma carrière au Crazy était foutue. De toute façon, il ne me restait plus que quelques années à danser. Heureusement, Jean était là.

— Ça vous manque, le cabaret ?

— Tu les as vus…

— Ils vous adorent.

— Je n'en faisais qu'à ma tête, mais j'avais les plus beaux seins de Paris. Ils m'ont tout pardonné.

— Pardonné quoi, par exemple ?

— Le jour où j'ai pris en grippe un homme d'affaires russe. Il était assis au premier rang avec une fille qu'il tripotait pendant mon numéro, tout en me défiant du regard. Je n'ai pas apprécié. J'ai déboulé dans la salle à la fin du spectacle armée d'une paire de ciseaux. Il était pétrifié. J'ai coupé sa cravate, son catogan et les glands de ses Weston. Pour les chaussures, la directrice artistique a dit que la symbolique était intéressante.

— Vous n'avez pas usurpé votre nom de scène !

— Alma Furiosa !

Alma et François ont bu trop de champagne et titubent jusqu'à la rue Marbeuf. François doit soutenir Alma tout au long de la montée des escaliers. Elle se fatigue vite, encaisse mal les étages.

— Comment faites-vous quand vous êtes seule ?

— Je ne suis pas toujours imbibée de champagne.

— Je parlais de votre jambe, vous ne vous en plaignez jamais.

— Pour quoi faire, à part emmerder ceux qui m'écoutent ? Tu vois, François, voilà en quoi nous, les femmes, sommes différentes des hommes. Nous supportons mieux la douleur. On ne s'y complaît pas pour se faire consoler.

— Tout de même… Quand est-ce qu'ils vous installent un ascenseur ? C'est insensé !

— La copropriété n'est pas chaude. Les propriétaires n'habitent pas tous l'immeuble, alors ils s'en moquent.

— Ils se moquent de vous, oui !

— Il suffirait d'en convaincre un ou deux pour faire basculer le vote du côté des travaux à la prochaine assemblée générale, mais je ne les connais pas personnellement.

Ils atteignent enfin le dernier palier. François a décliné une dernière « vérité » avant d'aller se coucher.

— Avoue-le, on s'amuse bien tous les deux.

Été

C'est un dimanche du mois d'août comme on les aime, avec un ciel très bleu et un léger vent qui rend la température et la pollution supportables. Gabin est d'excellente humeur, il s'est levé le premier.

Alma est prête à sortir quand ils sonnent à la porte de son appartement. Elle trépignait de tout son être, canne comprise. Elle a opté pour une tenue de sport décontractée. Elle porte aux pieds des baskets griffées. Il faut espérer qu'une racaille n'ait pas envie de les offrir à sa sœur. Gabin la trouve trop stylée et lui dit qu'elle s'habille mieux que sa mère. François ricane.

Alma, une fois encore, n'a pas voulu prendre le métro et descendre aux Tuileries. Elle veut marcher. François proteste sans se faire d'illusions.

— Alma, vous êtes sûre ?

— Je ne suis pas encore bonne pour la casse.

— Ce n'est pas le sujet. Ménagez vos forces pour le parc.

— Ne t'occupe pas de mes forces. Au pire, Gabin m'aidera. Tu es d'accord, Gabin ?

L'enfant lui montre ses biceps.

Les voilà engagés sur l'avenue des Champs-Élysées, sous les marronniers, en direction de la place de la Concorde. L'élégance y côtoie le mauvais goût. Sous la chaleur estivale, tout exhibitionnisme est pardonné. La plus belle avenue du monde se transforme en passerelle d'un défilé populaire et bon enfant. On se regarde, on se retourne, on s'étonne, on se moque, on s'extasie. François a l'œil qui vrille sur une jeune femme brune dont la morphologie est proche de celle des danseuses du Crazy Horse. Alma n'est pas dupe. Elle a pris le bras de François et lui a demandé de s'arrêter.

— Là s'exerce une autre vengeance.

— Quelle vengeance ?

— Contre les Chinois.

— Vous m'expliquez ?

— L'automne est précoce à Paris, je ne sais pas si tu as remarqué. Les marronniers de la capitale brunissent avant leurs cousins de province. Je me suis toujours demandé pourquoi... Dès que les marrons tombent des arbres, je me place à l'endroit où nous nous trouvons. Je m'installe avec mon chevalet et je fais semblant de peindre le Grand Palais. Je repasse sur une toile déjà peinte mais ça, personne ne le remarque. Ah, j'oubliais, je suis habillée en poilu de la Première Guerre mondiale, avec un casque.

— Et donc ?

— Les touristes chinois sont curieux, ils s'approchent de moi, j'en fais des tonnes, je leur propose un selfie souvenir, ils prennent la pose et paf, une fois sur cinq, ils se prennent un marron sur la tronche. Mais moi, j'ai un casque.

— Je pourrai venir avec toi, tante Alma ? suggère Gabin qui a entendu toute l'histoire.

— Il te faut un casque à ta taille. On demandera à l'antiquaire de nous le dénicher.

Ils rejoignent le parc des Tuileries par l'entrée qui donne sur la Concorde. Le jardin est fleuri en cette saison. Il y a des gens partout, tous les bancs de pierre sont occupés, mais le regard suppliant d'Alma amadoue un vieillard qui semblait sur le point de s'en aller. Ils s'installent. Gabin est déçu de ne pas voir ses camarades de jeu habituels. Pour le consoler, Alma lui propose alors un défi.

— Écoute-moi bien, Gabin. Tu sais ce qu'on voit le plus au jardin des Tuileries ?

— Non.

— Des statues ! Des statues de gens tout nus en plus ! Alors, je te propose un jeu. Tu vas photographier toutes les fesses que tu vois.

— Oui, mais j'ai pas de portable, Alma, je fais comment ?

— Bah, tu prends le mien.

Alma lui tend un iPhone dernier cri. Gabin n'en revient pas, hésite, attend la permission de son père, qui la lui accorde sans broncher.

— Gabin, écoute-moi bien, si tu te perds dans le jardin, tu appelles ton papa sur ce numéro, tu vois ?

— Là où y a marqué « Mon joli » ?

— Oui, c'est son numéro. Tu es prêt ? Attention, je commence le compte à rebours. Trois, deux, un, partez !

Gabin file en courant vers l'arc de triomphe du Carrousel, là où des statues se cachent entre les haies de buis taillées à la perfection.

— Et s'il ne photographie que des fesses de femmes ?

— Alors, on tient un futur client du Crazy Horse.

— Et s'il photographie toutes les fesses, sans distinction de sexe.

— Alors, ton fils applique les consignes à la lettre. C'est un petit gars sérieux.

— Entre les deux, je ne sais pas ce que je préfère…

Alma profite de l'absence de Gabin pour évoquer sa vie dans le quartier des Champs-Élysées. Ce quartier qu'elle n'arrive pas à détester, malgré l'opprobre dont il est l'objet, du tourisme de masse aux manifestations de toutes sortes. Elle se moque du dédain des bobos parisiens, ces gens pétris de préjugés, capables d'affirmer que là où ils habitent, c'est « comme un village » parce qu'ils ont redécouvert l'entraide et que le marchand de fruits et légumes s'est converti au bio.

Les Champs-Élysées sont un sommet de chic et de vulgarité. Ils s'y confondent souvent. On y tapine, on y rend hommage, on y fait ses emplettes, on y loue des voitures de luxe, on y mendie sa race, on y parade, on y crève sous les balles des terroristes, mais on finit toujours par y faire un tour. Alma aime les endroits qui bougent et qui dérangent. Les Champs-Élysées sont une artère que le flux constant de voitures et d'étrangers renouvelle.

Avec ses amis Paulot, Jeannette et Stella, ils s'installent au milieu du terre-plein, juste après le Fouquet's, et ils essayent de deviner la nationalité des touristes qui descendent dans leur direction. Alma est la plus douée. Elle a noté les détails, elle a fait des recoupements. Elle a compris que les gens du Koweit raffolaient de la marque Burberry's, que les Sud-Américains se déplaçaient en meute protectrice autour d'un landau, que les Malaisiennes portaient le hijab, que les Danois vénéraient leurs couleurs nationales, que les Coréennes déambulaient par deux. Pour se départager, Alma et ses amis se lancent dans de désopilants « wère-aryou-from » qui leur valent d'interminables séances photos. Car Alma n'est pas adepte du mimétisme. Pour l'occasion, elle met des tenues « qui klaxonnent » ou qui jouent sur les clichés franchouillards en abusant du béret et de la marinière. Les touristes voient en elle la figurante stéréotypée des dépliants touristiques empreints de nostalgie qu'on leur a montrés au pays. Ils n'ont pas tort. Le quartier se dépeuple, les gens comme Alma disparaissent quand arrive le grand âge. Les Airbnb offrent des alternatives accessibles aux palaces des alentours. Les appartements sont réservés à ces locations de courte durée. Errant dans les rues désertées, les touristes croisent leurs semblables et, comme à Venise, ils se demandent où se cachent les vrais habitants qu'ils voulaient immortaliser. La flambée de l'immobilier les a chassés les uns après les autres. Alma et ses amis sont les derniers des Mohicans, parce qu'ils sont propriétaires de leur logement et que leur santé leur permet encore de se défendre.

— On se serre les coudes, on fait de la résistance, dit Alma.

— Comment ?

— On fait chier la maire. On lance des pétitions à tout va quand un commerçant met la clef sous la porte, un cordonnier, un libraire… un petit vieux qui a notre âge, mais pas assez d'économies pour payer le bail de sa boutique. Il est arrivé qu'on se cotise, qu'on en sauve un ou deux, mais la pression des promoteurs et des agences immobilières est trop forte. Ces gens ne sont pas logiques, François ! Ils veulent faire du quartier un musée mais ils font disparaître le joyau de la collection : nous !

— Ils ne vous voient pas comme des joyaux, mais comme des emmerdeurs.

— Alors, on va les gâter !

Gabin est revenu au bout d'une grosse demi-heure. Il est en nage, son tee-shirt est bon pour la machine à laver. Il tend fièrement son iPhone à Alma pour qu'elle vérifie le contenu. Il a l'air satisfait de sa prestation. Alma balaye les photos qu'il a prises.

— Ton fils est un petit gars très appliqué.

— Vous m'en voyez ravi.

Et puis soudain, Alma éclate de rire.

— Je rectifie. Ton fils n'est pas appliqué, il est zélé.

— Pourquoi vous dites cela, Alma ?

— Regarde.

Gabin a photographié les fesses des statues de femmes, d'hommes… mais aussi du bestiaire qui peuple le jardin des Tuileries avec ses lions, ses tigres, ses chevaux, jusqu'au rhinocéros.

— J'ai réussi, tante Alma ?

— Je te donne 21/20. Allez, viens, on va manger une glace.

Alma attrape vigoureusement le bras de François, qui n'en conçoit plus aucune gêne. Son puissant parfum, dominé par l'essence de patchouli, lui est devenu familier, tout comme la petite pression qu'elle exerce sur son coude quand il marche trop vite ou qu'il doit accentuer sa vigilance au seuil d'un passage piéton. Il aime sa faconde, sa dégaine de star blessée, ce don qu'elle a d'aimanter le regard de ceux qu'elle apostrophe. Elle provoque. Elle polarise. C'est une vieille dame qui fait tourner les têtes. Elle aime se faire belle. Elle désavoue les femmes qui se négligent sous prétexte que le désir s'est enfui avec leurs meilleures années. Alma se teint les cheveux, se maquille avec soin et se poudre le pubis, à la stupéfaction de ses amants qui ne s'attendent pas à tant de sophistication.

Gabin a des moustaches en chocolat qu'il n'a pas effacées, parce qu'Alma a dit que ça faisait de lui un homme. François suggère de prendre le bus 72. Alma n'y voit pas d'objection, c'est sa manière d'approuver sans perdre de sa superbe.

Atteindre le cinquième étage est une épreuve. Alma ne parvient plus à dissimuler sa douleur.

— Eh oui, qu'est-ce que tu veux, mon joli, on a l'âge de ses artères. Quand il me faudra un déambulateur ou un fauteuil roulant, ce sera la fin. On m'enfermera dans un mouroir. Du balai !

— Ne dites pas de sottises.

— Comment veux-tu que je m'en sorte, sans ascenseur ? Je me suis fait une raison. Tôt ou tard, on va tous y passer, et pour moi ça ne va pas aller en s'arrangeant. Je ne vais plus aux enterrements. J'ai tout expliqué à mes amis. Il ne faut pas qu'ils se vexent. De toute façon, ils ne seront pas là pour remarquer mon absence. Je trouve ça plus honnête de leur dire avant. Assister à la mise en terre de ses potes alors qu'on est le prochain sur la liste à la mère Faucheuse… C'est du masochisme, non ?

— Je ne sais pas, Alma. Vous pourriez voir cela comme un dernier hommage. Vous ne voulez pas d'un bel enterrement ?

— Que nenni. On ne débourse rien pour mon cadavre. Je sais, je suis en contradiction avec ce que je t'ai raconté mais, quand même, on parle d'un macchabée. Les dépenses s'arrêtent là où commence la décence, tu ne crois pas ? Je léguerai tout mon pognon à des associations.

— Parmi les associations, il y a l'organisme de soutien aux orphelins chinois ?

— Mais qu'est-ce que tu es con !

Ils sont enfin arrivés au cinquième étage. Gabin la couvre de baisers et François prolonge son étreinte. C'est officiel, la famille s'est agrandie.

Automne

11 novembre. Pour le centenaire des commémorations, tout le quartier des Champs-Élysées a été bouclé. Le jeune et fringant président de la République française a fait un beau discours, un peu long, sans doute pour se venger des présidents russe et américain qui sont arrivés en retard. Et puis, la chanteuse africaine en boubou qui s'égosille sous la grisaille, ça avait de la gueule. Alma, accompagnée de Gabin, a joué de sa canne pour se frayer un chemin à travers la foule jusqu'aux rambardes de sécurité. Ils ont vu tout le défilé, ils ont serré la pince à des gendarmes.

Au fil des mois, Alma est devenue cette grand-mère attentionnée qui manquait à Gabin. Elle le garde à son appartement quand François doit s'absenter. Elle ne manque aucune des sorties aux Tuileries, qu'il fasse un grand cagnard ou un froid de canard. Elle regarde *Les Minions* qui la font rire « tellement ils sont bêtes ». Cécile n'a pas vu ces nouveautés d'un bon œil. Moins en raison de l'affection que son fils porte à Alma que pour l'influence grandissante que celle-ci a sur lui. Quand il est en week-end avec sa mère, Gabin ne parle que d'elle, de ses jeux, de ses chansons, de ces choses incroyables qu'il a vues dans son appartement, des histoires qu'elle lui raconte avant de s'endormir. Cécile a fini par accepter sa défaite au terme de trois phases distinctes, assez classiques d'un point de vue psychologique : frustration, réaction et résignation. François a bien dégusté sur les deux premières. En clair, il a dû encaisser des tombereaux d'insultes, allant d'espèce de père indigne à petit gigolo de merde. Pour Cécile, la rivalité d'Alma n'était pas supportable, parce qu'impossible à contester. Et puis, les choses se sont tassées. Cécile a compris l'essentiel : Alma fait du bien à Gabin.

Dans les semaines qui suivent les célébrations de l'armistice, le climat social se détériore brutalement. Des casseurs sévissent sur les Champs-Élysées. Refusant d'y voir une forme de danger, Alma ne change rien à ses habitudes et retire de l'argent liquide au distributeur qui fait l'angle. Au moment de prendre ses billets, elle est braquée par des types cagoulés qui la somment de lui donner son cash. Alma refuse et, prise d'un soudain courroux, dégaine la lame dissimulée dans le fourreau de sa canne et pique au pied un des agresseurs. Alertés par les cris du type, les CRS arrivent, matraquent les deux individus, exfiltrent Alma dans une rue adjacente.

François est furieux.

— Alma, vous auriez pu me dire que votre canne contenait une épée !

— Je t'avais dit qu'elle était unique en son genre. Tu ne m'as pas crue.

— Ils auraient pu vous tuer.

— Mais non, on ne se méfie pas d'une vieille avec une canne. Ça aussi, je te l'ai dit.

— Et si vous en aviez tué un ?

— Légitime défense, mon joli !

Le journaliste d'une obscure chaîne YouTube a filmé toute la scène. Il poste le document avec ce titre accrocheur : « Mamy fait de la résistance ». Alma devient, contre son gré, une égérie des partisans du retour à l'ordre. Sa riposte fait le tour du monde et des réseaux sociaux. Quant à Gabin, il est passé du stade de l'admiration à celui de la vénération. Si le président n'a pas invité Alma à l'Élysée, c'est qu'il ne voulait pas envenimer les choses et que, très franchement, une petite vieille qui cache une épée dans sa canne, ce n'est pas le genre de comportements à encourager, ce serait incitation à la guerre civile.

François joue les gardes du corps et aide Alma à traiter les appels des journalistes. Ils sont devenus insistants quand ils ont appris qu'elle avait dansé au Crazy Horse. Ils tenaient un sacré personnage, ils n'allaient pas le lâcher de sitôt. Mais des événements plus graves ont suivi. Les exploits d'Alma ont été peu à peu occultés.

Profitant de la soudaine célébrité d'Alma, François décide de s'adresser à la copropriété du 5 rue Marbeuf. Son président, M. Bertrand, un sémillant célibataire de cinquante ans qui vient d'hériter, lui confirme les propos d'Alma. Il manque deux voix pour faire basculer le vote en faveur de l'installation d'un ascenseur. Et il ajoute, soit dit en passant, que les propriétaires trouvent Alma complètement tarée et que, par conséquent, ils n'ont pas eu envie de se déranger pour elle. Mais les choses peuvent évoluer. Son morceau de bravoure a impressionné tout le monde.

François en a maintenant le cœur net. Avec la complicité du président Bertrand, il doit convaincre deux propriétaires de soutenir le projet d'ascenseur.

François revoit M. Bertrand le lundi suivant.

— Mon cher François, je pense que j'ai la solution. J'ai épluché les dossiers. Le propriétaire de l'appartement du troisième étage, qui n'y vit presque jamais, a l'intention de le céder à sa fille. Jusque-là, il s'est opposé au projet d'ascenseur parce que nous avancions l'argument des vieux. On va tenter l'argument des jeunes.

— C'est-à-dire ?

— Sa fille a besoin d'un appartement à Paris, et elle est enceinte.

— Ça peut marcher. Et le deuxième ?

— C'est plus compliqué. Il vit en Asie et n'occupe son duplex que l'été. Je lui ai envoyé la vidéo des exploits d'Alma pour le convaincre. L'homme est imprévisible, il pourra peut-être reconsidérer son point de vue.

— Pourquoi en voudrait-il à Alma ?

— Il semblerait qu'elle lui tire la langue chaque fois qu'elle le croise dans les escaliers. Je vous passe un coup de fil dès qu'il m'a donné sa réponse.

Une semaine plus tard, François est invité à dîner chez Alma qui est souffrante – un mauvais rhume, d'après elle. Pour affaiblie qu'elle soit, elle a tenu à cuisiner. Le repas s'avère catastrophique. Le rôti de canard est trop sec et les pommes de terre sont plus carbonisées que sautées. François avait apporté le dessert, une tarte Tatin qu'il est allé chercher à l'autre bout de Paris, dans la boulangerie-pâtisserie dont c'est la spécialité. Au moment de servir Alma, il reçoit un texto sur son portable. Prétextant que Gabin cherche à le joindre, il consulte sa messagerie. M. Bertrand a de bonnes nouvelles, les propriétaires ont accepté de voter en faveur de l'ascenseur, à quelques conditions près.

— Alma, on débouche quoi ? On a quelque chose à célébrer.

— Tu t'es trouvé une petite nana ?

— Non, ça, ce n'est pas à l'ordre du jour.

— Un boulot ?

— Non plus. Ils vont construire un ascenseur.

— Comment le sais-tu ?

— C'est M. Bertrand qui me l'a dit.

— Tu le connais ?

— Oui.

— Je me doutais bien que tu mijotais quelque chose. Et à qui dois-je ce miracle ?

— Au type du troisième étage, et à celui qui vit en Asie…

— Le Chinois ? Alors là, plutôt crever dans l'escalier !

— Attendez, Alma, vous savez ce qu'il a demandé en échange du vote ?

— Je m'en fous.

— Alma ! Il veut un abonnement au Crazy Horse.

— Parce que ça l'intéresse ?

— Vous ne lui avez jamais posé la question ! Vous lui faites des grimaces, alors forcément…

— Bon, parlons d'autre chose. Tu le débouches, ce Ruinart ?

Au troisième verre, Alma commence à piquer du nez. Elle demande à François de la guider jusqu'à sa chambre. Elle s'assoit sur le rebord de son lit, pensive.

— Allez, j'y vais, Alma, je connais le chemin.

— Merci, François.

— De quoi ?

— L'ascenseur… Ça veut dire que je ne suis pas encore bonne pour la casse.

— Ce serait dommage, il y a encore tant de vérités à découvrir.

— Quand tu seras dans le salon, n'éteins pas tout. Allume la veilleuse, s'il te plaît. Je n'aime pas l'obscurité.

— Je laisse aussi la porte de votre chambre entrouverte ?

— Oui, s'il te plaît, laisse entrer la lumière.

Remerciements

Merci !

Michel Auroy, Sophie Bernardin, Valérie Cantone, Caroline Cassino, François Duchesne, Jean-Louis Dumeu, Audrey Fleury, Bernard Franciosa, Éléonore de La Grandière, Valérie Kervella, Olivier Kueny, Thierry Lejeune, Jean-Claude Lubin, Elisabetta Mattioni, Cosimo Mino, Élizabeth Pianon, Stéphan Polonsky, Marie Ponchant, Alain Rea, Yvan Rivaux, Fabien Santini, Christine Schneitter, Élisabeth Ségard, Bernard Thellier, Barbara Vlach et Guillaume Waline.

Et toute ma reconnaissance à Manon Buselli et Stephen Carrière.

Table

Déconfiture 7
Étranger à ma mémoire 79
Plan B 149
Laisse entrer la lumière 227

Cet ouvrage a été composé par IGS-CP
à L'Isle-d'Espagnac (16)
et achevé d'imprimer sur Roto-Page
par l'Imprimerie Floch, à Mayenne,
pour le compte de S.N. Éditions Anne Carrière,
57, rue Gaston Tessier – 75019 Paris,
en mars 2021.

Imprimé en France
Dépôt légal : mars 2021
N° d'édition : 1019 – N° d'impression : 97910